犬神家一族

橫溝正史

吳得智 譯

日本一推理大師一經典

犬神家一族

橫溝正史

CONTENTS

日本推理大師，永不墜落的熠熠星團　編輯部　出版緣起

解謎推理小說大師・橫溝正史　傅博　導讀

金田一耕助是何許人也？　編輯部　角色分析

開　端	023	序曲
絕世美人	035	第一章
小斧・古琴・菊花	071	第二章
噩耗到來	119	第三章
丟棄的小船	157	第四章
衣箱中的祕密	191	第五章
古琴線	225	第六章
啊，慘不忍睹！	259	第七章
命運坎坷的母子	307	第八章
可怕的偶然	363	第九章
大團圓	391	尾聲

出版緣起

日本推理大師，永不墜落的熠熠星團

編輯部

一九二三年，被譽爲「日本推理之父」的江戶川亂步推出〈兩分銅幣〉之後，日本現代推理小說正式宣告成立。若包含亂步之前的黎明期，此一文類經過了將近百年的漫長演化，至今已發展出其獨步全球的特殊風格與特色，使日本成爲最有實力的推理小說生產國之一，甚至在同類型漫畫、電影與電腦遊戲的推波助瀾之下，日本著名暢銷作家如桐野夏生、宮部美幸等也已躋進亞洲、歐美市場，在國際文壇上展露光芒，聲譽扶搖直上。

我們不禁要問，在新一代推理作家於日本本國以及臺灣甚或全球取得絕大成功的背後，有哪些強大力量的支持、經過哪些營養素的吸取與轉化，能夠在競爭激烈的國際舞臺上掙得一席之地？在這些作家之前，曾有哪些重要的作家精耕此一文類、獨領當時風騷，無論在形式的創新或銷售實績上都睥睨群雄、立下典範、影響至鉅？而他們的努力對此一文類長期發展的貢獻爲何？此外，日本推理小說的體系是如何建立的？爲何這番歷史傳承得以一代又一代地開發出一批批忠心耿耿的讀者，並因此吸引無數優秀的創作者傾注心血，人才輩出？

爲嘗試回答這個問題，獨步文化在經過縝密的籌備和規畫之後，於二〇〇六年年初推出全新書系「日本推理大師經典」系列，以曾經開創流派、對於後輩作家擁有莫大影響力的作家爲中心，由本格推理大師、名偵探金田一耕助及由利麟太郎的創作者橫溝正史，以及社會派創始者、日本文壇巨匠松本清張領軍，帶領讀者重新閱讀並認識在日本推理史上留下重要足跡的作家，如森村誠一、阿刀田高、逢坂剛等不同創作風格的重量級巨星。

日本推理百年歷史，從本格派到社會派，到新本格、新新本格的宣言及開創，眾星雲集，但跨越世代、擁有不朽魅力的巨匠們，永遠宛如夜空中璀璨耀眼的星團熠熠發亮，炫目不墜。

獨步文化編輯部期待能透過「日本推理大師經典」系列的出版，讓所有熱愛或即將親近日本推理小說的讀者，親炙大師風采，不僅對於日本推理小說的歷史淵源有全盤而深入的理解，更能從經典中讀出門道、讀出無窮無盡的趣味。

導讀／解謎推理小說大師·橫溝正史

傅博

八十多年來的日本推理文壇有三大高峰，就是日本推理小說之父江戶川亂步、本格派解謎大師橫溝正史和社會派大師松本清張。

這三位各自確立創作形式，影響了之後推理小說的創作路線。

江戶川亂步於一九二三年，在《新青年》月刊發表〈兩分銅幣〉，獲得年輕讀者肯定，之後，陸續發表具歐美推理小說水準之作品，爲日本推理小說奠定了基礎。

話須從江戶川亂步向《新青年》投稿前夕說起。

《新青年》創刊於一九二〇年一月，其創刊主旨是鼓吹鄉村青年到海外發展的啓蒙雜誌。編輯這類綜合雜誌的慣例，除了主要論文或相關報導之外，都刊載一些附錄性的消遣文章，《新青年》選擇的是歐美新興文學，就是推理小說。主編森下雨村是英文學者，知悉歐美推理小說，對於每期刊載的作品，都附有詳細的作家介紹和作品欣賞的導讀，幫助讀者欣賞推理小說。

同時爲了鼓勵推理小說的創作，舉辦了四千字的推理小說徵文獎，同年四月即發表第一屆得獎作品，八重野潮路（本名西田政治）之〈蘋果皮〉。之後不定期發表得獎作品，橫溝正史的處女作〈恐怖的愚人節〉是翌年（二一年）四月的得獎作品。

《新青年》雖然提供了推理小說的創作園地，其水準與歐美作品相比較，還是有一段距離，對讀者發生不了影響力，須待四年後江戶川亂步的登場。其原因不外是徵文字數太少。看穿四千字寫不成完整推理小說的推理小說迷江戶川亂步，寫好〈兩分銅幣〉和〈一張收據〉兩短篇，直接寄給森下雨村，看完兩作品後，森下疑爲是歐美的翻案小說。

所謂的「翻案小說」，是指保留歐美文學作品原有的故事情節，而把時空背景移植到日本，登場人物改爲日本人的小說。明治維新（一八六八年）以後的大眾讀物，很多這類改寫小說。

森下雨村把這兩篇作品交給知悉歐美推理小說的醫學博士小酒井不木判斷，徵求其意見，〈兩分銅幣〉終於獲得發表機會，三個月後〈一張收據〉也在《新青年》刊出。《新青年》由此積極培養作家，刊載創作推理小說。創作與翻譯作品並駕齊驅，成爲《新青年》的賣點，鼓吹青年雄飛海外的文章漸漸匿跡，名符其實，成爲推理小說的專門雜誌。

橫溝正史出道雖然比江戶川亂步早兩年，但著力推理創作是在一九二五年以後，而要確立解謎推理小說方法論，須待到二十年後的一九四六年。

橫溝正史，一九〇二年五月二十四日，生於神戶市東川崎。小學六年級時閱讀了三津木春影之翻案推理小說《古城的祕密》後，被推理小說迷住。一九一五年考入神戶二中，結識西田德重，他也是推理小說迷，兩人時常一起逛舊書店，尋找歐美推理雜誌來閱讀。二〇年中學畢業後，在銀行上班。這年秋天西田德重死亡，因而認識其哥哥西田政治，他就是上述《新青年》懸賞小說的第一屆得獎者。橫溝正史受其影響，開始撰寫推理小說應徵《新青年》後效，翌年二一年三次得獎，四月處女作〈恐怖的愚人節〉獲得一等獎、八月〈深紅的祕密〉獲得三等獎、十二月〈一把小刀〉獲得二等獎。同年四月考入大阪藥學專門學校。

一九二四年三月藥專畢業後，在家裡幫忙父親經營的藥店，業餘撰寫推理小說。翌年二五年四月與西田政治會見江戶川亂步，而加入推理作家所組織的親睦團體「偵探趣味之會」。之後積極地在《新青年》發表作品。十一月與江戶川亂步去名古屋拜訪小酒井不木。一九二六年六月出版處女短篇集《廣告娃娃》。同月，因江戶川亂步的慫恿上京，到《新青年》編輯部上班，翌年五月接任主編。隔年，轉任《文藝俱樂部》主編。

發行《新青年》的博文館是戰前二大出版社之一，發行的雜誌很多，有綜合雜誌《太陽》、文藝雜誌《文藝俱樂部》、少年雜誌《譚海》等等。《新青年》創刊後，歐美推理小說獲得支持，博文館立即把《新文學》雜誌更名改版爲《新趣味》（二二年一月），專門刊載歐美推理小說，並舉辦推理小說徵文。其壽命雖然不到兩年，於二三年十一月停刊，其精神卻於三一年九月創刊的《偵探小說》繼承，首任主編即是橫溝正史。

一九三二年七月辭職，成爲專業作家。主編雜誌時期的作品不少，作品內容大多是具幽默氣氛的非解謎爲主的推理短篇，和記述凶手犯案經緯爲主題的通俗推理長篇。

一九三三年五月七日，因肺結核而咯血，七月起在富士見療養所療養三個月，翌年（三四）年春，身爲《新青年》主編，也是推理作家的水谷準以友人代表的身分，勸橫溝正史停止執筆一年，以及易地療養，七月搬到信州上諏訪療養。

療養後，橫溝正史改變作品風格，充滿江戶時代的草雙紙趣味。江戶時代是指明治維新前，德川幕府所統治（一六〇三～一八六七年）的時代，「草雙紙」是江戶時代初期圖文並茂的大眾讀物之總稱，視其內容以封面顏色分爲赤本、黑本、青本、黃表紙四類和長篇之合卷。內容有諷刺、滑稽等輕鬆系列，和怪奇、幻想、耽美等異常系列。橫溝正史的草雙紙趣味是指後者。橫溝正史之戰前代表作，〈鬼火〉、〈倉庫內〉、〈蠟人〉等，都是具有草雙紙趣味的耽美主義作品。

一九三六年以後，橫溝正史的作品產量驚人。因第二次世界大戰，從三九年起，日本政府禁止舶來的推理小說之創作後，橫溝正史致力撰寫稱爲「捕物帳」的時代推理小說，和具有推理小說氣氛的現代小說，其產量仍然驚人。

一九四五年八月，第二次世界大戰終結，變成廢墟的日本，一切從頭出發。《新青年》雖然於二月廢刊，十月立即復刊，但是，因大戰中積極參與推動國策的博文館，被GHQ（聯合軍總司令部——統治敗戰國日本到一九五二年）解體，分成幾家小出版社。因此，《新青年》雖然三次更改出版社，卻挽不回往年榮光，五〇年七月從歷史舞臺消失。

一九四六年新創刊的推理雜誌有五種，即三月之《LOCK》、四月之《寶石》和《Top》、七月之《Profile》、十一月之《偵探讀物》。翌年（四七年）有七種新推理雜誌誕生，即一月之《黑貓》、《眞珠》和《偵探小說》、七月之《妖奇》、十月之《G-men》和《Windmill》、十一月之《Whodunit》。這些雜誌都是月刊，雖然當時因印刷紙張缺乏，不能定期發行，但想像當時可看到這十三種推理雜誌排在一起的豪華場面，就可知戰後日本推理小說復興之快速。而領導戰後推理文壇的，就是《寶石》。其中堅作家就是江戶川亂步（精神領袖）和橫溝正史（創作路線）。

《寶石》創刊號就讓橫溝正史撰寫連載小說。橫溝正史交給編輯部的作品，便是《本陣殺人事件》。

本陣是江戶時代的高級人士，所住宿的驛站旅館，經營者都是當地的名門。明治維新後，本陣不一定繼續營業，但其一族仍是該地的豪門。

殺人事件發生於一九三七年十一月二十五日，岡山縣某村本陣之一柳家。戶主是五十七歲的糸子夫人，她生育三男二女。這天是四十歲的長男賢藏舉辦婚禮之日，婚宴後，新郎和新娘進洞房，這時候下著雪，四點十五分從洞房傳出新娘久保克子的尖叫聲。因洞房呈密室狀態，傭人破門而入，發現新郎新娘已被殺，這時候雪已停，凶器之日本刀插在庭院的雪地上，但沒有任何腳印，構成雙重密室殺人事件。

正好，這時候在東京開業偵探事務所之金田一耕助，來到岡山拜訪恩人久保銀造。金田一由此有機會參與辦案，他勘查犯罪現場和庭院後，便很邏輯地解開密室之謎團，揭破事件眞相。是日本三大名探之一的金田一耕助誕生的一瞬間。另外兩位名探是江戶川亂步塑造的明智小五郎，和高木彬光筆下的神津恭介。他們都是職業偵探。

在本書，作者如下介紹金田一耕助。一九一三年於日本東北之岩手縣鄉村出生的金田一耕助，盛岡中學畢業後，抱著青雲大志上京，寄宿在神田，在某私立大學念書不到一年，對日本之大學教育失望，放棄學業去美國。到了美國之後，美國好像也不是他想像中的理想社會，他在餐廳打工洗碟子，過著無賴的生活。由於好奇心被毒品吸引，吸毒成癮的金田一，在偶然的機會下，解決了在舊金山發生的日僑殺人事件，引起當地日本人注意，成爲英雄。

久保銀造在岡山經營果樹園很成功。他想擴充事業而來美國，在某日僑聚會上，認識了金田一，他勸金田一戒毒，並資助他去大學念書。金田一耕助於三年後之一九三六年大學畢業，歸國拜訪久保銀造，久保資助金田一在東京日本橋開設偵探事務所。半年後在大阪解決了重大事件後，來到岡山度假，而碰到本陣的命案。

橫溝正史如此塑造了一名推理能力超人非凡，人格卻非完整的英雄，讓讀者有一種親密感。二次大戰中，金田一入伍，到中國、菲律賓、印尼等地打仗，一九四六年復員回國，戰後之金田一耕助探案待後續說。

橫溝正史發表《本陣殺人事件》第一回之後，同年四月，在《LOCK》開始連載《蝴蝶殺人事件》。命案也是發生於一九三七年，比本陣命案早一個月之十月二十日，地點是大都會大阪。馳名國際的歌劇家原櫻女士，在東京歌劇演出之後，前往大阪的途中失蹤，翌日其屍體被裝在低音大提琴的琴箱裡，送到大阪的演出會場。

本篇的架構比較複雜，作者設定新聞記者三津木俊助，爲某出版社撰寫推理小說。序曲寫他想把戰前在大阪發生的歌劇家殺人事件小說化，到東京郊外之國立（地名），拜訪解決此事件的名探由利麟太郎之允許的經過。第一章至第四章即以原櫻之經紀人土屋恭三的手記形式，記述事件發生前後時歌劇團員的行動，第五章至第二十章改由三津木俊助記述由利麟太郎的辦案經緯，終曲是三津木寫完原稿後再次拜訪由利，以兩人的對話方式，由利直接說明推理經過。

由利麟太郎是橫溝正史創造的偵探，一九三六年五月發表的中篇〈妖魂〉（之後改爲〈石膏美人〉）首次登場。一九〇二年出生，曾任東京警視廳搜查課長，因廳內的政治鬥爭而辭職，一時去向不明，偶然認識新聞記者三津木俊助後，重出江湖。警方無法破案的事件，由三津木收集資訊，由利根據所收集的資訊，以消去法逐一消除不適合犯案人物，最後推理出凶手。包括由利未登場，三津木單獨破案之故事，「由利、三津木系列」的長短篇合計有三十三篇，故事內容大多屬於重視懸疑、驚悚的通俗作品。《眞珠郎》、《夜光蟲》、

《假面劇場》等長篇是也。《蝴蝶殺人事件》則是「由利、三津木系列」的代表作。

橫溝正史除了塑造金田一耕助和由利麟太郎兩位名探之外，還塑造了八名偵探，但他們不是現代的偵探，而是江戶時代的捕吏。凡是明治維新以前爲時代背景之推理小說，皆稱爲捕物小說或捕物帳，近幾年來又稱爲時代推理小說。

時代推理小說的寫作形式是日本獨有，其起源比江戶川亂步〈兩分銅幣〉早六年。一九一七年岡本綺堂（劇作家、劇評家、小說家）發表《半七捕物帳》第一話〈阿文之魂魄〉，爲其原點。作者執筆《半七捕物帳》的動機是，欲塑造日本版福爾摩斯——半七，同時想把故事背後的江戶（現在之東京）人情、風物藉故事的進展留給後世。之後，很多作家模仿《半七捕物帳》形式，創作了多姿多采的捕物小說。按其內容，可分爲執重人情、風物的，與以謎團、推理取勝的兩種系統。

橫溝正史所塑造的江戶捕吏中，最有名的是佐七（明治維新以前，平民只有名字，沒有姓氏）。佐七，一六二九年於江戶神田阿玉池出生。父親傳次也是捕吏，他有兩名助手，辰和豆大。他因皮膚白皙且英俊，很像娃娃，周圍叫他爲「人形（娃娃之意）佐七」。人形佐七爲主角的捕物帳，大約有兩百篇（短篇爲多），合稱「人形佐七捕物帳」，屬於推理、解謎取勝的系列作品。

佐七之外，橫溝正史筆下的江戶捕吏，還有不知火甚左、鷺十郎、花吹雪左近、緋牡丹銀次、左一平、朝彥金太、紫甚左等。其中除了不知火甚左和人形佐七之外，都是一九三九年政府禁止撰寫推理小說之後所塑造的。

話說戰後，《本陣殺人事件》的成功，不但決定了今後橫溝正史的解謎推理路線，並為戰後日本推理小說確立新路線，一直到一九五七年，松本清張之社會派推理小說登場前夕。這段期間，日本推理文學的主流是解謎推理，其領導者就是橫溝正史。

戰後的橫溝正史與以往不同，一直以金田一耕助之傳說作者自許，為他寫了近八十篇的探案，其中四分之一以上是長篇。由此可窺見橫溝正史旺盛的創作能力。橫溝正史的代表作集中於金田一耕助探案。

《獄門島》（一九四七年一月至四八年三月，在《寶石》連載，二九年五月出版單行本）。一九四六年初秋，金田一耕助從戰地回來，九月初就到東京都心之市谷，替戰亡的戰友解決戰前發生的無頭公案後，九月下旬來到瀨戶內海上的離島——獄門島。其目的也是在歸國的船上，受即將死亡的戰友鬼頭千萬太之託。千萬太是鬼頭本家之長男，他有三個妹妹——月代、雪枝、花子。

金田一耕助在往獄門島的渡船上，認識千光寺的了然和尚，得知鬼頭本家的先代死亡後，其家務事由了然和尚、荒木村長和中醫師村瀨幸庵三人合議處理。十月五日，舉行千萬太葬禮時，花子失蹤，晚間發現其屍體被吊在千光寺庭院的古梅樹上。其後，雪枝被殺，屍體藏在放在路旁的大吊鐘內，月代也被殺，屍體周圍布滿胡枝子的花瓣。

凶手爲何殺人後，需要這樣布置屍體，成爲連續殺人事件的謎團。金田一耕助發現是比擬俳句（日本獨自的定型詩）的殺人事件。那麼其動機是什麼？凶手是誰呢？

《獄門島》在各種推理小說傑作排行榜，都入圍前五名（排名第一的也不少）。筆者認爲是日本推理小說史上最高傑作。不可不讀。

《惡魔前來吹笛》（一九五一年十一月至五三年十一月，在《寶石》連載後，一九五四年出版單行本）。一九四七年一月十五日，東京銀座的天銀堂珠寶行內，發生大量毒殺事件，死者達十人。三月一日〈惡魔前來吹笛〉的作曲者椿英輔失蹤，四月十四日發現其屍體，之後被認定爲自殺。幾天後，椿英輔的女兒美禰子，帶著英輔的遺書來拜訪金田一耕助，並告訴金田一，她認爲向警察當局告密「天銀堂毒殺事件的凶手是椿英輔」的是住在椿公館中的某一人。不久命案便相繼發生……

橫溝作品的殺人動機，很多是血統、血緣問題。本書不但不例外，問題還很嚴重，很陰慘。雖然不是一部純粹的解謎推理小說，卻是一部值得閱讀的傑作。

「金田一耕助探案」除了上述三長篇之外，還有《夜行》、《八墓村》、《犬神家一族》、《女王蜂》、《三首塔》、《惡魔的手毬歌》、《化妝舞會》、《醫院坡上吊之家》（按發表順序排行）等傑作。

日本解謎推理小說到了一九五〇年代初，即開始衰微，一九五七年，松本清張出版《點與線》和《眼之壁》，確立社會派後，既成作家漸漸失去創作園地，有的不得不停筆，橫溝正史也很少發表作品。到了一九七〇年代初，偵探小說（指一九五七年以前之推理小說）的重估運動，使橫溝正史的作品復活，重新獲得不勝計數的讀者。

橫溝正史於一九四八年，以《本陣殺人事件》獲得第一屆偵探俱樂部長篇獎（現今的日本推理作家協會獎）之外，一九七六年日本政府授與勳三等瑞寶章。一九八一年十二月二十八日逝世，享年八十歲。

二〇〇六年一月二十日

本文作者簡介：

傅博，文藝評論家。另有筆名島崎博、黃淮。一九三三年出生，台南市人。於早稻田大學研究所專攻金融經濟。在日二十五年以島崎博之名撰寫作家書誌、文化時評等。曾任推理雜誌《幻影城》總編輯。一九七九年底回台定居。主編「日本十大推理名著全集」、「日本推理名著大展」、「日本名探推理系列」以及日本文學選集（合計四十冊，希代出版）。

角色分析

金田一耕助是何許人也？

編輯部

作爲日本推理小說史上的三大名探之一的金田一耕助，究竟有何本領跨越六十年的歲月，仍受到廣大讀者的愛戴？就讓我們透過接下來的幾個關鍵字，深入了解金田一耕助吧。

他的外型：

在很多金田一系列的作品中，都能看出金田一是皮膚白皙的小個子。而原作者橫溝正史曾在《迷路莊慘劇》一作中，明白指出金田一的身形是「五尺四寸高、體重約十四貫左右」，換成現代的講法就是約一百六十三公分高、五十二公斤左右。不過令人意外的是，歷代以來在電影或電視劇中演出金田一耕助的演員們，除了片岡鶴太郎之外幾乎都高出原著設定許多。此外，不少原著中的登場人物形容金田一是個長得像蝙蝠的窮酸男子，然而也有不少角色認爲金田一有著溫柔、睿智的眼神。而他們最後總會傾倒於耕助那溫暖、誠摯的微笑之下，就像是《惡魔前來吹笛》裡的三春園老闆娘一樣。

他的打扮：

說到金田一耕助，幾乎所有人第一時間就會想到他那皺巴巴的和服。但是他並不是一年三百六十五天都穿同樣的和服，根據原著的設定他會隨季節的變換，夏天穿夏季和服，秋冬之際則會再披上和服外套。

隨著時代轉變，和服顯得愈來愈稀奇，金田一數十年如一日的打扮也曾被誤以爲是有特殊目的的變裝。不過在《惡靈島》一作中，金田一面對這樣的質疑，則是開朗地強調：「雞窩頭與皺巴巴的和服可是我的招牌打扮呢。」

他的習性：

講到金田一耕助的習性，諸位讀者第一個想到的，想必是不停搔抓他的雞窩頭，搞得頭皮屑滿天飛，興奮之際還會口吃。事實上，金田一有著諸多名偵探都沒有的奇怪習慣，他甚至會抖腳，眞無愧其窮酸男子的評語。在《八墓村》和《惡魔前來吹笛》等作品中，就有他又是抓頭、又是抖腳的場面出現，眞讓人不知道該說什麼。除此之外，雖然出現次數不多，金田一還會吹口哨，當他獲得重大線索時，便會心情愉悅地吹起口哨。

他的戀愛：

在《惡靈島》中，金田一曾經被問到關於感情方面的事情，他非常害羞地亂抓著雞窩頭回答：「不，我那方面完全沒有動靜。」這麼說來，金田一似乎不曾對任何女性動心，不過其實他也曾經有心動的對象。一是《獄門島》的鬼頭早苗，早苗是鬼頭家的繼承人，個性外柔內剛。在案件結束之後，金田一問早苗是否願意和他一同前往東京生活，無奈早苗爲了鬼頭家的未來拒絕了，這是金田一第一次失戀。還有一人是〈女怪〉中的酒吧老闆娘，持田虹子。即使知道虹子已有情人，金田一仍舊熱情地說：「就算老闆娘有了情人，我還是喜歡她，非常、非常地喜歡她。」只可惜事件的眞相太悲慘，兩人無緣結合。在這個案件中大受傷害的金田一爲了療傷，便自我放逐地到北海道去了。

開端

一 序曲

信州（註一）財界巨頭，犬神財閥創始人，同時被稱爲是日本生絲王的犬神佐兵衛老先生，於昭和二十×年（註二）二月，逝世於信州那須湖畔自宅，享年八十一歲。

犬神佐兵衛白手起家，刻苦奮鬥而成功致富。有關佐兵衛老先生的生平奮鬥美談，過去數十年間刊載在各種報紙或雜誌，在世上廣受宣揚；其中最詳盡的，要屬老先生逝世後由犬神奉公會發行的《犬神佐兵衛傳》這本著作了。

根據此書記載，年幼就成了孤兒的佐兵衛，在十七歲那年流落到信州那須湖畔。他不知道自己的故鄉在何處，就連在何地出生，父母爲何人也不清楚。別的不論，單就「犬神」這個奇妙的姓來說，也不知是眞是假。

一般而言，人一旦成功及致富後，總有著想裝飾自己血統、門第的傾向，然而佐兵衛老先生絲毫沒有這樣的虛榮心。他總是會豪氣地對著親信表示：「我們人不管是誰，出生時都是赤裸裸的。」據說他還會不以爲意地如此說道：「我到十七歲那年爲止，就和乞丐沒什麼兩樣，在各地流浪。最後才流落到此地，蒙受野野宮先生的疼惜和照顧，這可說是我時來運轉的開始啊。」

註一－信州，乃舊地名，即現今的長野縣。

註二－昭和二十×年大概是在西元一九四七年到一九五五年之間的某一年。

這位野野宮先生，全名野野宮大貳，是位於那須湖畔的那須神社的神官（註），對佐兵衛老先生而言，是終生的恩人。佐兵衛老先生對他的大恩大德難以忘懷，即使是如此卓越非凡且個性不羈的老先生，據說只要在談話中提到此人時，總會挺直背，重新端正坐好。

佐兵衛老先生這般終生不渝的感恩心情，以及對於大貳遺族的誠懇報恩心思，實可謂之美談。然而，任何事物都有其限度。老先生過世後，發生在犬神家一族的那樁血腥殺人案件，完全就是起因於佐兵衛老先生對野野宮家遺族的過度報恩之念。只要回想這件事就可以發現，儘管是出自善意，然而一旦處理不當，也可能引起不必要的慘劇；此事例應該可以成爲一個很好的教訓。

有關這個部分，我們暫放一邊。來談一下佐兵衛老先生和野野宮大貳最初相識的經過。

如同佐兵衛老先生在談話中所提，當時四處流浪的佐兵衛，有一天像流浪狗般昏倒在那須神社前殿的地板下。那時已深秋，在寒氣逼人的信州湖畔，沒有被爐是無法生活的。

然而，佐兵衛當時淒慘到只穿著破爛衣服，繫上一條繩索充當腰帶；且他已經整整三天沒有進食。飢寒交迫下，年幼的佐兵衛對死亡已有覺悟。事實上，如果野野宮大貳再遲一點才發現他，佐兵衛恐怕早就死去了。

當野野宮大貳發現有個年幼的乞丐倒在地板下時大吃一驚，立刻將他抱回住處。隨後吩咐妻子晴世細心照顧。這就是大貳與佐兵衛第一次的接觸。

根據《犬神佐兵衛傳》記載，當時大貳四十二歲，他的妻子晴世只有二十二歲，是一對年齡相差很大的夫婦。依佐兵衛老先生所言，這位名叫晴世的女子，像神明似地溫柔，且其美貌還具有一種高雅莊重的特質。

在這對夫婦的親切照顧下，原本身體就算強健的佐兵衛，不久後便恢復健康，然而大貳並沒有立刻放下他不管。當大貳聽到佐兵衛那可憐的身世後，建議他不如留在神社。事實上佐兵衛也不希望離開這個溫暖的窩。就這樣，也不知該算是寄食於人家，還是算神社的傭工，他繼續留在那須神社，接受這名神官的照顧。佐兵衛截至當時從來沒有上過學，理所當然是目不識丁，然而，大貳將他當親生兒子那樣疼愛照顧，對他諄諄教誨。

大貳之所以會對佐兵衛如此關愛有加，除了看出這個孩子聰敏過人外，據說有另一個不爲人知的理由，這是在《犬神佐兵衛傳》一書中沒有提到的。那就是，佐兵衛其實是名罕見的美少年。即使到了晚年，佐兵衛老先生仍然有著年輕時代美貌的餘韻，然而據說幼少時期他那俊美的模樣，可謂是面如冠玉。

大貳十分欣賞他那俊秀的外表，據說當時這兩個人之間還有肉體關係。最足以證明這項事實的，就是佐兵衛停留在神社一年多後，那位如同神明般溫柔的晴世，有段期間返回了娘

註—指在神社工作，侍奉神明、執行祭拜等相關工作的人。

家居住；據說這是由於大貳一味地寵愛佐兵衛，而完全不顧及妻子的緣故。

然而，這對夫婦的惡劣關係，在佐兵衛離開這個家後似乎獲得了改善，不久晴世就再度回到了野野宮家。此後，夫妻間的相處也似乎相當和睦，過幾年晴世便生下了女兒祝子。祝子在成年之後招贅，後來生下一個名爲珠世的女兒。這位珠世，其實正是這個故事的主角，有關這個部分，等會再向讀者詳細說明。

話說，離開了野野宮家的佐兵衛，在大貳的介紹下進入一家很小的紡紗廠工作，然而這正是他日後建構雄霸日本財界一方的犬神財閥的第一步。聰敏的佐兵衛只花了一年的時間，就學習到普通人要花上好幾年才能學得的東西。而且，他雖然離開了野野宮家，但絕非從此斷絕來往，之後他還是不斷地出入這個家，接受大貳的薰陶。因此，他的學識、素養逐漸增長。晴世儘管曾由於佐兵衛的因素而離家出走過一段時間，但似乎也已完全釋懷，每當佐兵衛來訪，仍將他當成親弟弟般多方關照。

佐兵衛進入紡紗廠是明治二十年（註一）左右，當時可說是日本紡紗工業的搖籃時代。佐兵衛在工作期間，學習到了紡紗廠的組織結構，以及推銷、販賣生絲的方法，很快就獨立創設了自己的工廠；且謠傳提供他必要資本的，便是野野宮大貳。

此後佐兵衛一帆風順。經過日清（註二）、日俄兩場戰爭，以及第一次世界大戰後，隨著日本的國力愈來愈充實，生絲這項產業成爲日本輸出的大宗，而犬神紡紗公司也堂堂成爲日本一流的大公司。

野野宮大貳在明治四十四年（註三）過世，享年六十八歲。儘管他是犬神佐兵衛事業最初的投資者，然而他日後只有接受當時的投資金額再加上若干利息的回報而已，不管佐兵衛再怎麼費盡唇舌試圖說服他，他也絕不接受任何佐兵衛事業上所獲得的利益。身為神官的他，終生過著清廉的生活。

大貳過世不久，他的遺女祝子便招贅由女婿繼承神官的工作，而這一切都經佐兵衛從中斡旋。贅婿和祝子之間，長久以來未能得子，婚後過了十幾年，終於在大正十三年（註四）生下了女兒。她就是珠世。

珠世出生時，她的祖母晴世早已逝世；未滿二十歲前，父母也相繼亡故，因此珠世便由犬神家收養。而且她在這個家裡受到了特別的待遇……她被視為是主人家遺留的女兒，受到貴賓般的禮遇。

另一方面，犬神佐兵衛不知為何，終生沒有迎娶正式的妻子。佐兵衛雖然有三個分別名

註一—西元一八八八年。
註二—即為甲午戰爭。
註三—西元一九一二年。
註四—西元一九二四年。

爲松子、竹子和梅子的女兒，然而她們的母親並非同一人，也都不是佐兵衛的正式妻子。這三名女兒都招了贅，各自也都有了兒女。長女松子的丈夫在那須市的總店，次女竹子的丈夫在東京的分店，三女梅子的丈夫在神戶的分店，分別擔任經理的職位。佐兵衛老先生直到過世爲止，始終一手掌握著犬神財閥的巨大實權，絕不將這些權利讓渡給女婿們。

那麼，於昭和二十×年二月十八日，伺候在將要臨終的犬神佐兵衛枕邊的犬神家一族，就是以下這些人。

首先是長女松子。她的年紀已經五十二、三歲左右，卻是當時犬神家一族中最爲孤獨的。這是因爲她的丈夫在幾年前過世，而唯一的兒子佐清又被徵召去打仗，且戰後還未復員回來。雖然戰爭結束沒多久，兒子曾經從緬甸來信，因此知道他還活著，但卻不知何時才能歸來。也就是說，佐兵衛老先生的三個孫子中，只有佐清不在他臨終時的身旁。

接著，松子的下面是次女竹子和丈夫寅之助，及其膝下的佐武和小夜子這對兄妹。佐武二十八歲，妹妹小夜子是二十二歲。

接在竹子一家後頭的，就是三女梅子和丈夫幸吉，及他們的兒子佐智。佐智和佐武相差一歲，是二十七歲。

以上八人加尚未復員的佐清，這九人與佐兵衛老先生有血緣關係，就是犬神家一族。

在佐兵衛老先生將要臨終之際，除了上述這些人外，還有一位與佐兵衛老先生關係很深的人也陪伴在旁。不用說，那便是野野宮家唯一的遺女珠世。珠世當年二十六歲。

在場所有人，都默默不語地凝視著那呼吸愈來愈微弱的佐兵衛老先生。然而令人詫異的是，在他們的臉上完全找不到一絲陪伴在快要臨終親屬旁的哀傷神情。不不，甭說是哀傷了，珠世除外的每個人，臉上浮現的竟然都是焦躁的神色。他們似乎都爲了某件事而異常焦慮。不僅如此，他們還暗中互相刺探、猜忌。當他們的視線一離開那愈來愈虛弱的佐兵衛老先生時，眼中必然浮現滿是猜疑的目光，不斷來回觀察著其他家人的臉色。

他們會如此焦躁不安，是因爲至今仍不知佐兵衛老先生的遺言內容。犬神財閥這個巨大的機構，在老先生過世後到底該由誰來繼承？而老先生那些龐大的遺產又會如何分配？對這些問題，佐兵衛老先生至今從未有任何表示。

關於此事，他們之所以會感到焦慮、擔心，是有理由的。那就是，不知爲何，佐兵衛對女兒們絲毫沒有關愛之情；更不用提那些女婿了，他完全不信賴他們。

主治醫師仍然持續爲佐兵衛老先生把脈，然而他的呼吸愈來愈薄弱了。長女松子這時終於按捺不住，她傾身向前說道：

「爸爸，您的遺言呢？是不是有什麼遺言要說呢？」

佐兵衛老先生似乎聽到了松子的聲音，微微地睜開眼睛。

「爸爸，如果您有遺言，就請說吧。大家都在恭候您的遺言。」

老先生像是聽懂松子話中的意思了，他微笑了下，舉起那顫抖的手，指著一個在末座作陪的人。佐兵衛老先生指著的，就是犬神家的顧問律師古館恭三。被佐兵衛老先生指出後，古館律師輕輕地咳了一聲。

「是的，老先生的遺書目前由我保管。」

古館律師這句話，彷彿在這肅穆的臨終席上投下了一顆炸彈。除了珠世，所有人都愕然地轉頭看向古館律師。

「你是說有遺書嗎？」

次女竹子的丈夫寅之助邊喘著氣邊如此低聲說道。他說完這句話後，慌慌張張地從口袋裡取出手帕，擦了下額頭冒出的汗。儘管當時爲寒冷的二月——

「那麼遺書會在什麼時候發表呢？是不是在社長往生後馬上就……」

問這句話的是三女梅子的丈夫幸吉。他的臉上浮現極爲焦躁的神色。

「不，我不準備這麼做。依照老人家的意思，這封遺書必須等到佐清先生復員後，才能夠打開發表。」

「你說等佐清……」

這樣小聲說著的是竹子的兒子佐武。他臉上表情似乎非常不安。

「可是，如果佐清先生沒能復員，那……？雖然我說這話不太吉利……」

次女竹子說道。松子聽到這句話時，眼中頓時閃現銳利的光芒。

「竹子說得很對。就算他還活著，但那可是在遙遠的緬甸啊。在他平安回國前，也不能保證絕對不會發生任何事情喔。」

說話的是三女梅子。對於大姊的表情，她一副毫不在乎，口氣也相當惡毒。

「嗯，這樣的話……」

古館律師故意輕輕地咳了一聲。

「我會在老先生逝世一週年的時候發表。在這之前，犬神家的事業以及財產的管理，一律由犬神奉公會執行代理。」

一陣不愉快的沉默突然降臨在現場所有人身上。除了珠世，每個人的臉上都浮現一種帶著焦躁、憂慮，以及憎恨的複雜表情。就連松子也以交織著希望、不安、願望與憎恨的眼神凝視著佐兵衛老先生的臉。

然而佐兵衛老先生依然只是微微冷笑，把他那空虛、呆滯的眼睛瞪得大大的，依照順序從松子開始，環視著在場所有人的臉。最後當他的眼神投注在珠世身上時，老先生的視線突然就停止不動了。

一直把著脈的醫師，此時以嚴肅的語調宣布道：

「老先生，已經逝世了。」

就這樣，犬神佐兵衛老先生結束了他多事、繁忙的八十一年生涯。然而，如今仔細回想，這一瞬間也正是日後發生在犬神家那樁血腥案件的開端。

絕世美人

I CHAPTER — 第一章

犬神佐兵衛過世八個月後的十月十八日這一天，位於那須湖畔的那須旅館，有一位客人前來住房。

這位客人年齡大約是三十五、六左右，其貌不揚、體型矮小，還有一頭鳥窩頭，他穿著皺巴巴的嗶嘰布料和服，以及一條也是皺巴巴的和服裙子，一開口，還有點口吃的毛病。寫在旅館登記簿上的名字是金田一耕助。

如果各位已經看過《本陣殺人事件》，有關金田一耕助的一連串偵探故事，對於這個人物應該不必再多介紹。不過，在此還是爲頭一次聽到名字的讀者諸君，稍微說明。

金田一耕助是個外貌相當與眾不同的偵探。若光看他的外表，實在是一無可取，不但其貌不揚，還有口吃的毛病；然而其精細、完美的推理本事，在《本陣殺人事件》、《獄門島》以及《八墓村》等案件中已經獲得了證明。一興奮起來，這個人的口吃毛病就益發嚴重，同時還有拚命亂抓鳥窩頭的習慣。這並不是什麼高雅的習慣。

話說，當金田一耕助被帶到位於二樓、面對湖的和式客房時，他立即請服務人員撥接外線，打電話到某個地方。

「啊，是嗎?那麼大概一個小時後……好的，可以，那麼我等你。待會見……」

他一掛上電話，馬上回過頭向女服務生說道：

「大概過一個小時後會有人來找我。如果那個人來了，請馬上把他帶到房間來。我的名字？我叫金田一耕助。」

之後金田一耕助就去泡了個澡，然後再回到房間。他一臉嚴肅地從旅行箱裡拿出了一本書和一封信。這本書是大約在一個月前由犬神奉公會所發行的《犬神佐兵衛傳》，而寄件者則是在那須市的古館法律事務所工作，名叫若林豐一郎的人。

金田一耕助把椅子拿到面湖的緣廊上，坐下來東翻西翻那本似乎已經讀了好幾遍的《犬神佐兵衛傳》，很快地他就將此書擺在一旁，從信封中抽出若林豐一郎所寄的信。此封信的內容如下，可說是封十分怪異的信。

敬啓

時值秋涼季節，欣喜尊駕身體日益康健，事業日益昌盛。突然收到素不相識的小生信函，想必一定打擾了尊駕的清靜，小生深感惶恐；然而，小生有一事想煩勞尊駕。這並非我本人的事，而是與另外寄上的那本《犬神佐兵衛傳》的主人翁犬神佐兵衛老先生的遺囑有關。小生十分擔憂，在這犬神家一族裡，或許很快就要發生嚴重事態。所謂的嚴重事態，就是尊駕的專攻領域——血腥的凶殺案件。犬神家一族中恐怕會出現相當多名犧牲者——只要一想到此事，小生連夜無法入眠。不，與其說這是將來會發生的事，應該說現下已經在進行中，倘若置之不顧，實無法預料日後會演變成何等大慘案。爲了防範此事態於未然，誠心希望尊駕能前來那須調查，小生才會冒昧寫下此信。尊駕在讀信後，或許會懷疑小生是發了狂，然而小生絕非發狂，而是實在太過憂慮擔心，也太過恐懼，因此才想煩勞尊駕。另外，當您前來那須時，敬請來電到信封上所記的古館法律事務所，鄙人會立即前去拜訪您。在此衷心期望，請您切勿將此信置若罔聞。

若林豐一郎鞠躬

致　金田一耕助先生

再啓：此信內容請切勿外傳

這似乎是個寫慣嚴謹正式信函的人，特意勉強寫出的口語信，總感覺有點不自然。當金田一耕助收到這封信時，就連平日一向鎮靜泰然的他，也不禁啞然。儘管信上要求不要視其爲一狂人，然而內容卻教人不由得如此認爲。甚至還會讓人懷疑這是封作弄人的信。

不論是「血腥凶案」也好，還是「或許會有很多犧牲者出現」等措詞，這封信的筆者大概是預料到會發生凶殺案吧，然而，他到底是如何預知的呢？計畫要殺人的凶手，不可能會告訴他人，且再怎麼說，就算心中眞有殺人計畫，也不是隨便就可以實行。然而，寫這封信的人卻深信那是必然會發生的，這點令人感覺十分怪異。

更何況，假設眞有那麼一個計畫，而這個人也因某種理由而事先得知，那他爲什麼不乾脆偷偷告訴那些未來的犧牲者呢？就算事態尚未發生，不便向警方報案，難道沒有辦法暗中警告那些不幸的人嗎？如果不便直接告訴他們，也可以用匿名信等方式啊，難道不是嗎？

金田一耕助原本打算對此信付之一笑。然而，信中有些令他在意的內容。那就是「不，與其說這是將來會發生的事，應該說現下已經在進行中」這一小節。

這麼說，已經有奇異的事態發生了嗎？

還有一點也引起金田一耕助的注意，來信者似乎在法律事務所工作，不是律師，就是律師見習生。如果是這樣的人，或許會知道他人家庭祕辛，也可能察覺某項謀殺計畫。

金田一耕助將那封信看了好幾次，也把同時寄來的《犬神佐兵衛傳》閱讀了一下。當他了解到犬神家複雜的家庭內情時，也突然對此事興致勃勃了起來。

金田一耕助先前聽聞，犬神佐兵衛老先生在今年早春過世了。同時，他回想起在某個刊物上看過，老先生的遺書會保留到他的一名孫子復員回來才公開。這麼一來，耕助的好奇心就愈來愈強烈。於是，他火速將當時參與的案件了結，一手提著旅行箱來到那須市。

當金田一耕助把那封信和書擺在膝上，發呆想著這些事時，女服務生端茶進了房間。

「啊，妳，對不起。」

當女服務生把茶擺在桌上，轉身就要離開房間時，耕助急忙地叫住了她。

「請問，犬神家的公館是在哪一帶呢？」

「你說犬神家的公館啊，前方那棟就是了。」

往女服務生所指的方向一看才發現，的確沒錯，大約離旅館數百公尺的地方，可以看到一棟奶油色的西式建築，以及另一棟占地很大、有著複雜斜面屋頂的日式建築。犬神家的後院似乎是直接面對著湖，那裡有個很大的水閘門，和湖水相連。

「哦，果然是很豪華的宅第啊。對了，我聽說已過世的佐兵衛先生，有一個孫子還沒復員，現在怎麼樣了？還是沒有任何音訊嗎？」

「如果你說的是那個佐清先生，好像在前幾天到達博多了，他的母親已經與高𥚃烈前去迎接。據說現在停留在東京的宅第，過兩三天後就要回到這裡。」

「哦哦，已經回來了啊。」

金田一耕助覺得他回來得還眞是時候，心臟不禁直跳。

就在那時，犬神家的水閘門很滑順地往上開啓，接著有艘小船從裡頭滑行出來。小船上只乘坐著一名年輕婦人。似乎要爲小船送行，有個男人跑到水閘門外的狹小空地上。

乘坐在小船上的婦人和空地上的男人，彼此說了兩三句話，當婦人揮手後，那男人就慢條斯理地進到水閘門裡邊了。女人熟練划槳，平順往湖面划去。看起來十分愉快。

「那位婦人是犬神家的人嗎？」

「你說珠世小姐啊。不是，她不是犬神先生的親屬，不過，據說對犬神先生而言，好像很重要……而且，她非常美麗，聽說，像她那麼美麗的女人在日本可能找不到第二個。」

「哦哦，眞的有那麼美嗎？好，那就讓我也來瞧瞧吧。」

耕助一面覺得女服務生誇張的說法很可笑，一面卻從旅行箱拿出雙筒望遠鏡，往坐在小船上的珠世方向對準焦距；就在他凝視著映在鏡頭上的容顏時，他感受到一股無以言喻的戰慄貫通了整個背脊。

啊啊，女服務生的話並不誇張。金田一耕助也同樣從未看過此般美人。略微仰著頭，相當愉快地划著槳的珠世，那美麗的模樣，若非親眼目睹，實在令人無法想像。她那稍長的頭髮，濃密彎曲的劉海，豐柔的臉頰，長長的睫毛，形態優美的鼻梁，及具有令人魂不守舍魅力的嘴唇——身上的運動服則與優美的體態合身一致，那修長的身材曲線之美，幾乎無法以筆墨或言語加以形容。

一個女人美到如此程度，反倒會令人心生畏懼，而感到無以名狀的戰慄。金田一耕助止住呼吸，目不轉睛地看著珠世的身影。然而就在這時，珠世的樣子忽然變得不對勁。

珠世停下了划槳的動作，在小船裡東張西望，不知爲何突然大聲喊叫。這麼一喊，槳便從她手中滑落，小船傾向一邊，搖晃得相當厲害。珠世從小船中站起，她那充滿恐懼的眼睛瞪得大大地，發了瘋似地拚命揮動雙手。小船眼看就要從她的腳下急速往下沉了。金田一耕助此時才猛然從藤椅上跳了起來。

寢室的蝮蛇

這時的金田一耕助，並沒有忘記他正在等待客人。不過，他認爲時間還來得及，無法眼睜睜地看著眼前快溺水的人而見死不救。於是他馬上衝出房間，快步跑下樓梯。然而事後仔細回想，他的這個動作，竟然是在偵辦犬神家案件時所犯下的第一個錯誤。

如果當時珠世沒有溺水，而金田一耕助也沒有衝出去救她，犬神家所發生的那些案件，一定可以更早偵破。

這個部分暫且不談。話說，當金田一耕助快步跑到樓下時，跟在後頭的女服務生立即對他說道：「客官，請往這邊……」

隨後她穿著短布襪就往下跳到庭院裡，領先一步往後柵門的方向跑去。金田一耕助也跟在後頭。打開後柵門，外面可以看到湖水，還可看到小碼頭下方繫結著兩三艘小船。這是那須旅館專用的小船，是爲想乘船遊湖的客人而備置。

「客官，您要自己划小船嗎？」

「嗯，沒問題。」

若是小船，耕助對自己技術很有自信。當他一跳上小船，女服務生便解開船纜。

「客官，請留心一點。」

「嗯，好的，沒問題。」

耕助一握住槳，使出渾身的力氣開始划。

這時，在湖心附近的那艘小船，已經沉沒一半以上，珠世發了瘋似地拚命求救。

那須湖雖然不是什麼很深的湖，卻因此更加危險。那生長在湖底，高度超過三公尺的水草，在水中如同女人的頭髮般相互糾結、纏繞；如果一不小心被捲了進去，就算是游泳健將，也常有溺水的情形；一旦溺死的話，屍體還不太容易浮上來。

或許是聽到了珠世的呼救聲，耕助出發不久後，對岸出租小船場的碼頭，也有兩三艘小船開始嘩啦嘩啦地划出。同時，在耕助的後方，那須旅館的領班和男夥計也一面大聲叫嚷，一面划著小船過來。他們也許是得到女服務生的通知，大吃一驚衝出來吧。

耕助的小船領先向前航行，他拚命地操槳划著。然而就在此時，耕助發現剛才看到的那個男人，從犬神家的水閘門內衝到外頭的空地上。他看了湖面上的狀況後，迅速脫掉上衣和褲子，撲通一聲跳進湖裡，游向沉沒中的小船，而且行進速度相當驚人。

他的雙臂水車般快速地旋轉，湖面上濺起了猛烈的水花。他彷彿一條銀蛇滑順地前進，在身後劃出了長長的水道，筆直地朝著小船而去。

結果，這個男人最先抵達珠世的身旁。

當耕助好不容易划到他們旁邊時，湖水已經淹到珠世小船的船舷，珠世筋疲力竭地被抱在那男人的雙臂中。

「哎呀，眞是太辛苦你了。來來，趕快上來。」

「這位先生，謝謝你。那，小姐就麻煩你拉上去了。我會好好壓住船的。」

「哦，是嗎？好，那就把她交給我吧……」

「對不起。」

珠世挽住了耕助的手臂，好不容易才爬上了小船。

「你、你、你也上來這艘小船吧。」

「好，謝謝。那我不客氣了……如果翻船就糟了，請你把那邊好好壓住。」

男人敏捷爬上，首次正面見到對方容貌的金田一耕助，油然起了一種異樣感。

那是因爲這個男人的面貌簡直跟猴子沒什麼兩樣。他的額頭很狹窄，眼窩凹陷得很厲害，而臉頰則非常地瘦。若要說他是個醜人，的確是醜到不行，然而，他的一舉一動卻又讓人感覺到此人似乎是很正直、老實的。

這個男人叱責珠世道：「小姐，所以我不能不說。我一再要妳小心一點，結果還是……

這回，都已經是第三次了啊。」

「第三次」這個字眼聽在耳裡，令耕助十分在意。

當他不經意地轉頭看向珠世，珠世就像是個惡作劇後被抓到的小孩，半哭半笑地說道：

「可是，猿藏，這也沒辦法呀。我根本不知道小船上會有個洞啊。」

「妳說小船上有個洞？」

耕助不由得瞪大了眼睛，再度看著珠世。

「對，好像是這樣。那個洞，原本似乎塞了什麼東西在裡面。而那個東西脫落了……」

當她說到這兒時，那些旅館的領班、出租小船場的人都划到現場了。耕助思考了一會兒，對領班說道：

「你，不好意思，領班啊，可不可以請你想個辦法不要讓這條小船沉下去，把它拖到岸邊？因爲我等會兒想要檢查……」

「咦？」

領班一臉莫名其妙，然而耕助不多加理會，馬上又轉頭看向珠世。

「讓我送妳回家吧。回到家，請馬上泡泡溫泉，讓身體暖和一下。不然會感冒喔。」

「好的，謝謝。」

留下那些還在吵吵嚷嚷的旅館領班及看熱鬧的人，耕助慢慢把小船划了出去。

如今珠世和猿藏就坐在他的眼前。珠世頭靠在猿藏寬廣的胸膛上，一副安心十足的模樣。猿藏長得雖醜，體型倒是相當魁梧、健壯，像塊岩石。珠世被猿藏那粗大的手臂緊緊抱著的樣子，就如同令人憐愛的蔓草纏附在老松樹上一樣。

不過，話說回來，像這樣親眼近看，珠世的美艷顯得非比尋常。她的容貌之美就無須贅述了，而她那被水濡溼的肌膚，僅僅隱約露出微微血色的那種美，更是光輝耀眼。連幾乎不爲女色動搖的金田一耕助，此時也不禁怦然心動。

耕助一時出神地凝視著珠世，然而當珠世一察覺，頓時滿臉通紅，這使得他慌張地嚥了下口水。接著他便有點難爲情地對猿藏說道：

「剛才，你好像說了一句滿奇怪的話。你說，這已經是第三次了……照這麼講，類似這樣的事經常發生嗎？」

猿藏的眼神閃露光芒，觀察著耕助的表情，以沉重的語調回答：

「是啊，最近常發生一些怪事，所以我一直很擔心。」

「你說的怪事是？」

「哎呀，哪有什麼事。猿藏，你眞傻，怎麼還在意那件事呢？一定全是意外呀。」

「意外？小姐，再出點差錯，可會讓妳性命不保啊。我眞的覺得很不可思議。」

「咦？你說會性命不保？是發生了什麼事？」

「一次是有條蝮蛇，盤繞在小姐的被褥裡。幸好發現得早，如果一不小心被咬，就算不死也是重傷。第二次是汽車被動手腳，刹車不靈。小姐差點連車子一起落下懸崖。」

「亂講，亂講，根本沒那回事，那些都是很偶然的意外，是我運氣不好。猿藏，你也實在太杞人憂天了。」

「像這類的事接二連三發生，眞不知道以後還會再發生什麼事。一想到這裡，我就眞的很擔心，很擔心……」

「你眞傻，怎麼還會再發生什麼事呢？我的運氣一向都很好。就是因爲運氣很好，不是每次都得救了嗎？看你那麼擔心，我反倒覺得有點恐怖。」

在珠世和猿藏如此爭執之際，小船到達了犬神家的水閘門。

耕助讓他們上了那塊空地後，兩個人向他道謝，之後他就再划回旅館。一路上，他回想了一下從猿藏那裡聽到的事。

寢室的蝮蛇和汽車的故障，還有今天小船上的破洞，這些眞如珠世所說的，都是偶然的意外嗎？難道不是有人蓄意搞鬼嗎？倘若眞是有人故意搞鬼，換句話說，就是有人打算取珠世的性命了。而這件事和若林豐一郎那令人毛骨悚然的預感之間，是不是存在著什麼關係？對了，來問問若林這個人吧。若林豐一郎也差不多快要到旅館了。想到這裡，金田一耕助便使出全力划動小船。

回到旅館，若林豐一郎果然已經來了。

「那個……您的客人到了，我已經把他帶到您的房間……」

聽到女服務生如此道，耕助急忙跑上二樓，卻哪兒也不見客人。但客人的確已經來了。因爲，他發現菸灰缸裡的菸蒂正冒著煙，還有一頂沒見過的帽子，放在房間角落。

大概是去了廁所了吧……耕助想著，便在藤椅上坐了下來，然而等了好一段時間，客人還是沒有出現。按捺不住的耕助按鈴呼喚女服務生。

「客人到底是怎麼了？爲什麼都看不到人啊？」

「咦？看不到客人嗎？哎呀，到底是怎麼搞的呢？會不會去上廁所了？」

「哪有人會上廁所上那麼久。是不是走錯房間了？妳幫我找一下吧。」

「眞奇怪，到底會上哪兒去呢？」

女服務生一副莫名所以的表情走出了房間。然而過了不久，就傳來「啊」的一聲尖叫。那確實是女服務生的聲音。

耕助吃了一驚，立刻跑向聲源處，發現剛才那個女服務生鐵青著臉呆立在廁所前面。

「妳、妳，怎、怎麼了？」

「啊，客官……那個客人……那個客人……」

往女服務生指的方向一看，廁所的門微開，只見一個倒在地上的人的腳。耕助嚇一跳，屏住呼吸，隨即開門走進廁所，然而接下來，他就像吞下一根棍棒，呆呆僵立原地。

廁所的白色瓷磚地板上，有個戴著太陽眼鏡的男性臉朝下俯臥。在他倒下前似乎掙扎激烈，大衣領子和圍巾抓得亂七八糟，而緊抓著地板的雙手指節突起得很厲害，指甲彷彿要陷入地板。而且，白色的地板上，還到處散布著疑似此人吐出的斑斑血跡。

耕助一時彷彿凍結般愣在地，接著他便小心翼翼地靠近，試著把了一下他的脈搏。理所當然，已經沒有脈動了。

耕助取下他戴著的太陽眼鏡，然後轉頭看向女服務生問道：

「妳、妳有沒有看過這個人？」

女服務生提心吊膽地窺視這個人的臉。

「哎呀，是若林先生啊。」

聽到這句話，耕助的心臟頓時怦地跳了一下。

他再度茫然地呆立在地。

古館律師

對金田一耕助而言，這是他生平所受到的最大侮辱。

金田一耕助平日始終認為，私家偵探與委託人的關係，就像懺悔僧與懺悔人。如同罪孽深重的懺悔人完全信賴懺悔僧，而將一切祕密傾吐而出；案件委託人也試圖完全信任私家偵探，將所有不輕易告訴他人的祕密全盤托出。之所以能做到這點，想必是對於對方的人格有著全盤信賴，為此，必須回報委託人的這份信賴。

金田一耕助至今始終遵守著這個方針辦案，而他從未辜負過委託人的信賴，這是他相當自豪的一點。然而，這回委託人出現在面前時卻慘遭殺害。而且，還是在自己下榻的旅館房間……對耕助而言，還有比這更大的屈辱嗎？

同時，若反向思考，殺害若林豐一郎的凶手，一定是已知若林準備將一部分的祕密告訴金田一耕助這名偵探，而為了防止此種情況，便做出這樣殘忍的行徑。依此推斷，這件命案的凶手，莫非已得知金田一耕助的存在，並開始向他展開挑戰了？

想到這裡，耕助的心中頓時燃起了怒火，鬥志也猛然沸騰、高漲了起來。

如之前所提，耕助起初對於這件案子半信半疑。他懷疑若林豐一郎所擔憂的事是否為眞。然而，他的這些疑問，現在一下全都消解了。這個案子，應該遠比若林豐一郎那封信的內容，還要來得深刻、嚴重……

從這件案子一發生，金田一耕助便處於相當微妙的立場。由於金田一耕助並不是夏洛克·福爾摩斯，還不到天下聞名的地步，因此當那須署的署長與辦案人員接獲報案趕到現場時，他對於要如何向他們說明自己的立場，感到相當困擾。

同時，他也對公開若林豐一郎的信有所顧忌。因此，該如何解釋，才能讓對方清楚理解自己到那須市的目的，耕助十分猶豫。

辦案人員果然對耕助無法釋懷。他被警方追根究柢地詢問與若林豐一郎之間的關係。於是他好不容易才含糊其辭地做了以下回答：我是受到委託來進行調查，至於那是什麼樣的調查，因爲現下委託人已死了，也就不得而知。

辦案人員盡量委婉要求耕助暫時停留在當地不要離開，而耕助對此也沒有異議。其實他本身也已決意，在這件案子完全了結前，絕對不離開那須市。

若林豐一郎的屍體當天就解剖完畢，死因似乎也確認了；根據驗屍的結果，他是遭到某種毒物所毒死。然而，奇妙的是，那毒物並非從胃裡檢驗出，而是由肺臟化驗發現。換句話說，若林豐一郎不是喝下毒藥，而是吸進了毒物。

了解到這點，立刻受到警方注目的，就是若林遺留在菸灰缸裡未吸完的香菸。這是外國產的香菸，化驗的結果發現，果然有毒物被摻混在其中。而且，令人詫異的是，摻含有毒物的只有那根未吸完的香菸而已。

在若林豐一郎的菸盒裡，還剩下幾根香菸，但並沒能從中化驗出任何可疑的物質。這麼說來，凶手並沒有在特定的時刻殺害若林豐一郎的明確打算，他應該是認爲，遲早有一天能殺死若林就行了。

這樣的犯罪手法，讓人感覺凶手十分悠閒沉著。然而，也因此，這同時是一種極為巧詐、陰險的犯罪手段。因為案發時，凶手不一定會在被害人的周圍。光靠這一點，凶手就可以將自身的嫌疑減低到遠比其他的毒殺案件還要少很多。

金田一耕助對如此陰險的犯案手法驚嘆不已。在眼前下挑戰書的人相當不簡單。

另一方面，就在若林豐一郎死於非命的隔天，有位客人前來拜訪。

女服務生拿來的名片，印著「古館恭三」。

耕助看到這個名字，不禁吃了一驚，眼神也尖銳了起來。

古館恭三想必就是古館法律事務所的所長了。同時，這個人正是犬神家的顧問律師，也是保管犬神佐兵衛老先生遺書的人。

金田一耕助胸口一陣騷動，立刻要女服務生將客人請進來。

古館恭三是位皮膚淺黑，一臉嚴肅，年約五十多歲的紳士。

他用一種職業的銳利眼神，精明地觀察著耕助，然而卻也措詞謙恭地說了初次見面的客套話，並對突然的造訪表達歉意。

耕助依舊邊習慣性地拚命抓搔著頭邊說：

「啊啊，你、你好……昨天我嚇了一大跳，想必你應該也很吃驚吧。」

「是的，事情實在是發生得太意外了，我到現在都還無法相信這是眞的……事實上我就是爲了這件事，才來拜訪……」

「嗯。」

「剛才從警方那裡耳聞若林老弟原本打算委託你調查某件事情……」

「是啊。可是還沒有聽到委託內容，就發生了那樣的事……他原本到底打算委託我調查什麼呢？這下子可變得不明不白了。」

「不過，他已經多少給了你暗示吧。我想他應該是透過書信拜託你的……」

「是啊，的確是……」

金田一耕助目不轉睛地看著對方。

「古館先生，你是犬神家的顧問律師吧。」

「沒錯。」

「這麼說，你應該也會保衛犬神家的名譽吧。」

「那當然了……」

「其實啊，古館先生……」

金田一耕助突然把聲音放低，說道：

「我也是考慮到犬神家的名譽，盡可能不要說一些多餘的話，所以並沒有向警方提到這件事……事實上，我從若林先生那裡收到了這封信。」

金田一耕助將那封信拿給他看。然後，仔細地觀察古館律師讀這封信時的表情。

古館律師的臉上浮現出愈來愈震驚的表情。他那淺黑色的額頭上深深刻畫著皺紋，還滲出了大量的汗。拿著信紙的手一直顫動著。

「古館先生，關於這封信的內容，你有沒有聯想到什麼事情？」

古館律師起先神情恍惚，聽到耕助這個問題時，他的肩膀顫抖一下，彷彿受到驚嚇。

「啊啊，不……」

「我覺得很不可思議，就算犬神家眞要發生什麼事，若林先生又怎麼會知道呢？……讀過這封信的內容就可以了解，若林先生似乎對那件事情有相當程度的篤定，可是，他爲什麼會有那種篤定呢？古館先生，關於這點，你是不是能提供什麼線索？」

古館律師的表情相當動搖。他似乎握有某些線索。

耕助把身體往前一靠，說道：「古館先生，你對這封信完全不知情嗎？也不知道若林先生想委託我調查哪件案子嗎？」

「我不知道，只不過，現在回想起來，若林老弟的樣子的確有點怪。他一副提心吊膽的樣子，好像在害怕著什麼……」

「在害怕著什麼……？」

「嗯，是啊。這是若林老弟被殺害後，我才首次想到的問題……」

「他到底在害怕什麼呢？針對這個部分，你是不是有什麼線索？」

「嗯，就是關於這一點……」

古館律師起初相當掙扎，然而不久，他似乎就下定了決心。

「事實上，針對此事，我也想跟你商量一下，所以今天才會前來拜訪……其實，有關犬神佐兵衛老先生的遺書……」

「哦，遺書……？遺書怎麼了？」

「那封遺書一直保管在事務所的保險櫃裡，但由於昨天若林老弟發生了那樣的事，令我相當忐忑，於是我查看了一下，這才發現那封遺書似乎有被人偷看過的痕跡。」

「遺書……？被人偷看過了……？」

古館律師表情凝重地點了頭。這時耕助的呼吸變得有點急促。

「那麼，如果那封遺書被偷看的話，是不是會搞砸某些事情？」

「不，這封遺書遲早會……因為佐清老弟終於復員回來，大概兩三天之內就會發表；只是，我一直感到很心痛、很擔憂，遺書內容一旦發表，可能就會發生一些騷動……」

「有什麼奇怪的地方嗎？那封遺書……？」

「是啊，非常奇怪！」

古館律師使勁地說道：

「怪異到會令人懷疑寫下遺書的人是不是有點缺乏常識。那內容分明就是想挑撥遺屬相互憎恨。我當時也極力想勸阻，可是佐兵衛先生非常頑固……」

「你方便向我透露那封遺書的內容嗎？」

「不不。」

古館律師的手一揮。

「那可不行。依照故人的意思，在佐清老弟回到自宅前，絕對不能發表……」

「我懂了，那我就不再繼續追問。只是，那封遺書若被偷看過……反正，會對遺書內容感興趣的，一定只有犬神家的遺屬了。他們之中有某個人打開了保險櫃……」

「但，這絕對不可能。犬神家的任何人應該都沒有機會打開保險櫃。我在經過一番思考後，認爲會不會是若林老弟被某個人收買了……若林老弟有辦法打開保險櫃。他會不會是受了犬神家的某個人委託，抄錄了遺書的內容？結果，卻使得犬神家發生了怪事。我想若林老弟說不定就是在害怕這一點。」

「犬神家發生了怪事，你指的是？」

古館律師觀察著金田一耕助的表情。

「關於此事，我想你大概也察覺到了……聽說，昨天在湖上也發生了怪事……」

「啊啊，你是說小船沉沒的事……」

「嗯，是啊。我聽說你對小船做了檢查……」

「是啊，是啊，我是做了檢查。在小船底部，的確有一個像是被打穿的洞，而且還被塞入了油灰。如此說來，那名叫珠世的女性，在遺書當中是……？」

「沒錯，她正是遺書裡最重要的人物。有關犬神家遺產繼承的部分，她是站在絕對有利的立場。除非她死了，否則究竟將由誰來繼承犬神家家業，就全憑她的一句話了。」

金田一耕助此時突然想起昨天見到的那張容顏。

啊啊，那彷彿是背光四射，莊嚴無比的美貌。在這位世上罕見的美女身上，犬神佐兵衛老先生到底準備了什麼樣的命運呢？

在西照的陽光下漸漸沉沒的小船，珠世站在小船上發瘋似地揮動著手，而她的背後有一隻巨大的黑手逐漸接近著；那時的耕助，就在眼前描繪了如此的幻影。

佐清歸來

昭和二十×年十一月一日——那是在金田一耕助來到那須，過了兩個星期後的事——一位在信州那須湖畔的那須市，一早就瀰漫著凝重森嚴的氣氛。

這是因爲，從南洋復員後，一直暫留在東京的犬神家嫡子犬神佐清，以及前去迎接他的母親松子，昨天深夜終於回到那須市的自宅了。這個消息很快地就傳遍了整個那須市。

那須的繁榮與否，完全取決於犬神家的命運。

犬神家的繁榮，同時意味著那須市的繁榮。位於寒冷的多山地帶，以前農作收成並不豐饒的貧寒村子，今日之所以會發展成人口有十幾萬的都市，全是由於犬神財閥這個巨大的資本力量在此散播了種子。隨著這個種子的發芽、茁壯以及繁榮，周邊的土地也慢慢興旺了起來。最後，也才能夠在這裡形成一個近代都市——那須市。

因此，居住在那須市和其周邊的人們，無論是否直接與犬神財閥的事業有關聯，或多或少都蒙受著犬神家的恩惠。他們全都分享犬神家事業的經營利益而生活。犬神家事實上就如同那須市的主權者。所以，全體那須市民都很關注犬神家，特別是佐兵衛老先生過世後的犬神家命運，即使說這正是全體市民最關心的話題也不爲過。

將要決定犬神家命運的人，就是松子的獨子佐清。全體那須市民都知道，必須等他復員後，佐兵衛老先生的遺書才會公布。因此他們和犬神家的人同樣地，不，或許是更加熱心地翹首期盼著佐清的復員。

而這個佐清終於回來了。他已經在博多上岸的消息，如同電流經由電線傳導般，很快就傳進所有那須市民的耳中。他們一日千秋似地等待著，希望那個人——或許將會成爲他們的新主人的那個人，能夠盡快回到那須市。

但是，佐清卻和前去博多迎接他的母親松子，一直待在東京的別墅，幾乎看不出他們將動身回到那須的跡象。如果只是一天兩天的話還好。但，隨著這對母子在東京待上了一星期，甚至是待上了十天後，那須市民之間便逐漸瀰漫著不安的氣氛。

佐清爲什麼不回來呢？爲何不早一天回來揭覽祖父的遺書呢？前去迎接他的母親松子，應該比誰都還清楚這件事啊。

針對這個疑問，有人推測：佐清也許病了，所以才會停留在東京的別墅靜養，不是嗎？然而，反對這種說法的人則反駁：如果因爲生病而需靜養，那須市應該比東京更合適。而且有從博多回到東京的體力的話，再延長一下旅途，回到那須市也應該不是什麼大不了的事才對。倘若不適合坐火車，也還有汽車或是其他交通工具啊，以犬神家的財力而言，還有什麼事情辦不到呢？談到醫生這部分，也一樣可以利用犬神家的財力，輕易地把東京的名醫請來那須市吧。再怎麼說，佐清先生從小就不是很喜歡東京的生活。他相當喜愛故鄉那須湖畔的風景，對湖畔那棟自己出生的家也有著強烈的執著。假使佐清先生由於長期的戰爭，以及後來被扣留在當地的生活而疲累不堪，甚至也損害了他的健康，位於那須湖畔的那棟自宅，不正是最適合他的療養場所嗎？如此推論的話，佐清先生母子倆之所以會逗遛在東京，應該不是生病的緣故……

只是，抱持這些意見的人們，也無法對他們的滯留東京，提出令人滿意的說明。到底是什麼理由，佐清和他的母親松子要令犬神家一族，以及那須市民如此地焦慮呢？

對於此事，那須市民的確很焦慮，實際上，犬神家一族更是焦躁無比。

令人感到不可思議的是，隻身一人前往博多迎接兒子的松子，從那裡打了電報給竹子和梅子的丈夫，要求他們先回那須市等待。因此，竹子和梅子兩家人，早就各自從東京和神戶趕到那須湖畔的自宅，迫不及待地等著松子母子歸來。

儘管如此，松子母子卻在東京的別墅卸下行裝後，待了半個月以上。而當這邊的人打電報催促時，總會回電報表示今天就返家，或者是明天就回去等等；然而事實上，他們完全沒有要出發回家的樣子。

而且，更令人感到不解的是，雖然按捺不住的竹子和梅子這對姊妹，偷偷派人調查待在東京的松子母子動靜，還是完全無法得知他們的狀況。據說，這是因爲松子和佐清深鎖在東京的別墅內，而且絕不接見任何人。

就這樣，除了松子母子停留在東京的這件事愈來愈令人感到懷疑、焦急外，這時又發生了若林豐一郎的命案；兩件事情可說爲整個那須市投下了難以言喻的陰影。

話說，那天早上——也就是十一月一日的早上。

不知不覺睡過了頭，過了十一點才好不容易吃完早餐兼午餐的金田一耕助，將椅子拿到可以眺望湖水的緣廊上，恍恍惚惚地用牙籤剔著牙時，一個意外的訪客上門了。

這個客人不是別人，就是犬神家的顧問律師古館恭三先生。

「哦，嚇了我一跳——今天能見到你還眞的有點意外啊。」

當金田一耕助露出了那天生和藹可親的微笑打招呼時，古館律師還是同往常一樣，嚴肅地皺起眉頭問道：「怎麼說呢？」

「怎麼說？那個人不是終於回來了嗎？這麼一來，接著就要公布遺書的內容了，所以我一直認爲，你今天應該無法離開犬神家，而且還會忙得暈頭轉向。」

「啊，你是說那件事。那麼，你也已經聽說了？」

「聽說了。這個那須市也沒有多大嘛，況且犬神家對這一帶的居民而言，就像是以前的諸侯，所以那個家所發生的事，不論大小，很快就會傳遍整座那須市。我今早剛起床，這裡的女服務生馬上就來通報我了——啊哈哈，對不起，我太得意忘形了。請坐請坐。」

古館律師輕輕地點了個頭。一開始他還站在緣廊上，看著湖對岸的犬神家建築物，不久後他就聳肩縮背地，靜靜在金田一的對面坐了下來。

仔細一瞧，他今天盛裝打扮地穿著一套日間禮服，腋下還挾著大公事包。古館律師將這個公事包，輕輕地放在藤製的茶桌上後，一時便陷入了沉默。

金田一耕助也一語不發地觀察著他的表情，然而很快地就邊微笑邊抓著頭說道：

「你怎麼了？好像相當煩惱。看你盛裝打扮，準備上哪兒去啊？」

「啊啊，沒有……」

隨後古館律師彷彿想起了什麼似地，在喉嚨深處清了一下痰。

「其實，我正準備到犬神家，但在出發前，我又突然想跟你見個面，就……」

「哦，有什麼事嗎？」

「沒有，也沒什麼事，只是……」

古館律師有點吞吞吐吐的，然而隨即就用一種像是動了氣般的語調說道：

「我爲什麼受邀到犬神家，應該不用再多做說明了。就如同你剛才所說，我是爲了要去公布佐兵衛老先生的遺書。所以，事實上，我只要直接前往犬神家，在所有親戚聚集一堂時，把遺書的內容念出來，我的工作應該就結束了。實在也沒什麼好猶豫的……可是，雖然是這樣，爲什麼我還是這麼猶豫呢？爲什麼會這麼左思右想，這麼爲難呢？還有，我又到底是爲了什麼來到你這裡，淨跟你說這些蠢話呢？……我不懂，我自己也不懂。」

金田一耕助很訝異地凝視著古館律師，不久便嘆了一口氣道：

「古館先生，你一定是累了，過度疲勞了吧。你可要留心一點。還有……」

說到這裡，耕助的眼睛像是要惡作劇地爲之一亮。

「爲什麼你會來這裡……其實我是明白的。不管你是否意識到這一點，我知道這就證明，你已經漸漸對我產生信任了吧。」

古館律師吊起眉梢，以銳利的眼神瞪著耕助，之後露出了苦笑。

「嗯，說不定眞的是這樣。其實，金田一先生，有件事我還必須向你道歉才行。」

「咦？必須跟我道歉？你指的是……？」

「不是別的，其實，我拜託了住在東京的同業，請他們調查金田一耕助，也就是調查你的身分來歷。」

聽到了這個回答，耕助也不由得驚訝地瞪大了眼睛。他一時也只能茫然地望著古館律師的臉，但隨即就高聲爆笑了起來。

「哦，哦，眞、眞、眞不敢當啊……哎呀，眞、眞、眞是太看得起我了，換句話說，就、就是名偵探，反而被偵探了是不是？可、可是沒什麼好道歉呀。對我而言，這也是很好的教訓。其實我這個人還滿驕傲自大，說到金田一耕助，應該是名滿天下才是……我有著這樣的自信。啊哈哈，沒有沒有，我們就別開玩笑了，那……調查的結果怎麼樣呢？」

「這個嘛……」

古館律師一副坐得不太舒服的樣子，不停地扭動著他的臀部。

「那個同業，可說是給了我相當大的保證。他說，不管是本領、才幹，還是人格，你都是絕對值得信任的人……他是這麼給我打包票的……」

儘管嘴上這樣說，然而古館律師的臉上，那半信半疑的神情並沒有完全消失。

「哎呀，他這種講法，眞教人太不敢當了……」

跟平常高興時一樣，金田一耕助伸展五根手指拚命地抓搔著那像是麻雀窩的頭。

「哦，原來如此，這下我懂了，所以你在出席煩惱不已的家族會議前先到我這兒。」

「也就是說……是啊，就是那樣。之前我曾經說過，總覺得不太喜歡這封遺書。儘管對於委託人本身的意思，的確是不能隨便批評，但這封遺書的內容也實在是太過奇怪了。這根本就是要逼整個犬神家的遺族走向互相殘殺的道路。一旦公布，眞不知道會引發什麼樣的騷動……我從被委託寫這份遺書時，就隱隱懷抱著這種不安的情緒，更何況前幾天又發生了若林老弟的命案。而在這個案子還沒了結時，佐清先生終於回來了，這是一件很好的事。對犬神家而言，這是不是值得慶賀的事倒在其次，長期在外地受苦受難的人終於能夠回來了，再怎麼說，都是件可喜可賀的事。只是回程時，佐清先生爲何非得那樣避人耳目呢？又爲何會那麼怕被人看見呢？對於這個部分，我總覺得不大痛快。」

古館律師的口氣逐漸激動，而一直專心聆聽的耕助，這時才突然疑惑地吊起眉梢。

「你說佐清先生在避人耳目？」

「是的。」

「你說他怕被人看見？」

「是啊，金田一先生，這件事你還沒聽說嗎？」

耕助茫然地搖搖頭，於是古館律師突地傾身靠到茶桌上。

「其實，金田一先生，這是我從犬神家的夥計那裡聽來的，聽說松子夫人和佐清先生昨晚沒有預先通知就回到自宅了。我想大概是坐末班車回來，聽說由於很晚，大門的門鈴才響起，所以負責看門的幫傭邊想著：『這麼晚了，到底會是誰呢？』邊打開大門，這才發現站在外頭的是松子夫人。就在幫傭驚魂未定時，據說站在松子後方的男子，馬上就豎起外套的領子走了進來，而且那個男人竟然用一條漆黑的頭巾，包住整個頭部。」

金田一此時突然睜大眼睛。光聽古館律師這段話，就感受到寒毛直豎的氣氛。

「你說他包著頭巾……？」

「聽說是這樣沒錯。幫傭嚇了一大跳愣在原地，松子夫人才簡單地說了句：『是佐清啊。』然後就帶著那個人快步地從玄關走進自己的起居室。當犬神家的人接到了幫傭的報告後，那可眞是引起了一陣大騷動。這是因爲次女竹子和三女梅子兩家人早在兩個星期前就已經齊聚等待他們的歸來，且已十分不耐煩了。所以當他們聽到幫傭的緊急通知時，立刻便趕往後方的房間去請安問候，然而松子夫人也只簡單地回了這麼一句：『佐清和我都很累了，有什麼事明天再說吧。』怎麼也不肯讓他們見佐清先生。這是昨晚發生的事，而且據說就算是到了今天早上，也還是沒有任何人看過佐清先生的面貌。只有一個女傭說，有個像是佐清先生的人從廁所要出來時被她撞見，而且當時那人也是用黑色頭巾包覆了整個頭部。而那條頭巾在眼睛的部位挖有兩個洞，當那個人從洞裡以銳利的目光朝她一瞪時，由於實在是太恐怖了，她嚇到差點就站不住腳。」

此時金田一耕助難以壓抑從心底升起的那份喜悅。這其中一定有問題。不論是松子母子那令人疑惑的東京滯留，還是不願露面的佐清，都散發著異常氛圍。而案件愈有異常氣味，就愈能引起金田一的渴欲。

耕助一副興奮的模樣，拚命地抓搔著頭說道：

「不過，古館先生，佐清總不能一直遮住他的臉啊。爲了證明自己的確就是犬神佐清，他遲早還是得拿掉頭巾吧。」

「那是當然。事實上，今天也必須先確定回來的確實是佐清先生後，才能夠公布遺書。所以我無論如何一定會要求他拿下頭巾，可是，一想到頭巾底下究竟會出現什麼，實在令人覺得不太舒服啊。」

此時的耕助短暫地陷入沉思，露出苦澀的表情。

「不，搞不好，其實根本沒什麼。因爲他是去打仗了嘛，臉上有了傷痕或什麼的……說不定就是這樣而已。我反倒覺得比較重要的是若林老弟的這個部分。」

耕助說到這裡，突然往前靠到茶桌上。

「目前爲止，都還沒查出若林老弟把遺書的內容洩漏給誰嗎？」

「還沒。若林老弟的日記等物品，警方已經仔細調查過，可是還找不到線索。」

「不過，如果說到跟若林老弟來往最密切的人……也就是說最容易收買若林老弟的人，那會是誰呢……？」

「嗯，這個嘛……」

古館律師皺起了眉頭。

「你就是這麼問，我也無從判斷啊。佐兵衛老先生過世時，犬神家一族所有人都在場，之後每當有法事就會集合起來，所以想收買若林老弟的話，任誰都可能有這個機會呀。」

「可是，那還是得看對象是誰吧。就算是若林老弟，應該也不會隨便就被收買吧。如果是爲了這個人的話……有沒有誰是會讓若林老弟覺得可以這樣付出的人？」

雖然耕助只是不經意地問了這個問題，然而，這似乎給對方相當大的衝擊。古館律師突然吃了一驚似地屏住氣息，無神看著前方，隨後便拿出手帕，心神不寧地擦著脖子道：

「不、不、不可能的。因、因、因爲她就是在最近經常遇到危險的人啊。」

這次換耕助嚇了一跳，也屏住了氣息。他把眼睛張得大大地，定定看向古館律師，而後用一種低沉沙啞的聲音問道：

「古館先生，你、你現在說的是，名叫珠世的那個人嗎？」

「咦？啊，是，是的。從日記等的內容也看得出來，若林老弟似乎偷偷地喜歡她。如果眞是她出面委託，若林老弟很有可能什麼都做得出來吧。」

「古館先生，我聽說前些日子，若林老弟要來找我之前，他先去了一趟犬神家，當時他跟珠世小姐見面了嗎？」

「嗯，這個部分我沒聽說……不過，他們就算見了面，珠世也應該不會在香菸裡下毒啊……那樣一個美人，怎麼會……」

古館律師此時有些語無倫次了，他一面擦著額頭上的汗水。

「倒是當時，犬神家一族全都聚在家中了。但，只有松子夫人在東京……」

「古館先生，那個叫猿藏的是什麼身分啊？他看起來似乎對珠世小姐相當敬服。」

「啊啊，糟糕。」

古館律師慌忙地看了手表。

「哎呀，這麼晚了。金田一先生，我該走了。犬神家的人都正等著吧。」

「古館先生……」

古館律師把公事包挾在腋下，匆匆忙忙地走出了房間，金田一耕助緊追在後說道：

「遺書在犬神家發表後，應該就沒有顧慮了吧。到時可以把內容透露給我呢？」

「啊啊，嗯，無所謂。對了，那麼我離開犬神家要回去前，再到你這邊來談談吧。」

古館律師如此說完，便挾著公事包，飛快地奔下那須旅館的樓梯。

然而，事實上，耕助之後卻獲得更早知道遺書的機會。接著就來報告這個經過吧。

2 CHAPTER

第二章

小斧・古琴・菊花

古館律師離開後，金田一耕助一時就只能眼神茫然地倚靠在緣廊的藤椅上。山區的秋意闌珊，碧藍色的湖水上，一陣陣清爽的和風流光般吹拂而過。日正當中。太陽照射在湖對岸犬神家那棟西式洋房的彩色玻璃上，閃閃發亮。

這一切看起來就像是幅靜止不動的風景畫。然而，隔著湖水眺望著犬神家那棟大建築物時，金田一耕助卻不禁感受到一股流竄整個脊背的戰慄。

佐兵衛老先生的遺書馬上要公布了。依古館律師所言，那封遺書的內容似乎具有相當大的衝擊。一旦公開後，在那棟美麗的建築物裡將會爆發什麼樣的事呢？

金田一耕助再度拿起《犬神佐兵衛傳》。接著大概有一個多小時的時間，他持續翻閱著此書。然而就在這時，湖那端突然傳來呼喊聲，他嚇了一跳，猛然抬起頭。

一看才發現旅館的碼頭停一艘小船。有個人正在小船上揮著手，原來是那名叫猿藏的人。金田一耕助皺了下眉頭，不由得從緣廊探出身。因爲猿藏似乎在朝他呼喊揮手。

「你在叫我嗎？」

猿藏大大地點了個頭。金田一耕助於是懷著忐忑不安的心情，飛快地跑下樓梯，來到旅館後方的碼頭。

「找我有什麼事嗎？」

「古館先生要我帶先生過去……」猿藏如同往常般以粗魯的語調回答道。

「你說古館律師嗎？是不是犬神家發生什麼事了？」

「不，沒有……只不過他說，馬上就要宣讀遺書了，方便的話請你也過來聽。」

「哦，是嗎？好，那我準備一下，請稍等。」

金田一耕助回到房間，脫下旅館的棉袍，換上嗶嘰布料的和服裙子，便又回到碼頭。猿藏隨即開始划動小船。

「我說，猿藏老弟，我前往犬神家的這件事，他們家人也同意了嗎？」

「是的，因爲這是夫人的命令。」

「你說的夫人，是昨天晚上剛回來的松子夫人嗎？」

「是的。」

或許古館律師已經將松子夫人不在家時所發生的若林豐一郎命案，以及自己那份不吉利的預感，都告訴了松子夫人。同時，爲了防範遺書發表後，可能會發生不測，他也建議夫人，邀請金田一耕助前來聽遺書的宣讀吧。

耕助雀躍了起來。無論如何，他對這麼早就能和犬神家一族接觸，感到非常高興。

「我說，猿藏老弟，你們家小姐在那之後還好嗎？」

「很好，託你的福……」

「之前出事的那艘小船，是所有犬神家的人都會乘坐出遊的小船嗎？」

「不是，那是小姐專用的小船……」

此時金田一耕助的內心掀起一陣不平靜的波濤。那若是珠世專用的小船，換句話說，在那艘小船船底挖洞的，就是想要謀害珠世性命的人了。

「猿藏老弟，之前你說了句很奇怪的話，提到最近珠世小姐身上，常會發生一些不明所以的災難……」

「是啊。」

「那些事大概是從什麼時候開始的呢？」

「從什麼時候開始……嗯，大概是在春天快結束的時候吧。」

「這麼說，就是佐兵衛老先生過世不久後了？」

「是的。」

「究竟是誰在搞鬼呢？猿藏老弟也不知道嗎？」

「如果知道那傢伙是誰的話，」此時猿藏的目光一閃，眼神變得十分凶暴。「我絕不會簡單放過他。」

「珠世小姐和你到底是什麼關係呢？」

「珠世小姐對我而言，是非常重要、非常重要的家主千金。已故的佐兵衛老爺曾交代，哪怕是丟了性命，也得好好保護小姐。」

猿藏齜牙昂然說道。金田一耕助眼前這個醜陋的巨人，有著岩石般的魁梧胸膛和巨木般的粗壯手臂。他凝視著這樣的猿藏，心裡湧起了莫名的不安。如果被這個巨人盯上，那眞的會是一場災難了。他想必會像忠犬般，緊跟在珠世的身邊護衛著；哪怕有人只是動了珠世一根汗毛，也肯定會立即撲上前去，折斷對方的頸子。

「對了，猿藏老弟，我聽說佐清先生昨天晚上回來了，是吧？」

「是的。」

猿藏的語調又沉重起來。

「你見過佐清先生了嗎？」

「不，還沒有任何人見過他。」

「佐清先生他……」

耕助的話才說到一半，小船已通過犬神家的水閘門，前進到宅第內的小船船室了。

走出這間船室後，首先令金田一耕助驚訝的是，在寬廣的庭院裡，有著爲數眾多且隨處可見的大株菊花盆栽。耕助對花卉並不特別感興趣。然而，當他見到眼前這些盛開的美麗菊花時，仍不禁瞪大了雙眼。庭院的角落，甚至有一方菊花圃，而且爲了防止霜害，還架設有方格花紋的拉窗。

「噢，這些花實在太美了，到底是誰的傑作呢？」

「是我負責栽種的。因爲菊花是這個家的家寶。」

「你說家寶？」

耕助脫口問道，然而猿藏沒有回答。他帶領耕助飛快地往前走，很快就來到了邊門。

「客人已經來了。」

猿藏如此通報後，立即有一名女傭從裡面走了出來。

「來來，請進，大家已經等候多時了。」

她走在前方引導著。那是一條相當長的走廊。走著走著，彷彿沒有盡頭的迷宮。沿著走廊，兩旁還有無數的房間，只是這些房裡全都不見人影，整座宅第如墓園般寂靜無聲，有種大事將起的緊張氣氛。

好不容易金田一耕助才被領到了犬神家人聚集的大廳。

「我把客人帶來了。」

當來到走廊上的女傭把手指按在地板上，打開拉門的那一瞬間，犬神家一族所有人的視線，都同時投注在金田一耕助的身上。古館律師從上座的地方向他頷首致意。

「辛苦了，請你到那邊的席位……很抱歉要請你坐在末座……」

耕助輕輕點了個頭就座。

「各位，這位就是剛才我介紹過的金田一耕助先生……」

犬神家一族每個人都各自向耕助簡單點頭致意。

金田一耕助等這些人的視線離開了自己，再度回到古館律師身上時，才慢慢地環視起大廳，然而就在此刻，他感受到一陣刺癢難受，無以名狀的戰慄爬上背脊。

這是一間打通兩個房間而成的十二張榻榻米寬的大廳，在正面的原木壇上，擺設著已故犬神佐兵衛老先生的照片，照片周圍裝飾著大朵的菊花。壇前，坐有三名穿著帶有家徽的正式和服禮裝的青年。當耕助看到坐在最上座的那名青年時，突然心驚肉跳了起來。因為，那名青年用一條漆黑的頭巾包覆住整個頭部。雖然那條頭巾的眼睛部位有兩個洞，但由於他低著頭，無法看清頭巾內的模樣。不用說，這當然就是昨晚才回來的佐清了。

至於，與佐清並列而坐的另外兩個青年，金田一耕助曾看過《犬神佐兵衛傳》中穿插的照片，所以有印象。那是次女竹子的兒子佐武，和三女梅子的兒子佐智。佐武的身材微胖，身軀宛如屏風般呈四方形；而佐智的體型較為瘦削、纖細。與佐武那張嚴肅又妄自尊大的臉孔相比，佐智的眼神不停地飄動著，一副既輕率又狡猾的表情，兩者可說形成強烈的對照。

和這三名青年間隔著一段距離，珠世獨自優雅而端莊地坐著。這樣一本正經又文靜地坐在那裡的珠世，美得非比尋常。由於她和平日不同，穿著帶有家徽的白領和服，感覺上年紀稍長，然而那莊嚴的美貌，還是一樣容易讓人心生妒忌。

然後，珠世的稍遠處，則坐著古館律師。

接下來，並坐在珠世對面的，依序是松子、竹子、竹子的丈夫寅之助、佐武的妹妹小夜子，以及三女梅子和她的丈夫幸吉。

小夜子其實也相當美。倘若沒有珠世在場，她應該也足以稱爲美人吧。然而在珠世那罕見的傾國容顏前，她的美貌就顯得微不足道了。小夜子自己應該也意識到了這一點吧。從她那偶爾投向珠世的目光中，能感受到一種不尋常的敵意。她的美，似乎帶著刺。

「那麼……」

古館律師輕輕咳了一聲，重新拿起膝上那厚厚的信封。

「接下來，我馬上要宣讀遺書內容，不過，在此之前，我想拜託松子夫人一件事……」

松子一語不發地看著古館律師。她年紀約五十多歲，看來是個性格倔強的婦人。

「這封遺書，必須等佐清先生復員回來，大家齊聚一堂時，才可打開……」

「我知道。佐清已經回來坐在那兒了……」

「可是……」

古館律師似乎有些支支吾吾。

「坐在那裡的，是否眞的就是佐清先生本人……嗯，我並非在懷疑什麼，只不過，希望能夠讓大家看一下他的臉……」

松子夫人眼露鋒芒。

「你說什麼？你的意思是這是假的佐清嘍？」

雖然聲音有些沙啞低沉，卻顯得難纏而隱含惡意。

「不不，我不是這個意思……其他在座的各位認爲呢？可以直接宣讀遺書內容嗎？」

「那可不行啊。」

竹子立刻插嘴。與姊姊松子那纖細卻如青竹般堅韌的體型相比，她的體型微胖，像座小山。她有雙下巴，看起來精力充沛，然而身上全然沒有一般圓潤體型婦人常有的和善，反倒懷著和她姊姊不相上下的惡意。

「梅子，妳覺得如何呢？請佐清取下頭巾，讓我們看一下他的臉比較好吧？」

「那當然了。」

三女梅子毫不考慮地回答。三名同父異母的姊妹中，梅子長得最漂亮，也最壞心眼。

隨後，竹子的丈夫寅之助，梅子的丈夫幸吉也表示同意。

寅之助的年齡大約五十，臉色紅潤，體型高大，眼神相當銳利，性格傲慢自大。佐武那屏風般的體型及那副妄自尊大的長相，就是得自雙親遺傳。和寅之助相比，幸吉的身材短小得多，他的膚色白皙，而臉孔乍看有種性格柔順的感覺。然而，他的眼珠和兒子佐智一樣常骨碌碌地轉著，直接就能看出他陰險狡詐的一面。他的嘴唇很薄，而且似乎總是泛著冷笑。

現場頓時鴉雀無聲，然而松子突然尖聲高喊：

「佐清，把頭巾脫下來給大家看吧！」

這時，佐清那包著頭巾的頭略微動了一下。許久，佐清才戰戰兢兢地舉高右手，從下方緩緩掀起頭巾。

脫掉頭巾後的佐清的臉——金田一耕助曾透過《犬神佐兵衛傳》中的照片看過他的臉。然而，哦哦，他那張臉！實在太古怪了。整個臉部的表情彷彿凍僵了般，根本連動也不動。也許這樣的比喻很不吉利——他的臉可說已經死了。從那張臉上全然感受不到任何生氣。那是一張毫無血色的臉。

啊！……小夜子尖叫了起來，同時在場所有人也露出了受到震撼的表情。而在這些吵吵嚷嚷的騷動中，突然響起松子那歇斯底里、充滿著憤怒的尖銳話聲。

「佐清的臉受了重傷，我才讓他做面具戴著。我們延長在東京的時間也是這個緣故。我在東京找人做了一張和佐清原本的臉一樣的面具。佐清，把面具掀開一半讓大家看看。」

佐清顫動著手指移到下巴。接著，像剝著臉皮般把那張面具捲了上去。

啊！……小夜子又再度慘叫了起來。

由於那模樣實在太可怕了，就連金田一耕助的膝蓋也不停地顫抖。他彷彿吞下了鉛塊，心緒變得相當沉重。

從那精巧的橡膠面具底下，露出和面具相同的下巴與嘴唇。到此爲止，並無任何異常之處。然而，當面具掀到鼻子附近時，小夜子連續尖叫了三聲。

因爲那裡已經沒有鼻子了。只見一個黏糊糊的紅黑色肉塊，像膿包破裂似地綳開來了。

「佐清！夠了！可以把面具貼回去了。」

當佐清把面具按原樣貼上後，在場的人都不由得鬆了口氣。如果面具繼續往上掀，讓大家完全看清那噁心的黏糊肉塊，任誰都會好幾天吃不下飯吧。

「古館先生，這下應該沒有懷疑的餘地了吧。這個人的確就是佐清。雖然面貌有點怪，但身爲母親的我可以擔保，他就是我的兒子佐清。來，快宣讀遺書吧。」

古館律師也被嚇得驚魂未定，一時間只能茫然瞪大著眼，當他聽到松子最後這句話時，才突然回過神來，慌忙環視在座所有人。這時，已經沒有人對此表示反對了。

由於受到強烈的衝擊，竹子、梅子，以及她們的丈夫都顯得倉皇失措，平日那種壞心眼的個性也不知到哪兒去了。

「那麼……」

古館律師用他那顫抖的手指，打開了那封貴重的遺書。

接著，他就用一種低沉，但卻十分清澈的聲音開始宣讀內容。

「第一……象徵著犬神家的所有財產，以及所有事業繼承權的三樣犬神家傳家寶，也就是小斧、古琴與菊花，在後述諸項條件下轉讓給野野宮珠世。」

珠世那美麗的臉龐瞬間慘白起來。而其他人臉色蒼白的模樣也不遑多讓。他們充滿憎恨的視線，如同燃著火的箭，猛烈地射向珠世。

然而，古館律師卻顧不得此種狀況，他繼續宣讀以下的這項條文。

「第二……不過，野野宮珠世必須從犬神佐兵衛的三名孫子，也就是佐清、佐武、佐智當中，選擇一名爲配偶。這項選擇完全是野野宮珠世的自由，然而，如果珠世不肯與這三人之中的任何人結婚而選擇其他人，則珠世將喪失小斧、古琴與菊花的繼承權……」

換句話說，犬神家的所有財產與事業，將會落在佐清、佐武和佐智三人中能夠擄獲珠世芳心的其中之一手上。

此時，金田一耕助感受到一種莫名的異常興奮情緒，使他不禁全身發顫。但是，更爲奇妙的條文還在後頭。

噴血的遺書

古館律師以顫抖的聲音繼續宣讀遺書。

「第三……野野宮珠世必須在這封遺書公布當天起的三個月內，在佐清、佐武、佐智三人中，擇一人爲其配偶。如果珠世所選擇的對象拒絕這樁婚姻，即認定此人放棄繼承犬神家的所有相關權利。因此，在三人皆不希望與珠世結婚，或三人皆死亡的情況下，珠世將不受第二項條文義務的約束，得自由與任何人結婚。」

現場的氣氛愈來愈緊張。珠世的臉完全失去血色，頭垂得非常低，然而從她那顫抖的肩膀，可以明瞭此刻她的情緒是如何激動。而犬神家一族投注在她身上那憎恨的眼神也愈來愈露骨，愈來愈充滿惡意。倘若人的視線足以殺人，那麼珠世在這一瞬間就已經被殺死了。

在這緊張而又瀰漫著殺氣的氣氛中，古館律師那顫抖，卻又相當清澈的聲音，念咒文般地繼續響著，彷彿要從地獄深處將復仇的惡鬼叫喚出來……

「第四……如果野野宮珠世喪失小斧、古琴、菊花的繼承權，或是在這封遺書公布前抑或公布後三個月內死亡的情況下，犬神家的所有事業由佐清繼承，佐武和佐智二人則接掌他們父親現任的職位，輔佐佐清的事業經營。但，犬神家的所有財產，將由犬神奉公會公平地分成五等分，授與佐清、佐武和佐智各一等分，而剩下的五分之二則授與青沼菊乃之子青沼靜馬。此際，接受財產授與之人，必須各自將其所得的百分之二十捐獻給犬神奉公會。」

當「青沼菊乃之子青沼靜馬」這個從未聽過的名字出現時，金田一耕助也嚇了一跳，他不禁詫異地皺了下眉頭，然而在座其他人的驚訝程度還不只如此。對犬神家一族而言，這個名字似乎具有和炸彈相同的效果。當古館律師說出這個名字的瞬間，犬神家的人都不禁愕然失色，尤其松子、竹子和梅子驚訝的模樣更是非比尋常。像是受到一種幾乎要讓她們向後翻倒的巨大衝擊；而當她們互相對望時，眼裡彷彿都燃燒著憎恨的猛烈火焰。這時她們臉上的表情，比剛剛古館律師宣讀遺書的第一項，也就是聽到犬神家的所有財產及事業由野野宮珠世繼承時，所流露出的那種憎惡之情還要強烈。

啊啊，青沼靜馬到底是誰？金田一耕助反覆精讀過《犬神佐兵衛傳》，卻從來沒有見過這樣的名字。

青沼菊乃之子靜馬——到底和佐兵衛有著什麼樣的緣分，爲何能夠獲得如此大的恩惠？而松子、竹子和梅子這三人，又爲何在聽到這個名字時，表現出那樣激烈的憎恨？那單純只是對奪取自己兒子遺產配額的人，所湧起的忿恨嗎？

不！不！這裡面應該存在著更深切、更根本的原因才是。

金田一耕助用摻雜著深厚興趣與好奇心的眼神，仔細觀察犬神家所有人的表情；然而就在這時，古館律師輕輕咳了一聲，又繼續宣讀遺書。

「第五……犬神奉公會必須在此遺書公布後三個月內，盡全力找尋青沼靜馬。然而，如果在這段期間內無法掌握到其下落，或是確認該人已經死亡的情況下，其原本可繼承的財產必須全額捐獻給犬神奉公會。但，假使青沼靜馬未能在本土被找尋到，卻有生存於某外國的可能性，在遺書公布後的三年期間，由犬神奉公會暫時保管其應繼承的財產全額。靜馬在期限內歸來之際，必須授與其應得的財產；若未能歸來，則必須繳納給犬神奉公會。」

頓時，在座鴉雀無聲。那是恐怖的寂靜時刻。在那彷彿冰凍般的靜謐中，金田一耕助感受到現場滿溢難以捉摸的邪氣與妖氣，使他不禁覺得整個背脊都冷了起來。

古館律師歇口氣，繼續宣讀遺書內容。

「第六……如果野野宮珠世喪失小斧、古琴、菊花的繼承權，或在這封遺書公布前抑或公布後三個月內死亡，同時佐清、佐武、佐智三人中有人亡故的情形下，得依以下方法處理。一、若佐清死亡，則犬神家的所有事業由協同者佐武與佐智繼承。佐武與佐智具有同等權利，必須同心協力來保衛並壯大犬神家的事業。不過，佐清原可繼承的遺產配額，將納入青沼靜馬可繼承的遺產中。二、若佐武與佐智其中一人死亡，則其原可繼承的部分，同樣也將納爲青沼靜馬可繼承的遺產。以下，亦依照這項準則，三人之中有任何人死亡時，其原本可繼承的遺產配額都將納爲青沼靜馬擁有。而以上靜馬所得遺產的處理方式，則依其生死與否，按前述規定辦理。倘若佐清、佐武和佐智三人皆死亡，則犬神家的所有事業與財產將全數由青沼靜馬繼承，小斧、古琴與菊花三項家寶亦將轉讓爲靜馬之物。」

犬神佐兵衛老先生的遺書，實際上並非到此爲止，後續還有很長的內容。以野野宮珠世爲首，及在遺書中所提到的佐清、佐武和佐智三名表兄弟，包含青沼靜馬這號人物等五個人爲主，詳細探討不同生死組合的所有可能性，宛如解謎遊戲。

然而，由於其內容實在過於細緻入微，將牽涉更加細節的部分，筆者決定在此省略。話說，只要將目前為止公開的內容讀過一遍，任何人都不得不立刻察覺，野野宮珠世在遺書中占有絕對優勢的立場。

野野宮珠世幾乎不可能在從現在算起的三個月內死亡。這麼一來，到底由誰繼承犬神家所有財產與事業，將由她一個人決意而成定局。換句話說，佐清、佐武和佐智的命運，將受她的一顰一笑所左右。

接著，對青沼靜馬這號人物，想必任誰都會感到相當不可思議。只要仔細閱讀並理解遺書內容，會發現青沼靜馬正是僅次於野野宮珠世，在遺書中占有第二優勢立場的人。

佐清、佐武和佐智若希望不受野野宮珠世意向左右而繼承祖父的遺產，只有在珠世放棄繼承權利或是死亡才有可能；然而在這種狀況下，青沼靜馬的優勢立場又變得如何呢？

沒錯，他的確是無法參與犬神家的事業，但在繼承財產的部分，卻比其他三人要多一倍。而且，就算青沼靜馬死亡，佐清等三人也得不到任何多餘的利益；反倒是佐清等三人之中有人死亡時，其原先可得的金額都會成為青沼靜馬遺產繼承的一部分。倘若，野野宮珠世以及其他三名表兄弟皆亡故，犬神家所有財產與事業，都將落到這名來歷不明的人物——青沼靜馬——的手上。

換句話說，根據這封遺書的內容，犬神家的所有事業與財產，最初將由野野宮珠世一人所掌握，最後則可能落在青沼靜馬的肩上。

而且，其間即使是佐清這三名表兄弟，也沒有任何機會獨占。就算三名表兄弟中只有一人存活，而包含野野宮珠世與青沼靜馬的其他人都死亡，還是無法掌握犬神家的一切。那是因為，青沼靜馬本應繼承的財產將直接捐獻到犬神奉公會。

啊啊，這實在是封太過奇怪的遺書了。

這眞是封充斥著詛咒與惡意的遺書啊。原來如此，難怪古館律師會說，這封遺書根本就像要故意挑起犬神家一族的骨肉相殘與血腥內鬥。

立這封遺書的時候，到底犬神佐兵衛的精神狀態是否正常？如果正常，為何會對自己的孫子那麼刻薄，又為何對野野宮珠世——就算她確實是恩人的後代——以及青沼靜馬這名來歷不明的人物如此溫厚？

不不，依據佐兵衛老先生的遺書，受惠微薄的還不止佐清等三名表兄弟，比他們更遭冷遇的是這三名表兄弟的母親和她們的丈夫。這些人在遺書中可說完全被忽略、抹殺掉了。松子、竹子和梅子是佐兵衛老先生的親生女兒，在遺書中卻完全被當成外人。據說，佐兵衛老先生在世時對這些女兒就非常冷淡，然而，實在難以想像竟然會冷淡到這種地步……

金田一耕助除膽戰心驚得全身直打哆嗦，仍觀察著犬神家一族所有人的神情。

佐清戴著那副怪異駭人，似乎會引來妖氣的面具。由於面具，無法看出他的臉部表情，但從那微微顫抖的肩膀可以發現他受到了相當猛烈的打擊。他那放在和服裙子上的雙手，像瘧疾患者般地顫動著；很快地，面具底下大量的汗水便自下巴沿著喉嚨流了下來。

有著屏風般體型的佐武，只能茫然地瞪大眼睛，凝視著眼前榻榻米上的某一點。即便是桀驁不遜的佐武，似乎也被祖父這封奇異的遺書擊垮了。他的額頭也冒出了大量的汗水。

而那輕浮、狡詐的佐智則沒有一刻能夠安穩坐著。他不停地抖動著腳，用一種閃電的眼神，偷偷觀察在座每個人的表情；要是誰看到他那副模樣，恐怕神經也會變得不正常。他的視線經常會被牽引向珠世的位置，此時，他嘴角就會浮現出摻雜著期望與憂慮的冷笑。

佐武的妹妹小夜子，則始終目不轉睛地觀察著佐智的這些舉動。她緊張到全身僵硬，像石頭般動也不動，一直凝視著表哥那輕浮的模樣。她全身散發出無聲的祈念與訴求，如同電波般往佐智身上傳播。然而，當小夜子理解到這些全是徒勞，以及看到佐智拋向珠世的那種下流秋波時，她便緊緊咬著嘴唇，悲傷地垂下頭。

另一方面，松子、竹子和梅子則宛如成了憤怒的化身。由於內心充滿污穢又惡質的憎恨之情——這些恐怕是對佐兵衛老先生所產生的憎恨之情——三人都是一副快要氣炸的模樣。但，當她們醒悟憎恨的對象早已不在人世時，那些憎恨之情則只好重新投注在珠世的身上了。啊啊，這三名女人惡毒的眼神，實在令人畏懼啊。

竹子的丈夫寅之助，表面一副冷靜的模樣，然而，從他的神色看來，恐怕內心也同樣燃燒著憤怒之火吧。他那原本紅潤的臉愈來愈脹紅，充血而油光滿面的樣子讓人不禁懷疑是不是快要腦溢血。他那雙凶狠瞪視的眼睛，彷彿暗藏著毒針，正射向自己妻子以外的所有人。

梅子的丈夫幸吉的眼神則像隻被拳打腳踢、百般凌虐後的野狗。他一副驚懼害怕的模樣，觀察著在座所有人的表情；儘管表面上看來垂頭喪氣，然而，在那副皮相下，卻暗藏著不能大意的陰險與狡詐。他也正對著兒子佐智外的在場所有人，吹送著污穢又險惡的毒氣。如今，他就連看向自己妻子梅子時的眼神也不太溫和。

最後，來瞧瞧珠世吧。當遺書內容全部宣讀完畢時，她表現出的態度其實非常了不得。隨著古館律師逐項宣讀出遺書條文，她原先緊張的情緒似乎也逐漸鎮靜下來。而當遺書全部讀完時，儘管她的臉色的確有點蒼白，卻沒有膽怯、畏縮或是慌亂的模樣。

珠世端莊地坐在那裡，像是座美麗的塑像，很寧靜安詳地——真的是十分沉穩地端坐著。難道她沒發覺，犬神家一族所有人那些滿載憎恨的眼神，如同點上熊熊火焰的箭般，正射往自己身上嗎？她始終只是很端正、安靜地坐在那兒。不過，她的眼眸裡正閃耀著奇特的光芒。那是一種彷彿追求著幻夢，而感到心醉神迷般的光芒。

這時，突然有人大聲喊叫。

「是假的！是假的！那封遺書是假的！」

金田一耕助吃了一驚，往聲音出處看。原來是佐兵衛的長女松子。

「假的！那是假的！那不是先父眞正的遺書。一定是有人……有人……」

松子說到這裡，有點上氣不接下氣。

「爲了霸占犬神家的財產，才寫了這種鬧劇般的劇本。那一定是封假遺書！」

松子那尖銳的聲音開火了。

古館律師的眉毛微微地動了下，他原本還急忙想要反駁，卻又想到了什麼，於是拿出手帕擦了擦嘴巴周圍，才努力用極爲溫和的口吻做了以下說明。

「松子夫人，其實我也非常希望這是封假遺書。同時，我也覺得就算這封遺書的內容眞是佐兵衛老先生本人的意思，但若是形式上有所缺陷而在法律上無效，眞不知道該有多好。可是，松子夫人，不，不僅是松子夫人，我要對這家族的所有成員嚴正宣布，這封遺書絕不是假造的，它在法律上具備了所有條件。如果各位對這封遺書有所異議，想要向法院提告的話，也是各位的自由，不過我想訴訟的結果一定會敗訴收場。這封遺書的確具有效力，無論各位有任何異議，遺書內容的一字一句都必須確實被遵守，也必須逐一實行。」

古館律師以淺顯易懂的方式做了上述說明後，視線從那戴著面具的佐清開始，一一環視犬神家一族的所有成員，而當他的視線來到金田一耕助身上時，突然就靜止不動了。他的眼眸裡，盛滿洪水般的不安、憂慮、恐怖等情緒，以及某種訴願。

金田一耕助微微地點了個頭。隨後，當古館律師握著的那封遺書映入他的眼簾時，遺書宛如正在那兒噴著血，他不由得毛骨悚然了起來。

犬神家宗譜

「然後呢……？」

金田一耕助輕輕地問了這麼一句。那是像沿著屋簷落下來的雨滴般，非常陰鬱的聲音。

「然後呢……？」

過了一會兒，古館律師也回了同一句話。他聲音的陰鬱程度不下耕助。

之後，兩人就一言不發地隔著湖水遙望犬神家的宏偉宅第。秋季的山區往往天黑得較早，犬神家的建築已漸漸晦暗下來，慢慢形成一種茶褐色澤。然而在古館律師的眼中，那彷彿是包裹在一件不祥的黑衣裡。他的膝蓋不停地微微顫抖，戰慄逐漸往上身擴展。他這番模樣金田一耕助全都看在眼底。

或許是起風了，湖面上泛起陣陣小波紋，然而隨即便消失無蹤。

就像在完成了一件大事後，每個人都會有的反應，現在的古館律師也完全處於一種精神恍惚、倦怠狀態。而在如此的狀態下，他再次用十足陰鬱又呆板的聲音問道：

「然後呢……？」

這是在遺書宣讀完畢，兩人離開犬神家後的事了。

由於深刻感受到遺書內容所醞釀出的那種無可救藥、可悲可嘆的糾葛，懷抱著無比沉重心情的兩人，一路無語地走向那須旅館。當他們回到耕助的房間後，便在緣廊的藤椅坐了下來，隨即陷入一段相當長的沉默。

當一直含在耕助嘴裡，那似乎在抽著，也似乎不被抽著的香菸熄滅後，耕助猛然把它丟進菸灰缸，接著突然傾身向前。藤椅發出了咯吱一響。

「古館先生，請你說個明白吧。既然遺書已公布，你的任務也算告一段落，沒有所謂的祕密了。請你把對那封遺書所抱持的觀感全都說出來吧。」

古館律師起先以帶著恐懼的晦暗神情，目不轉睛地盯著金田一耕助，不久就有氣無力地開口：「金田一先生，你說得一點兒也沒錯，已經沒有所謂的祕密了。可是，我該從哪裡開始講起呢……？」

「古館先生，」耕助以低沉卻充滿力道的聲音說：「我們接續剛才沒說完的部分吧。就是剛才還沒到犬神家前，在這個房裡還沒談完的那件事，請繼續吧……古館先生，你不是懷疑那個收買了若林老弟、偷偷先看過遺書的人是珠世小姐嗎？」

古館律師聽完這些話，像被觸怒了般，突然全身顫抖了一下，隨即氣喘吁吁地說道：

「你、你爲什麼說這種話呢？不，我完全無法判斷到底是誰收買了若林老弟，又是誰先看了遺書。不不，應該說，連到底遺書是不是已被偷看過，我也不清楚啊。」

「哎呀呀，古館先生，事到如今，你這麼說也沒有用啊。如果珠世小姐遇到的那幾次意外，眞的都是偶然發生，你不認爲也未免過於巧合了嗎？你應該不可能會……」

「對對，就是這點。」

古館律師的樣子看來，似乎恢復了一些精神。

「單憑這點，便可以知道珠世小姐並非收買若林老弟的人，不是嗎？即使眞有人收買了若林老弟，偷看了遺書……」

金田一耕助此時露出了一抹耐人尋味的微笑。

「可是，這麼說來，珠世小姐爲什麼常會遇上那些危險的事呢？一個不小心，就可能賠上生命的那些意外……」

「當然是事先看過遺書的那傢伙打算殺了珠世小姐啊……再怎麼說，對犬神家一族而言，珠世小姐正是他們的眼中釘。只要她活著，由誰繼承犬神家就全憑她做主……」

「但，那傢伙又爲何老是失敗呢？寢室裡的蝮蛇，汽車的意外事故，第三次則是前幾天發生的小船事件……全都失敗了。那傢伙爲什麼無法順利達成目的呢？」

古館律師以可怕的眼神瞪視著耕助。他的鼻翼膨脹起來，額頭上也慢慢滲出了汗水。接著，古館律師彷彿喉嚨被堵塞般地小聲說道：

「金田一先生，我聽不懂你在說什麼。你腦子裡究竟是在想些什麼……」

耕助緩緩地左右搖頭。

「不，你懂。你明明知道，又故意否定。你一定這麼想：在寢室裡放蝮蛇、在汽車的剎車動手腳，還有在小船底下挖洞還塞油灰的不是別人，全是珠世小姐自導自演……」

「爲了什麼！珠世小姐爲什麼要做那些事呢？」

「那是爲了將要發生的案件所做的準備行動……」

「將要發生的案件？」

「就是佐清、佐武、佐智等三人的連續殺人命案……」

古館律師額頭上冒出來的汗水愈來愈多了。那瀑布般的汗水分道從額頭往臉頰流下。然而古館律師沒有擦拭，他雙手緊緊握著藤椅扶手，像是馬上就要跳起來。

「你說佐清、佐武、佐智等三人的連續殺人命案？誰、誰會殺害他們三人呢？而這和珠世小姐所發生的那些事故，又有什麼關聯呢？」

「請你鎭定一點，好好聽我說，古館先生。珠世小姐繼承了一筆龐大的財產。她被設定爲一個巨大權利的繼承人，但對她而言，裡頭說不定存在著一個致命的條件。這個條件，就是她須和佐清、佐武、佐智其中一人結婚。除非三人全都死亡，或者這三人都不願意和珠世小姐結婚……可是，後面這個情況應該不可能發生吧。珠世小姐那麼美麗，而且一旦和她結婚，就能掌握犬神家龐大財富和權利，除非腦筋有問題，否則不可能有人拒絕這樁婚姻。而且，今天我在席上很清楚地看見佐智先生已經開始對珠世小姐送秋波了。可是……」

「可是……？」

古館律師反問。他的口氣似乎帶著挑戰的意味。

「可是，如果珠世小姐對這三個人都沒有好感？或者，她其實另有愛人？這麼一來，珠世小姐就不會願意和這三人中的任何一個結婚，但她又不希望失去犬神家的財產……如此，珠世小姐除了讓那三人死亡外，就沒有其他挽救的方法了，不是嗎？於是珠世小姐便決意依照順序殺害他們。而作爲準備行動預演的，就是她頻頻遭遇的那些意外。換句話說，這是爲了往後發生命案時，自己也能僞裝成犧牲者的其中一人……」

「金田一先生……」

古館律師悲傷地喘著氣，彷彿要將團團熱氣吐出。他嚥著口水，喉結不住上下蠕動。

「你眞是一個邪惡的人。你的腦中爲什麼會存有那麼恐怖的想法呢？從事這行的人，疑心都這麼重嗎？」

金田一耕助感傷地苦笑了下，搖頭說道：

「不，我並不是在懷疑。我只是探究所有的可能性，並試著說明而已……所以，反過來也有這樣的可能，珠世小姐遭遇到的那些飛來橫禍，既不是她在自導自演，也不是在欺騙眾人，而是眞的有人想取她的性命；若眞是如此，那到底誰是凶手，而目的又是什麼呢？」

「那、那，如果是這種情況，到底誰會是凶手，而目的又是什麼？」

「眞是這樣，那麼佐清、佐武、佐智三人就都可能是凶手。換句話說，如果這三人，有人非常沒把握能贏得珠世的芳心，你覺得他會只用羨慕的眼神，眼睜睜地看著其他人和珠世小姐結婚嗎？一旦三人中有人和珠世小姐結婚，另外兩人便會完全失去繼承犬神家遺產的權利。所以那個人可能心想，乾脆殺了珠世小姐，還多少可以分到一些遺產……」

「太可怕，太可怕了，你這個人實在是太可怕了，金田一先生……你所說的都只是你的假想而已。除非是小說，否則我們人類怎麼可能會那麼冷酷無情……」

「不，已經變得相當冷酷無情了，某個人……事實上，他不就用那種方法殺了若林老弟嗎？可是啊，古館先生，繼續追究這項可能性的話，可能是凶手的並不止佐清、佐武、佐智這三個人。他們的雙親或是妹妹都有可能成爲凶手。因爲遺產如果分給了自己的兒子或是哥哥，自己也可以多少獲得利益……這麼一來，問題的癥結便在於到底誰最有機會在珠世小姐的寢室裡放蝮蛇、對汽車動手腳，或在小船挖洞。古館先生，你有沒有什麼線索？」

古館律師吃了一驚，轉頭看著金田一耕助，他臉上的慌亂神情愈來愈明顯了。

「哦哦，古館先生，我看你好像是想到什麼了吧。那人到底是誰呢？」

「不、不，我不知道。要是眞有凶手，每個人都有可能。」

「每個人……？」

「對，除了最近才復員回來的佐清先生，每個人都有可能。金田一先生，請你聽我說。犬神家一族會在佐兵衛老先生每個月的忌日齊聚那須。但，他們可不是爲了追思佐兵衛老先生，而是爲了彼此試探，怕別人先下手做了什麼，才每個月聚到這兒來。珠世小姐那些飛來橫禍，都是他們齊聚在此時發生的。就連這次也是……」

金田一耕助不由得吹了一聲響亮的口哨，然後五指齊動，拚命抓搔他那頭麻雀窩。

「古館先生，這、這、這實在是件很有意思的案子啊。姑且不管凶手是誰，那傢伙可是一個相當小心謹愼的人，他絕不會讓自己浮現在受矚目的焦點中。」

金田一耕助不停地用力抓搔他的蓬頭亂髮，過了一會兒，當他逐漸恢復了冷靜，才注意到古館律師正用著溼潤的雙眼看著他，不由得尷尬地苦笑。

「哈、哈、哈，對不起啊。我一興奮起來就有這種毛病，請你不要介意啊。對了，我剛剛考慮過兩種可能性：珠世小姐的那些事故是她自導自演，以及並非如此的可能性。如果是後者，那麼另外還有一人也相當有可能是凶手。至於那傢伙是不是有機會先偷看到遺書，就另當別論了……」

「是誰？那傢伙是誰……？」

「就是青沼靜馬！」

這時，從古館律師那原本咬得緊緊的嘴裡，迸出了「啊」的微弱叫聲。

「古館先生，那傢伙是不是有機會，這一點另當別論。可是針對取珠世小姐的性命這部分來看，他有比任何人都還強烈的動機。如果珠世小姐活著，他絕不可能有機會繼承遺產。珠世小姐是否會對佐兵衛老先生那三個孫子完全不理不睬，他是無法控制的。因此，想要獲得遺產繼承的機會，首先必須除去珠世小姐。而且，之後若佐兵衛老先生那三個孫子也都死亡，那傢伙便能完全掌握犬神家的所有事業和財產。古館先生！」

金田一耕助加強了語氣繼續說道：

「青沼靜馬到底是誰？和佐兵衛老先生到底什麼關係？爲什麼獲得那麼大的恩澤？」

古館律師深深地嘆了一口氣。拿起手帕擦著溼黏的汗水，神情黯然地點了個頭。

「青沼靜馬的存在，其實正是佐兵衛老先生晚年最感到苦惱、悲痛的原因之一，也難怪佐兵衛老先生會在遺書中，留給他這麼大的分量。青沼靜馬這個人……」

古館律師說到這裡時有些語塞。他清了下卡在喉嚨的痰，帶著些微口吃低聲地說道：

「他是佐兵衛老先生的私生子。」

金田一耕助突然高高挑眉。

「私生子？」

「沒錯。對佐兵衛老先生而言，那可是他唯一的兒子。」

「可是……可是……那又爲什麼……這件事在《犬神佐兵衛傳》裡沒有提到啊。」

「是啊，應該是不會寫上的吧。這是因爲，如果眞要提這件事，也必須揭露松子、竹子、梅子這三名夫人的殘忍惡行。佐兵衛老先生他……」

接著，古館律師彷彿已暗記在心，以沒有抑揚起伏的聲音開始說道：

「他在年過五十後，才第一次談了戀愛。儘管佐兵衛老先生當時已有三名側室，也分別讓她們生下了松子、竹子和梅子三個女兒，但他並沒有特別寵愛側室中的任何人。他不過是爲了生理上的需求利用這些女人罷了。然而，他卻在過了五十歲後，才初次眞心愛上一個女人。對方名叫青沼菊乃，據說原本是犬神紡紗廠的女工，比他的女兒松子還要年輕。在兩人相愛的情況下，菊乃懷孕了。這麼一來，可使得松子、竹子和梅子這三個女兒大大恐慌起來。事實上，由於她們是同父異母的姊妹，從小感情就不是很好。不，更貼切的說，不要提感情好壞，她們根本就一直彼此仇視、互不相讓。可是，針對菊乃這件事，她們卻組成了聯合陣線，團結一致。這也足以說明，菊乃懷孕的事，到底造成了多大的恐慌。」

「爲什麼？菊乃懷孕的話，會壞了什麼事嗎？」

古館律師露出疲憊的微笑。

「這還用說嗎？如果菊乃生下男孩子……佐兵衛老先生那麼迷戀菊乃，她又生下他期盼已久的兒子，說不定將會首次迎娶正室。那麼，犬神家所有的財產很可能由那孩子繼承……」

「原來如此。」

金田一耕助壓抑著內心所感受到的戰慄，緩緩地點了個頭。

「於是那三人便團結起來欺侮菊乃。她們用盡各種可惡透頂的凌辱方法，而且是極端激烈的攻擊手段。這使得菊乃終於無法忍耐，她心想，照這樣下去，不用多久就會被那三人凌虐致死了。於是，她逃離了佐兵衛老先生的家。這樣，松、竹、梅這三姊妹才安了心；可是啊，在菊乃逃走後眾人才知道了一件事，原來佐兵衛老先生在那之前，就已經把小斧、古琴、菊花三件家寶交給菊乃了。」

「啊啊，就是那個……不過那小斧、古琴和菊花，到底是什麼東西呢？」

「嗯，這個部分我待會兒再做說明。總之，如同遺書裡面所寫的一樣，這三件家寶意味著犬神家的繼承權。佐兵衛老先生把這三件東西交給菊乃，還特別叮囑她，如果生下男孩，就拿出這些東西揭示眾人；難怪會引起那三個女兒更大的恐慌了。而且，那時還傳來菊乃順利產下一名男嬰的消息，這確實足以讓三名姊妹雞飛狗跳。於是她們便像三名惡鬼一樣趕往菊乃的住處，威脅當時還在坐月子的菊乃，逼她寫下一紙說明，註明她生的孩子不是佐兵衛老先生親骨肉的聲明書，並且奪走小斧、古琴、菊花三件家寶，才得意洋洋地回去。佐兵衛老先生晚年之所以會對松、竹、梅這三姊妹如冰般的冷淡，原因就出在這裡。」

金田一耕助此時才又重新想起松子、竹子、梅子三人那副壞心眼的德性，且又想像起她們年輕時還形同悍馬的樣子，讓他有種要起雞皮疙瘩的感覺。

「原來如此……那麼，菊乃這對母子，他們之後怎麼了？」

「嗯，我接著要談的就是這個。當時松、竹、梅這三姊妹的可怕與惡毒，可能讓她太刻骨銘心了吧。雖然已經被逼著寫了那麼一份聲明，可是難保不會繼續受到迫害，想到這裡，她便抱著剛生下來的嬰兒——也就是靜馬——遠走他鄉，不知去向了。直到今天，還是無法掌握這對母子的消息。如果靜馬還活著，應該和佐清同年，二十九歲。」

古館律師說到這裡，悄然地嘆了口氣。

此時，有種暗雲般的恐懼情緒，在金田一耕助的胸口上投下了漆黑的陰影。

啊啊，莫非犬神佐兵衛老先生的遺書，從一開始就是爲了某種可怕的目的而寫下。老先生希望自己死後，松子、竹子、梅子這三人互相挑起骨肉相殘的糾葛，才會故意寫下那封奇怪的遺書，難道不是嗎？

此時，金田一耕助的心情沉重、鬱悶了起來，很痛苦似地陷入了沉思。然而，不久他拿起紙和鋼筆，寫了如後的筆記。同時，金田一耕助彷彿想要從宗譜圖中找出什麼，好一段時間目不轉睛地直盯著這張紙。

讀者諸君，截至目前描述，正是發生在犬神家一族的那樁駭人、詭異得無以名狀的連續殺人命案開端。

犬神家宗譜圖

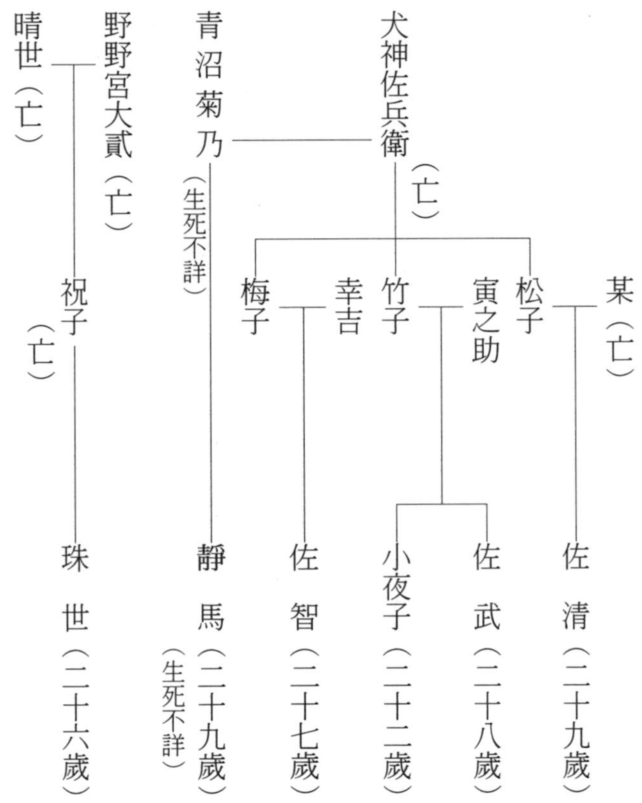
犬神佐兵衛（亡）
青沼菊乃（生死不詳）
野野宮大貳（亡）
晴世（亡）
某（亡）
松子
寅之助
竹子
幸吉
梅子
祝子（亡）
佐清（二十九歲）
佐武（二十八歲）
小夜子（二十二歲）
佐智（二十七歲）
靜馬（二十九歲）（生死不詳）
珠世（二十六歲）

同時，那一連串血腥無比的殺人慘案，很快將要揭開序幕了。

可疑的猿藏

犬神佐兵衛那封奇妙的遺書，突然間提供貪婪的新聞界一個絕佳話題。有關遺書的內容，以及圍繞著這封遺書，犬神家一族間冷酷糾葛的原委，透過某家通訊社傳播到了全國大大小小的報社。

如果是一流報社，的確不太樂意刊載這類私人事情，然而那些二三流的報紙不約而同熱烈報導此事。而且，字裡行間還充斥著獵奇心態，記述內容也扭曲了若干事實眞相……

因此，有關犬神家的財產繼承問題，現下已不僅僅受到當地居民矚目，甚至已經擴大成爲全國性的話題。只要是稍微有點好奇心的人，就會對野野宮珠世到底將選擇誰爲配偶這件事，寄予一種看熱鬧的關注。據說甚至還有人針對此事打賭。

就這樣，犬神家可說受到全國民眾的注目；然而，位於那須湖畔的宅第卻像窒息了般死寂。雖然竹子和梅子兩家人都還逗遛在那須的自宅，但他們和松子母子之間卻毫無互動；他們各自藏在自己房中，暗地裡互相觀察對方的臉色，推敲對方的心思。

眼前，犬神家自宅彷彿聚集了利害關係錯綜複雜的四個颱風：松子一家人、竹子一家人、梅子一家人，以及野野宮珠世。

在這般情況下，珠世的立場最為可憐。松子、竹子、梅子這三姊妹，以及她們各自的家人間，雖然是仇敵般互相憎恨，然而就怨恨、詛咒野野宮珠世這點，卻口徑一致。不過，雖是如此，她們之中卻沒有人明顯表現出這份憎恨之情。松子、竹子、梅子心裡都暗藏著一把毒針般的鈍刃，然而面對珠世時，卻竭盡阿諛諂媚之能事。同時，她們也對不得不向這個年輕孤兒說出虛僞逢迎的話，產生一股強烈憤怒，因此更加重她們對珠世的憎恨。

佐武和佐智應該是受到了雙親的唆使吧，最近每天都去向珠世報到。不愧是傲慢不遜的佐武，他打一開始就是一副充滿自信的面孔，並沒有對珠世說出露骨的奉承話；至於馬屁精佐智，那般阿諛的模樣卻教人快看不下去了。他就像是哈巴狗，繞著珠世不停地團團轉，搖搖尾巴，耍耍把戲，醜態百出地討好珠世。

仔細想想，珠世這位女性實在是很了不得。好比溼潤的肌膚容易感受到電流，她也很機敏地感受到犬神家一族對她的憎恨與詛咒，然而卻絲毫沒有表現出畏縮的模樣。她總是散發著美麗高雅的氣質，不論是那充滿自信的佐武還是輕浮的佐智，她皆是以幾乎同樣的態度應對。只不過，當他們來到她房間時，她都不忘請猿藏在隔壁房間待命……

同時，珠世對那戴著奇怪面具的佐清也絲毫沒有退縮的樣子。只是，由於佐清絕對不會主動來找她，因此，有時她會主動到佐清的房間拜訪。傳聞他們會面的場合十分怪異。珠世造訪佐清時，也不忘帶著猿藏一同前往；而佐清和她見面時，身旁也總少不了他的母親松子夫人。就這樣，佐清和珠世的會面，都是在松子夫人和猿藏也在場作陪的情況下進行，而他們會面時的談話，據說相當不投機且經常中斷。

戴著詭異面具的佐清或許是意識到自己的醜陋面貌，幾乎不主動開口。如此一來，開口的多半都是珠世。而且，當她話中內容含帶著詢問，或是牽涉到佐清的過去時，松子夫人總會代爲回答。夫人邊若無其事地回答問題，邊很有技巧地將話題再轉到別的地方。遇上這種情況時，聽說珠世的臉色就會明顯愈來愈差，有時甚至還有些許發抖。

這個部分先暫放一旁吧。話說，儘管珠世置身於爲了得到她的愛，有時還會顯露出焦躁之色的佐武和佐智間，卻沒發生什麼意外。之所以能維持這樣的狀態，全多虧猿藏。

要使珠世成爲自己的女人，最快的方法是什麼呢……那就是不管使用暴力或其他方式設法征服她。佐武和佐智不可能不懂這點。事實上，他們不止一次差點顯露出那種意圖。然而，他們卻連珠世的一根汗毛也碰不到，這都是因爲有猿藏在的緣故。倘若佐武或佐智想要對珠世做出冒犯或無禮的舉動，恐怕立即會被這個醜陋的巨人折斷脖子。

「啊啊，你是說那個叫猿藏的嗎？」

古館律師曾有一次，針對猿藏這名人物，向金田一耕助做了以下說明。

「他的本名啊，其實並不叫猿藏，而是另有其名。但你也知道，他的臉確實跟猿猴沒什麼兩樣吧。所以他從小一直被叫猿猴、猿猴的。現在由於被叫習慣了，反倒像是本名，我根本早忘了他的本名。他是個孤兒，珠世小姐的母親祝子收養了他，把他養育成人。嗯，所以他從小就和珠世小姐一起成長。因此當珠世小姐的雙親都過世，被犬神家收養時，他也跟著過來了。雖然腦筋的確是有點不好，不過也因爲這樣，他對珠世小姐的忠誠，或說是一種獻身性的侍奉吧，有時是稍微缺乏理智的。只要是珠世小姐說的話，他都會聽從。即便珠世小姐要他殺人，他也會毫不猶豫地照辦。」

最後這句話，想必是古館律師爲了形容猿藏對珠世小姐的忠誠而無意間說出的吧；然而這句話出口的瞬間，不論是說了這句話的古館律師，還是聽了這句話的金田一耕助，都吃了一驚，互相窺視著對方的表情。

古館律師的臉上露出後悔的表情，還笨拙地故意咳嗽了幾聲，而金田一耕助則是特意將話題轉往別處。

「對了，一提到猿藏，聽說他是在犬神家負責栽培菊花的……」

「啊，是的，你看過那些菊花了嗎？猿藏的腦筋不太好，卻是栽培菊花的高手。珠世小姐那已過世的父親，曾經是那須神社的神官，而猿藏便是從他那裡學習到栽培手法。不管那須神社還是犬神家都和菊花有很深的淵源。你應該知道吧，即小斧、古琴、菊花……」

「對，就是小斧、古琴、菊花。那到底有什麼意涵？跟那須神社又有什麼關係呢？」

「你問得好，的確有關。小斧、古琴、菊花最初可說是那須神社的神器吧。換句話說，就是所謂的三種神器。聽說東京著名演員尾上菊五郎的家中，也有著『小斧、古琴、菊花』這麼一句嘉言。不過，那須神社的小斧、古琴、菊花，倒和這沒什麼關聯。你應該也聽過，佐兵衛老先生的恩人野野宮大貳……相當於珠世小姐的祖父，想出了這麼一句話，作爲守護那須神社的嘉言。同時，他還打造了黃金製的小斧、古琴和菊花，將它們視爲神器。後來，當佐兵衛老先生創業時，怎麼講，應該是想祝福他前途光明吧，大貳把守護神社的嘉言和那些神器一起贈送給他。如今這些則成了犬神家的傳家寶。」

「那些傳家寶現下在哪裡呢？」

「被保管在犬神奉公會。當珠世小姐從佐清、佐武和佐智三人中挑選出夫婿時，這些傳家寶就會交給那個人。不過，其實那些小斧、古琴、菊花，長度都大約在三十公分左右，不過是小模型罷了。」

古館律師說到這裡時，皺了皺眉頭。

「原本那小斧、古琴、菊花便是從野野宮大貳那裡獲得的東西，所以佐兵衛老先生也才會打算在死後把這些東西交還給大貳先生的子孫吧，嗯，這點就人情面來說的確很有道理。只不過，這些傳家寶還附帶著犬神家龐大的財產和事業，這麼一來，事情可沒那麼單純了。唉，佐兵衛老先生到底爲什麼會想出那樣的繼承方式呢？」

古館律師邊嘆息邊低聲說道。金田一耕助則是一副深思的眼神。

「原來如此，這麼說，小斧、古琴、菊花代表的意涵及那些模型並沒有什麼特別的淵源啊。如果那不是意味著犬神家的繼承權的話……」

「是啊是啊。雖說是用黃金打造而成，其實也不過是鍍金而已，並不是什麼高價的東西。重要的是它代表著犬神家的繼承權啊。」

古館律師彷若不經意地肯定道，但事後仔細回想，會發現古館律師的看法是錯的。

小斧、古琴、菊花——這句話中，其實暗藏著一種無以名狀，極爲恐怖的意義。

小斧、古琴、菊花（註一）的日文讀音是爲「Yoki koto kiku」，是「聽聞吉事」（註二）的同音語。佐兵衛老先生在世時，這句吉祥話的確如同其涵義般一直守護著犬神家。然而，佐兵衛老先生過世後，是否也如此呢？不不不，若在事後好好思考一下，這句話可是與原意完全相反，持續地詛咒著犬神家一族。

然而，當時連金田一耕助也根本沒有注意到這點。直到那些駭人的案子，一件接一件地發生，讓他大開眼界後……

註一——原文爲「斧琴菊」。

註二——原文爲「よきくと聞く」。

「對了，有關青沼靜馬這個人……能找到他的下落嗎？」

「是啊，這點很重要。事實上在遺書公開前，已經派人在全國各地搜尋了。可是，到現在還是完全沒有線索。就算青沼菊乃將那孩子好好地扶養長大，但歷經過這次的戰爭……他們的近況究竟如何呢？」

這時，金田一耕助的腦中突然閃過一個惡魔般的想法。由於這個想法實在過於出奇，連耕助自己都有些慌亂了，然而卻無法撇開那樣的念頭。

「古館先生，你不是說猿藏是個孤兒嗎？而且，他的年紀剛好跟那個人差不多，你對他的來歷相當清楚嗎？」

古館律師一聽這話，驚訝得瞪大了眼睛。他嚇到有些發愣，只是一味地看著金田一耕助。之後，他邊喘著氣邊說道：「你、你在胡說些什麼啊？金田一先生，難道你是指那個人就是青沼靜馬嗎？這怎麼可能……」

「說得也是。沒什麼，我只是突然浮現這個想法罷了。不行不行，我要嚴正收回剛才這個懷疑。我的腦筋今天一定有問題。搞不好，佐兵衛老先生會把自己的私生子託給珠世小姐的母親……我忽然有這樣的想法。不過，若眞是如此，不可能到現在都沒人注意到吧？」

「我也這麼認爲。而且佐兵衛老先生這個人，我也提過好幾次，他是個面貌非常秀麗的男子。而菊乃，我雖然沒有和她直接見過面，不過既然那麼受到佐兵衛老先生的寵愛，想必也是個美人。在這樣的兩人間，絕不可能會生下猿藏那樣醜陋的小孩吧。猿藏——腦筋不太好，頂多是個會栽培菊花的高手罷了。對了，說到這裡，我倒想起來，他現在正拚命地製作菊花偶人（註）呢。」

「菊花偶人……？」金田一耕助皺起眉頭。

「是啊，之前他也曾奉佐兵衛老先生的命令，將老先生的生平製作成菊花偶人。或許他回憶起這段往事吧，今年也很努力地製作著。當然，規模比不上先前製作過的那些。那傢伙啊，只要不惹他生氣，其實是個沒什麼大不了的人。可是……經你這麼一問倒提醒了我，確實從來沒聽說過他的身世、來歷。好，既然有這麼個疑惑，那就來調查一番吧。」

然而，說著說著，古館律師的臉色也漸漸顯得有些心神不寧了。

獻納掌印

十一月十五日——佐清歸來剛好過半個月，而金田一耕助到此地將滿一個月的日子。

就在這天，犬神家一族裡首次發生血案，同時這也是惡魔終於展開行動的日子。在說明

註—原文為「菊人形（きくにんぎょう）」。指將各種不同顏色的菊花加以組合，做成各種人物或鳥獸的形狀，以供觀賞。

這件殺人命案前，要先敘述一段插曲，事實上，或許我們可視它爲首件命案的前奏曲。

「金田一耕助先生，有您的訪客。」

時間是十一月十五日的下午三點左右。金田一耕助還是如往常般，將藤椅拿到旅館的緣廊上，正茫然地陷入沉思。聽到女服務生的喊叫後，他才從閉目長考狀態中清醒過來。

「訪客？誰啊？」

「是古館先生。」

「古館先生？如果是古館先生，就請妳帶他到這兒來吧。」

「不，古館先生正在車裡等著您呢。他說現在要到一個地方去，如果您方便，想請您和他一起去。」

「哦，是這樣子啊。」

金田一耕助立即從椅子上跳起來。隨後他脫下旅館的棉袍，換上皺巴巴的外褂及和服裙子，把一頂變形的禮帽扔到他那頭亂髮上後，就急急忙忙地越過旅館玄關跑到外頭。

一到旅館外面，他發現那裡停了輛汽車，古館律師從車窗探出頭來。

「哦，讓你久等了。我們到底要上哪兒去啊？」

耕助快步地走到汽車旁，很自然地一腳跨上踏板，卻在此時突然嚇了一跳，頓時屏住了呼吸。原來坐在汽車上的不止古館律師。那身材像屏風般的佐武，和有著狐狸般狡猾眼神的佐智也在車上。

「哦，兩位也在啊……」

「來來，請坐。」

古館律師說著就移動到備用座椅，金田一耕助便在佐智旁邊坐下。車子隨即開動。

「各位準備到哪裡呢？」

「我們要去那須神社。」

「那須神社？有什麼事嗎？」

「嗯，這個……到了後再向你說明吧。」

或許顧忌著司機也在場，古館律師一面笨拙地乾咳，一面含糊地回答。佐武抱著胳臂一言不發，不悅似地緊閉著嘴。佐智則面向車窗吹著口哨，不停地搖晃著腳。除了汽車的震動外，佐智搖晃著腳所帶來的震動也傳到了耕助的臀上，令他有些刺癢難受。

那須神社位於離市中心約四公里的地方。他們搭乘的汽車此時已經離開了市區，行駛在滿地落葉的桑樹林間。桑樹林的前方是一片廣闊的稻田，然而稻子早已收割完畢，潮溼的泥土上只剩下黑色的殘株，眼前是幅十分蕭瑟的景象。稻田的對面有座湖，湖面如同剃刀般閃閃發亮著；掠過湖面吹拂而來的冷風已有寒意。信州的冬天總是來得比較早。從桑樹林可以遠眺到的富士山頂也已白雪皚皚。

汽車很快地就在一座原色木材製的鳥居前停下。

那須神社是間歷史悠久的神社。在寬廣的神社內，矗立著高聳雲霄的大杉樹，而那整排的石燈籠上，則長有顏色鮮豔的蘚苔。走在鋪滿著小碎石的地上時，耕助全身感受到一種莫名的緊張。佐武還是滿臉不悅地緊閉著嘴，而佐智也依然以狐狸般的眼神東張西望，沒有任何人開口說話。不久，一行人來到了社務辦公室前。

「哦，歡迎歡迎，我聽到車子的引擎聲，猜想一定是你們來了。」

從社務辦公室裡走出的是個穿著白色窄袖便服及淺黃色和服裙子的中年男子。他的頭髮理得短短的，還戴著一副鐵框眼鏡，長相十分普通，沒有什麼特徵。然而，這個人就是那須神社的神官長，名叫大山泰輔；這是金田一耕助事後才得知的。

過沒多久，一行人就在大山神官的引領下，來到一間位於神社後方，打掃得一塵不染的八張榻榻米大房間。房前的庭院，也有盛開的菊花，周圍隱約散發著菊花的清香。房內的火盆中已升有炭火，室溫恰到好處。

所有人都坐了下來，簡單打完招呼後，佐智立刻迫不及待地靠向前去。

「那麼，大山先生，請你把那件東西拿出來給我們看吧。」

然而，大山神官卻仍一副有所顧忌的表情，邊看著耕助，邊如此說道：

「對了，這位是……」

「哦，你說他啊，」古館律師立刻從旁回答問題。「這你用不著擔心。這位是金田一先生，我們請他幫忙處理此次事務。佐武先生和佐智先生已經等不及了，麻煩你……」

「好的，那麼，請稍待一會兒。」

大山神官走出房間。片刻，他便恭敬地端來一個原色木材製的方木盤。盤上有三卷以金線織花錦緞裱褙的卷軸。大山神官將方木盤放在大家的面前，把卷軸一卷一卷地拿起說道：

「這是佐武先生的卷軸，這卷則是佐智先生的卷軸。」

「哎呀，我們的卷軸無所謂啊。請你讓我們看看佐清的卷軸吧。」

那像狐狸的佐智，以不耐煩的聲音催促著神官。

「是，這就是佐清先生的卷軸。請慢慢看。」

佐武還是一語不發，面色不改地從大山神官手中接過卷軸，打開看了一下，沒多久便遞給了佐智。那是一卷寬約四十公分，長約六十公分，經過裱褙的卷軸。當佐智接下時，情緒似乎十分激動，可以清楚地看出他的手正在顫抖。

「佐武，這的的確確是佐清的卷軸吧？」

「錯不了。上面的字確實是爺爺的筆跡，而且佐清的簽名似乎也沒有錯。」

「好，有這個東西就沒問題了……古館先生，請看。」

卷軸傳遞到古館律師手上後，坐在他旁邊的金田一耕助，才第一次看到卷軸的內容。而當耕助看到內容時，感受到了一種彷彿頭上被人打進楔子般的強烈衝擊。

一幅白絹上滿滿地蓋著一個右手掌印。同時，上面還漂亮地寫著「武運長久」這四個字，左端則有別的筆跡寫上「昭和十八年七月六日，犬神佐清，二十三歲，酉年生」等字。

換句話說，這正是那個容貌扭曲的犬神佐清掌印！

當金田一終於知道這行人的目的時，感受到莫名的激動，心臟強烈地撲通撲通跳著。

「金田一先生，請你也好好地看一下。」

古館律師將卷軸推向耕助。

「好，我已經看了。只不過，各位究竟打算用這件東西做什麼呢？」

「還用說嗎？有了這個，我們就可以確認之前那戴著奇怪面具回來的人，到底是不是眞的佐清。所有人指紋都不同，而且一生都不會變……金田一先生，這點你應該知道吧。」

佐智說話的口吻中，彷彿有種凶猛動物盯著眼前獵物，迫不及待想上前撲咬的殘酷氣息。金田一耕助冒著黏糊的冷汗，問道：

「原來如此。只是，這裡爲什麼會有這樣的東西呢？」

「是這樣子的，金田一先生，」古館律師代爲說明。

「在這個地區，每個人要出征前，都會將一個蓋有掌印的匾額獻納給這間神社才出發。也就是說，他們都祈求著所謂的『武運長久』。今天在場的佐武先生和佐智先生，以及佐清先生也不例外。只是，由於他們和這間神社有特別深厚的緣分，因此不獻納匾額，而改獻納卷軸，將其安置在神殿裡。我們原本都把這件事忘得一乾二淨了，但這位大山先生還記得，昨天才特別通知佐武先生和佐智先生，問他們這件東西是不是派得上用場。」

「你是說這位神官先生嗎……？」

由於被金田一耕助銳利地看了一眼，大山神官顯得有點慌亂。

「啊啊，嗯，其實，是這樣的……我聽說大家都對剛回來的佐清先生議論紛紛，就想若可以證實的話，還是證實一下比較好，所以……」

「這麼說，各位對那人是不是真的佐清先生這點都還有所懷疑了？」

「那當然了。你教我們怎麼相信一個臉型變得歪七扭八的人呢？」

佐智說道。

「可是，他的母親，也就是松子夫人已經那麼肯定……」

「金田一先生，你不了解我們那個姨媽。她那個人啊，就算佐清死了，也一定會想辦法找個替身或什麼的。她呀，根本就不想把犬神家財產分給我們兄弟。所以，如果能阻撓我們分走財產，哪怕要找替身或其他方法，她都不會在乎。必定會主張那就是她的兒子，她就是這樣的人。」

金田一耕助此刻又感受到了一種脊背刺癢不已的戰慄。

「來，古館先生，請你在這個掌印旁簽個名吧。金田一先生，你也請。我們把這個帶回去後，就要叫那個戴面具的人蓋掌印，好好地做個比對，所以不希望被別人認爲這是個假掌印。請你們在掌印旁簽名作證吧。」

「可是……可是若佐清先生拒絕蓋掌印呢？」

「你說什麼？他不可能會拒絕的。」

佐武搖晃著他那小山般的膝蓋，第一次開口說話。

「他敢說不肯的話，我會抓著他的手硬逼他蓋。」

他用一種彷彿從齒間滴下血般的殘忍聲音說道。

3 CHAPTER

第三章

噩耗到來

十一月十六日這天早上，金田一耕助一反常態，竟然睡過頭了，儘管時間已經過了十點，他仍然在被窩裡翻來覆去。

耕助之所以會睡得這麼晚，是因爲前一天太晚就寢了。

昨天在那須神社將佐清的掌印弄到手後，佐武和佐智便意氣風發地準備回家，打算讓那戴面具的人重新再蓋一次掌印，藉此好好確認眞僞。同時，他們還懇請金田一耕助也到場作證，毫無意外地，耕助沒有答應他們的這項請求。

這是因爲他認爲，如果此舉是在發生了某件案子後還言之有理。否則太過涉入他人的家務事，而被其他人以異樣的眼光看待，終究不是件好事。

「是嗎？好吧，那就算了。反正至少古館先生會在場……」

體型像屏風般的佐武很快就死了心。

「可是，如果這卷卷軸的來路遭致任何疑問，就要請你當證人喔。針對卷軸的確是從那須神社取來的這一點……」

那個狡猾的佐智特別叮囑了這一句。

「那是當然。既然都在那上面簽了名，我是推卸不了責任的。對了，古館先生……」

「嗯。」

「如同剛才所說的，我不方便在場，不過，還是希望能早點知道結果。不管那個戴著奇怪面具的人是不是眞的佐清先生，可否請你儘早通知我？」

「沒問題。那麼，我在回去之前，順道來旅館一趟吧。」

於是，他們所搭乘的那部汽車，讓金田一耕助在旅館前下車後，便直接駛回犬神家了。

當古館律師遵守約定，再度到金田一耕助投宿的旅館拜訪時，已經是當晚十點左右了。

「怎麼樣？結果呢……？」

見到古館律師的那一刹那，耕助油然忐忑不安起來，不禁急忙問道。那是因爲古館律師的表情實在太晦暗、太嚴肅，還充滿猜疑。

古館律師輕輕地搖頭。

「事情沒辦成啊。」他只簡單地吐出這麼一句。

「事情沒辦成……？這是什麼意思？」

「松子夫人說什麼也不願意讓佐清先生蓋掌印。」

「她拒絕了嗎？」

「是啊，非常頑強地……佐武和佐智先生的話她一點兒也聽不進去。照這種情形來看，大概暫時是辦不成的吧。如果要讓佐清先生蓋掌印，就像佐武先生所說的那樣，一定得靠武力了，可是沒料到對方會那麼強硬地拒絕啊。結果，今天晚上便這樣不了了之了。」

金田一耕助的心情突然沉重了起來。

「可是……可是……」

耕助邊舔著乾燥的嘴唇邊說道：

「這麼一來，不就更加深佐武和佐智先生的懷疑了嗎？」

「我也這麼認爲，所以也才會費盡唇舌，拚命想說服松子夫人。可是啊，她根本聽不進別人意見。不但不聽，還惱羞成怒，大發雷霆，狠狠臭罵了我一頓。她非常倔強，一旦決定了某件事，就不太容易接受別人的看法。」

古館律師沉沉嘆口氣。之後，彷彿要將肚子內的髒東西吐出來，他將那天晚上整件事的來龍去脈都告訴金田一耕助。耕助聽著古館律師述說，邊試著在腦海中描繪當時情景。

那是在先前發表遺書內容的那間十二張榻榻米的大廳。

犬神家一族的所有人齊聚在位於大廳正面，擺有佐兵衛老先生遺照的原木壇前。以戴著那頂奇怪、令人望而生懼的橡膠面具的佐清和松子夫人爲首，佐武、佐智，以及他們的雙親和妹妹等圍成一圈坐了下來。而珠世和古館律師也在當中。

在戴著面具的佐清前方，除了才剛從那須神社拿回來的那卷卷軸外，還擺有一張白紙、朱墨硯臺和毛筆。

由於佐清戴著面具，無法看出他的表情如何；然而從他肩膀正細微地抖動這點來看，他似乎相當緊張不安。而犬神家一族投注在那頂面具上的眼光，則充滿著猜疑與憎恨。

「這麼說，姨媽，妳的意思是無論如何都絕對不會讓佐清蓋掌印嗎？」

在一段漫長又充滿殺氣的沉默後，體型如同屏風般的佐武責問道。那是一種彷彿正從齒間滴落鮮血般的聲音。

「是啊，絕對！」

松子夫人倔強又蠻橫地回答。隨後，還以銳利的眼光環視在場所有人，說道：

「你們到底想做什麼啊？沒錯，他的臉確實有點怪，可是，他的的確確就是我兒子佐清。我這辛苦生下他的母親，可以向各位擔保。還有比這個更好的保證嗎？可是，你們竟然對那些世間的無謂謠言信以爲眞……我辦不到，絕對辦不到，說什麼我也不會答應……」

「可是啊，大姊……」

這時，佐武的母親竹子立即從旁插嘴，雖然她的聲音聽起來相當平靜、溫和，然而其中其實也暗藏著不少壞心眼。

「既然是這樣，就更應該讓佐清蓋掌印不是嗎？妳別誤會，我可不是在懷疑佐清的眞實身分。但有道是：『眾口難防』，也算是爲了澄清那些無謂的謠傳嘛，我認爲讓佐清蓋一下掌印比較好。梅子，妳認爲怎麼樣？」

「是啊是啊，我也贊成竹子姊姊的意見。如果松子姊姊和佐清眞的拒絕蓋掌印，我看吶，這可是會加深世間人們的懷疑……各位，你們覺得如何？」

「我也覺得妳說得很有道理。」

梅子說完，竹子的丈夫寅之助也開口了。

「不止世間的人們，如果大姊和佐清還是堅持拒絕，連我們也會起疑心。幸吉老弟啊，你覺得呢？」

「說、說得也是。」

梅子的丈夫幸吉一副膽怯的樣子。他咬字不清地回答道。

「我們確實不太願意懷疑親戚的話，但倘若大姊和佐清還是那麼頑固拒絕，那我看……」

「那你們一定是心中有鬼了。」

如同狠狠地釘上一根釘子，竹子惡毒地嘲笑道。

「閉嘴！閉嘴！你們統統給我閉嘴！」

這時，松子氣得連聲音都顫抖了起來。

「你們到底都在胡扯些什麼？這個佐清，再怎麼說都是犬神家嫡系家的主人啊。他可是道道地地的嫡長孫。要不是父親寫了那封無聊的遺書，犬神家的家名還有所有財產都會由他來繼承。這個孩子可是嫡系家的主人呀，這要是在從前，還可算是個諸侯，是個大老爺啊。而佐武和佐智就跟僕從沒什麼兩樣，可是你們竟然……你們竟然……想要抓住這個孩子，強迫他去蓋什麼掌印、蓋什麼指紋，把他當罪犯般看待……不，不，我絕對不會讓這孩子去做那種低級的事。我絕不，我絕不……佐清，來，我們不必再待在這種地方了。」

松子夫人說著說著便氣沖沖地站了起來。

這時，佐武的臉色也突然大變。

「姨媽，這麼說，妳是絕對……」

「我絕不同意，絕不。來，佐清，我們走……」

佐清踉踉蹌蹌地起身。松子夫人牽住了他的手。

「姨媽，如果是這樣，那我們……」

佐武咬牙切齒，在走出大廳的松子夫人和戴著面具的佐清背後，用惡毒的聲音大聲喊道：「從此以後，都不承認那個人是佐清。」

「愛怎麼說隨你便！」

松子夫人拉著戴著面具的佐清，氣沖沖地往大廳外走去……

「嗯……」

耕助聽完古館律師的話，使勁地抓搔著鳥窩頭，說道：

「這麼一來，事態不是愈來愈緊迫了嗎？」

「的確是啊。」

古館律師眼神黯淡地說道：

「我實在搞不懂，松子夫人究竟爲什麼要那樣頑固拒絕。的確，佐武先生的那種要求方式或許不太高明。他打一開始便把對方當罪犯看待。而那種態度讓自尊心極強的松子夫人勃然大怒……她這個人一旦鬧起彆扭，就會變得更加頑固，根本無法商量，也難怪她會那麼……可是，這終究還是一個必須解決的問題啊。如果那個人眞是佐清先生……當然，我相信他眞的是佐清……既然如此，我倒認爲應該乾脆地讓他蓋掌印才好。」

「換句話說，對松子夫人今晚的態度，我們可以有兩種解釋。一是由於佐武和佐智先生的態度讓她相當不快，才使她頑固了起來。另一則是，如同佐武和佐智先生的懷疑，那戴面具的人眞的不是佐清，而且松子夫人也清楚這件事……」

古館律師眼光黯然地點了個頭。

「我無疑會採信第一種解釋，但松子夫人若還是不肯讓步，那麼第二種解釋的可怕疑慮就永遠無法抹去。嗯，我當然認爲這個疑慮是多餘的。」

古館律師一直談到十二點左右才離去。沒多久，金田一耕助便鑽進被窩，只不過，熄燈後經過好長一段時間，他還是沒有闔眼。

那戴著毛骨悚然橡膠面具的人影，以及那蓋在絹布上的右手掌印，彷彿浮現在黑暗中，令他直到深夜都苦悶不已。

突然，枕邊的電話叮鈴鈴地響起，金田一耕助吃了一驚，瞬時清醒。

他趴著將電話拉進被窩裡，拿起話筒一聽，原來是旅館帳房的掌櫃。

「啊啊，請問是十七號房客人嗎？是金田一耕助先生嗎？有位古館先生打給您……」

「哦，是嗎？那麻煩你接過來吧。」

很快地從話筒的那一頭傳來了古館律師的聲音。

「啊，是金田一先生嗎？很抱歉在你睡覺時還把你叫起來……是這樣子的，我想請你立刻過來一趟……立刻……是，請火速趕來……」

古館律師尖聲說著，話聲不僅尖銳還不停地顫抖著。耕助突然一陣心驚肉跳。

「你說要我過去，到哪兒啊？」

「就是犬神家啊……犬神家。我會派車去接你，請你馬上過來。」

「知道了，我馬上過去。可是，古館先生，犬神家發生了什麼事嗎？」

「是啊，出事了，相當嚴重的事。被若林老弟說中了。而且……手法還非常奇怪……總之，請你立刻過來。到時候就會知道。我等你……」

接著只聽到鏗鏘一聲，對方掛斷電話……金田一耕助猛然從被窩中跳起，隨手打開了一扇防雨窗，外面如同塗上了薄墨般陰沉，陣雨正寂寥地打在湖面上……

菊花田

金田一耕助截至目前爲止，已經手過各式各樣的案子，對他而言，遭遇令人毛骨悚然，如同惡夢般的詭異屍體並不是件稀奇的事。

在《本陣殺人事件》中，他看見一對新婚初夜的男女全身沾滿鮮血而斃命。在《獄門島》中，目睹倒吊在老梅樹上的少女屍體，還見到她的姊姊被塞在吊鐘內而死。《夜行》的案子中，他看到一對被砍下頭部的男女屍體。《八墓村》中，則親眼目睹了好幾個男女被毒殺，或是慘遭勒斃。

因此，對他來說，不論是如何怪異可怕的屍體，應該都已經司空見慣。然而，他在偵辦犬神家的案子，首次遇上那詭異的殺人命案時，還是不由得暫時停止呼吸，呆立無法動彈。

話說，由犬神家派來接金田一的汽車沒多久就到達旅館了。金田一耕助匆匆忙忙扒了幾口飯，立刻跳上車。一路上，耕助想盡辦法，拚命想從司機口中先問出一些事情來，然而不曉得司機是被下令封口，還是眞不知情，他的回答相當令人不滿意。

「我也不太清楚。只聽說有人被殺了，可是不知道是誰。反正事情很嚴重……」

汽車很快地停在犬神家的正門前。

警方人員似乎已經趕到，表情嚴肅的警察和便衣刑警在大門口進進出出。

當汽車一停下來，馬上看到古館律師從門內跑了出來。

「金田一先生，謝謝你趕來。快點，快點……」

古館律師看來相當驚惶激動，他緊抓著耕助的手臂，就再也說不出話來了。到底發生了什麼事，讓這個一向沉著冷靜的律師，如此驚惶失措呢？看到律師這副模樣，耕助的內心受到了很大的衝擊。

「古館先生，到底發生什麼事了……？」

「請來一下，來這邊，你看了就會明白。太可怕了……實在是太可怕了……這不是正常人做得到的事。一定是惡魔所幹的……唉，到底是爲什麼，要胡搞這樣可怕的事啊……？」

古館律師此時已經語無倫次，像被神靈或魔鬼附了身，他的眼珠子往上吊，目光也顯得異常激動，彷彿快要口吐白沫。他那抓住耕助胳膊的手掌，宛如燃燒般炙熱。

耕助只好保持沉默，由著古館律師拖著往前走。

大門內有一段相當長的車道，前方可以看到停車廊。然而，古館律師並沒有往這個方向走，他通過側面的柵門，踏進了庭院。

這棟犬神家的自宅，是佐兵衛老先生的事業基礎穩固後才在此地興建，當時並非是棟很大的建築。然而，隨著他的財產逐漸增加，便慢慢買進周圍的土地，又陸續增建，因此建築構造有如迷宮，還分成好幾棟。如果金田一耕助獨自踏進這裡，大概會迷路。

然而，古館律師似乎對這群建築十分熟悉，毫無猶豫地拉著金田一耕助快步前行。他們很快穿過了西洋風的外庭院，踏進日本風味的內庭院。此處有許多警方人員正冒著雨到處進行搜索。

穿越這個內庭院，通過一道雅緻的柵欄門，金田一耕助的眼前突然出現一片非常廣闊的菊花田。這片菊花田壯麗的程度，連毫不風雅的金田一耕助也不由得瞪大了眼睛。

在打掃得十分乾淨的白沙地那端，立著一棟有著茶室風格的雅緻建築。上方覆蓋方格花紋罩子的菊花田整齊排列、圍繞在其周邊。在方格花紋罩子底下，除了盛開著宛如球狀、放射性管狀的菊花外，也有十六花瓣的大朵菊花等。這些絢麗的花朵在淅瀝淅瀝下著陣雨的寂寥庭院裡，散放著馥郁無比的清香。

「就在那邊。那邊有很可怕的……」

緊抓著耕助手臂的古館律師，壓低嗓子尖聲說道。

一看之下，茶室正面的菊花田前，好幾名警察動也不動地呆立原地。古館律師接著把金田一耕助拉向那裡。

「請看看吧，金田一先生。你看那個……那個人的臉……」

金田一耕助推擠開好幾名警察，來到菊花田前。這時，他突然想起先前從古館律師那兒聽到的一句話。

「你說猿藏嗎？他可是個製作菊花偶人的高手喔。他現在也正製作著。」

沒錯，眼前見到的正是那些菊花偶人。而且，它們還呈現著一齣歌舞伎戲碼──《菊花田》中的一個場景。

立在中央的是留著全髮的鬼一法眼。皆鶴姬站在鬼一的身旁，她穿著大寬袖和服。鬼一的面前是留有劉海的僕役虎藏和另一名僕役智惠內，他們各蹲在左右兩邊。而他的敵人笠原淡海則是在舞臺後方一處較爲晦暗的地方，如同鬼魂般地站著。

金田一耕助快速地環視這幕舞臺場景，馬上發現了一件事：這些菊花偶人的臉，都各自形似犬神家一族中的某個人。

鬼一是已過世的佐兵衛老先生。皆鶴姬是珠世。留劉海的僕役虎藏，事實上是牛若丸，和戴著奇怪面具的佐清一模一樣。另一名僕役智惠內，也就是喜三太，則像極了那狐狸般的佐智。另外，鬼一的敵人笠原淡海……

金田一耕助的眼光一轉，看了下微暗的舞臺後方，而就在這一剎那，他彷彿被強烈的電流貫通，全身起了痙攣，還漸漸發麻起來。

笠原淡海──不用說，就是那有著屏風般身材的佐武了。

只不過……只不過……如果是笠原淡海，一定留著全髮。可是……可是……眼前的這個笠原淡海，卻和現代人一樣留著左分頭。而且，那張藍黑色的臉，也實在太逼眞了！

這時，金田一耕助像再度被強大電流貫通，他的身體劇烈痙攣，不自覺往前踏出一步。

「那個……那個是……」

這時，他的舌頭緊貼著上顎，已經無法順利地說話。

金田一耕助身體向前一傾，緊緊握住圍在菊花田邊緣的青竹柵欄。就在此刻，淡海的頭宛如點著頭般動了兩三次，隨即脫離身軀滾落下來……

耕助這時發出彷彿踩爛了青蛙般的悲鳴，同時不由自主地急忙後退了一大步。

笠原淡海——不，佐武頭部被砍斷的切面上，黏附著大量紅黑血液，還冉冉升起一些煙氣。這一切就像一幅描繪戰場的畫。眼前正是令人作嘔，令人毛骨悚然的佐武人頭！

「這、這、這是……」

在凍結般的數秒沉默後，金田一耕助氣喘吁吁地說道。

「被、被殺的人，是、是佐武先生吧。」

古館律師和警方人員默默地點了頭。

「而、而且，凶手砍下頭後，還將它裝在菊花偶人上，是吧？」

古館律師和警方人員又再次沉默地點了頭。

「可、可是……凶手爲、爲什麼，要那樣費事呢？」

沒有人回答他這個問題。

「砍下死者頭部的犯案手法，在犯罪史上也不是沒有發生過。無頭命案……以往多少也有這樣的案例。但，那是爲了要隱蔽死者身分，凶手一定都會將人頭藏起來。可是……可是，這個人頭，爲什麼會這麼光明正大、炫耀似地裝飾在這種地方呢？」

「金田一先生，問題就在這裡啊。凶手……雖然還不知道是誰……反正，有人殺了佐武先生。而且，那傢伙不知道有什麼目的，不但砍下死者的頭，還特意把人頭拿來裝在菊花偶人上。他究竟爲什麼要這樣做呢？」

「爲什麼？是啊，這到底該怎麼解釋呢？」

「這個部分……我也還搞不懂。」

說這句話的是那須警署的橘署長。他有著一頭半白的短髮，身材粗胖；雖然身高不高，但腹部突出，是一個體格頗魁梧的人。他有個綽號叫狐狸。

署長已經認識金田一耕助了，而金田一耕助也知道這個人。

先前提過，發生若林豐一郎的命案時，金田一耕助也接受了偵訊。橘署長之後向東京的警視廳打聽了金田一耕助的來歷，而得到的答覆似乎對耕助相當有利。自從這件事情後，橘署長雖然還是有些半信半疑，不過對這個身材矮小又其貌不揚，有著鳥窩頭，講話還會口吃的男人，開始以一種既好奇又敬畏的眼神注視著。

耕助再次轉頭看那駭人的菊花偶人。在微暗舞臺後方，沒有頭的笠原淡海，像隻妖怪般站立著。其腳下還滾落著佐武那可怕的人頭，而一旁貌似佐兵衛老先生、野野宮珠世，以及佐清和佐智的偶人，身上披著帶紅白色菊花的衣裝，表情冷淡又一本正經地佇立在那裡。

此時陣雨不斷地拍打在方格花紋的油紙拉窗上，傳來無限寂寥的聲響——「陰森」與「恐怖」等詞彙，恐怕就是用來描繪這般場景吧。

金田一耕助擦了下額頭冒出的汗。

「那麼……」

「那麼……？」

「他的身軀在哪裡呢？頸部下方的身軀到哪裡去了？」

「嗯，這個目前正在搜索中。我想應該不會在很遠的地方吧。如你所見，這片菊花田並沒有遭到嚴重的破壞，所以犯案現場應該是在別處吧。只要能找出案發地點……」

橘署長說到這裡，倏地閉上了嘴巴。因爲他看到兩三名便衣刑警正快步朝他跑了過來。其中一名便衣刑警跑到他身旁，在他耳邊低聲地說了些話，署長的眉毛突然豎了起來，立刻轉頭向耕助說道：「聽說發現犯案現場了。請你也一起來吧。」

跟在領頭的署長一行人後面，金田一耕助和古館律師並肩走著。

「古館先生……」

「嗯……」

「那個……佐武先生的人頭，是誰最先發現的……？」

「是猿藏啊。」

「猿藏……？」

金田一耕助不安地皺起了眉頭。

「是啊，猿藏每天早上都會修剪一次菊花，今早他也一如往常到菊花田時……發現現場已經是那樣了。於是，他立刻跑來通知我……嗯，對，那應該是剛過了九點。我聽到這個消息嚇了一大跳，馬上趕過來。哎呀，當時可說是一團糟。犬神家一族全都聚到菊花田前，竹子夫人又哭又叫……她那模樣根本就像發了瘋啊。唉，也難怪她會那樣……」

「松子夫人和佐清先生呢……？」

「嗯，他們也來了。只不過，他們看到佐武先生的人頭後，一句話也不說，隨即回他們的起居室了。我啊，總覺得這兩人很棘手。佐清先生戴著面具遮住了臉；而松子夫人的話，你也明白，她可是個女豪傑啊，是不會輕易表露喜怒哀樂的。看過佐武先生的人頭後，他們的觀感如何，我實在是看不出來。」

金田一耕助默默思考了一段時間，忽然問道：

「對了，那卷卷軸，就是蓋有佐清先生掌印的……那是不是由佐武先生保管啊？」

「不，那卷卷軸由我保管。放在這個提包裡。」

古館律師拍了一下挾在腋下的摺疊式提包後，突然啞著聲音說：

「不過，金田一先生，難道你的意思是指，佐武先生是因爲那卷卷軸而被殺？」

金田一耕助沒有回答他的問題。

「由你保管卷軸的事，犬神家所有人都知道嗎？」

「是啊，除了松子夫人和佐清先生外。因爲那是在他們兩個人離開後，大家商量的結果，才決定由我來保管。」

「這麼說，松子夫人和佐清先生不知情吧？」

「是啊，除非有人告訴他們……」

「有人告訴他們……這應該不太可能。佐清先生母子倆和其他家人，在情感上應該是針鋒相對的。」

「也是。但，難道說那兩人會……」

這時，署長等一行人已經來到面對湖水的那間小船室旁了。這間小船室，也就是發表遺書內容的那天，耕助在猿藏的迎接下乘坐小船來到的地方。

整棟建築由鋼筋混凝土所建成，呈長方箱形狀，屋頂上是一座有頂棚的瞭望臺。

署長一行人沿著通往這個瞭望臺的狹窄樓梯走了上去。金田一耕助和古館律師也跟在後頭，然而當他們踏進瞭望臺時，耕助不由得瞪大雙眼。

瞭望臺上有張圓形藤製茶桌，周圍則放置著五、六把藤椅，其中有一把倒了下來，地板上布滿大量的血。

啊啊，這絕對錯不了。犯案現場的確就在這裡。只不過，屍體呢？瞭望臺上到處都找不到那具屍體。

菊花胸針

「署長，這裡就是案發現場。凶手殺害佐武先生後，還砍下他的人頭，而身軀應該是從這兒丟進湖裡。請看，這個……」

原來，有道血跡從那灘血的中心，一直延續到瞭望臺的邊緣。沿著血跡走到瞭望臺邊緣，底下就是湖水了。陣雨下在緩緩拍打著岸壁的湖水上，湖面起了狀似寂寥的波紋。

「嘖！」

署長一面凝視著湖水，一面不悅咂嘴。

「這下子，我看可得打撈這座湖了……」

「這一帶的湖水很深嗎？」

「不，並不會很深，只不過……你看——」

署長指著前方湖面上大約五、六公尺的地方說道：

「那邊有一個很大的波紋吧。那是被稱做『七釜』的地點，從湖底會湧出溫泉水。因此，這一帶的湖水會呈現漩渦狀，不斷地流動。所以啊，就算只是從這裡把屍體丟入湖水，我看現在屍體也已經漂流到很遠的地方了。」

這時，有一名便衣刑警走到署長身旁。

「署長，地上掉落了這麼個東西……」

那是直徑約三公分，呈菊花狀的胸針。在黃金菊花臺座的中心，鑲有一個大紅寶石。

「就掉落在那邊，那倒下的藤椅旁……」

此時，只聽見古館律師突然發出了一聲怪叫。

署長和金田一耕助吃一驚，轉頭一看發現古館律師雙眼圓睜，目不轉睛地凝視胸針。

「古館先生，你看過這個胸針嗎？」

經署長這麼一問，古館律師拿出手帕，慌忙地擦了下額頭上的汗。

「是，嗯，那是……」

「是誰的胸針？」

署長一個勁兒地緊接著問道。

「是，那應該是珠世小姐的……」

「珠世小姐？」

金田一耕助也往前走近了一步。

「但是，就算這是珠世小姐的東西，也不能馬上肯定她和這件案子有關吧。說不定在昨晚前，便掉落在這裡……」

「嗯，可是……」

「可是……？」

「不是這樣的。昨晚珠世小姐還把這個胸針戴在胸前。對，錯不了。昨晚我準備回去時，一不小心撞到珠世小姐。那時，這個胸針鉤到我背心……所以我記得很清楚……」

古館律師心神不定地擦著脖子上的汗水。署長和金田一耕助則交換了意味深長的眼神。

「那大概是幾點？」

「嗯，快到十點的時候……因爲那時我正要回去……」

這麼說，珠世是在這之後，才來到瞭望臺。珠世爲何會在那種時間來到這個地方呢？

此時，從樓梯那邊傳來了腳步聲，猿藏那張醜陋的臉孔，突然出現在瞭望臺的入口。

「古館先生……」

「嗯，找我有什麼事嗎……？」

古館律師於是走到猿藏身旁，和他說了一些話，很快又回到原地。

「猿藏說松子夫人有事情要和我談，我離開一下。」

「是嗎？既然這樣，抱歉，古館先生，可不可以麻煩你順便請珠世小姐來這裡？」

「知道了。」

古館律師下了樓梯，猿藏卻沒有要離開。他就站在樓梯中途，膽怯地環視瞭望臺。

「猿藏先生，還有什麼事嗎？」

「是，嗯，有一件……事情有點怪……」

「有點怪……你指？」署長問道。

「是，有艘小船不見了。」

「有艘小船……？」

「是，沒錯。我有每天早上起床後巡視家中內外的習慣。今天早上一起床，來到這裡時，發現水門是開著的。我記得昨天還沒天黑前，便關上了水門，所以覺得很奇怪。到小船室看了一下，才發現三艘小船中的其中一艘不見了。」

署長和金田一耕助似乎都大吃一驚，彼此對望了一眼。

「這麼說，昨晚有人划小船出去了？」

「嗯……那我就不知道了，總之有一艘小船……」

「而且，你說水門還開著，是吧？」

猿藏繃著臉點了個頭。

金田一耕助這時很自然地轉頭往湖的方向看，然而不停下著雨的湖面上，卻看不到任何一艘類似的小船。

「這兒的小船船身上，有沒有什麼特別的記號啊？」

「是，這裡的小船，每一艘都用黑色油漆寫著『犬神家』三個字。」

署長這時低聲說了些話，隨後三名便衣刑警立刻下了瞭望臺。他們應該是要去找尋失落的小船吧。

「嗯，猿藏老弟，謝謝啦。如果還發現什麼事不對勁，請你也馬上通知我們。」

猿藏笨拙地鞠躬行禮後，下了樓梯。

署長回頭看向金田一耕助。

「金田一先生，你怎麼看？凶手會不會把佐武那具無頭屍體，裝在小船上運走啊？」

「嗯……」

金田一耕助望著煙雨籠罩的湖面，說道：「如果眞是這樣，凶手應該就不是這個家的人了吧。因爲他划出小船後，便再也沒有回到這裡了。」

「不，凶手中途把屍體沉入湖中後，自己一個人划到某個岸邊，再繞經陸地回來……這也很有可能啊。」

「可是，果眞如此，他採取的行動也太過危險了吧。他既然都把人頭那樣光明正大地裝飾在那裡，應該沒有必要再冒那麼大的風險藏屍體吧。」

「嗯，你也有道理，只不過……」

署長茫然地看了一眼那灘駭人的血，隨即使勁搖頭說道：

「金田一先生，我啊，實在不怎麼喜歡這件案子。凶手爲什麼非得砍下人頭不成？而又爲了什麼，還將那個人頭裝在菊花偶人上？這實在是……連我啊，都要打起寒顫了。」

這時，珠世來到現場。珠世果然臉色蒼白，眼神也變得很僵硬尖銳。然而，儘管如此，她的美貌一如往常，絲毫沒有受到影響。不，應該說她那感到畏懼，有點無依無靠的樣子，更是惹人愛憐，更令人感受到她的美。如果用稍嫌陳腐的比喻來形容，她宛如是朵被雨淋溼的海棠，教人不捨，她這模樣反而加倍突顯她的美貌。署長輕輕地故意咳嗽了一下後說：

「啊啊，對不起把妳叫來了。請坐……」

當珠世看見那灘恐怖的血時，一時間害怕地瞪大了雙眼，然而她很快就把眼光轉往別處，有點笨拙地在藤椅上坐了下來。

「之所以請妳來，不是爲了別的……請問，妳認得這個胸針嗎？」

看到署長手掌中的菊花狀胸針，坐在藤椅中的珠世一時僵住了。

「是的……我……認得。那，就是我的胸針。」

「哦，是嗎？那麼，妳還記得是什麼時候遺失的嗎？」

「是的……應該，是在昨天晚上……」

「在哪裡……？」

「我想應該就是在這兒遺失的……」

署長這時和金田一耕助稍微對看了一下。

「這麼說，妳昨晚來過這裡了？」

「是的……」

「大概幾點的時候？」

「我想應該是十一點左右。」

「那麼晚的時間，妳到這裡來是爲了什麼事呢？」

珠世兩手搓揉著手帕。她拚命地搓揉，差點要扯碎手帕了。

「事情都到這種地步，我希望妳老實說出所有事情。妳究竟爲了什麼目的而來？」

這時珠世像是突然下定了決心，猛然抬起頭。

「坦白說，昨晚我在這裡和佐武見了面。因爲，我有一件隱祕的事想告訴他。」

珠世的臉頰此時已經變得十分蒼白。

橘署長又看了下金田一耕助。

附著指紋的懷表

「妳說和佐武先生昨天晚上在這裡見了面？」

橘署長的眼底頓時浮現些許的懷疑。而金田一耕助也詫異地皺起眉頭，目不轉睛地看著珠世那蒼白的側臉。

珠世美麗的臉頰變得十分僵硬，宛如暗藏謎團的人面獅身像。

「是爲了什麼事啊？啊啊……嗯，我看，應該是佐武先生邀妳出來的吧。」

「不，不是的。」

珠世以斬釘截鐵的口氣說道：

「是我請佐武在十一點左右來這裡一趟。」

說完這句話，她那帶著猶豫的視線就轉向湖面。或許是起風了吧，不停打在水面上的陣雨勢頭，逐漸顯得紛亂猛烈。湖面的波浪似乎就要洶湧起來。

署長和金田一耕助再度互看了彼此。

「哦哦，原來如此。」

署長有點喘不過氣似地咳了咳卡在喉中的痰，說道：

「那麼……？是爲了什麼事呢？剛才妳好像說是爲了談一些隱祕的事……？」

「是的。我有件事不想對別人說，只想偷偷地告訴佐武一個人……」

「那件所謂隱祕的事是……」

珠世這時突然將她的視線從湖面轉回署長臉上。

「嗯，既然都到了這種地步，我會將所有事情都說明白。」

她似乎是下定了決心，眼眸動也不動地說起一件令人詫異的往事。

「我的祖父……也就是犬神老爺，生前一直對我眷顧有加，從小把我當成親孫女一樣疼愛。這件事，我想各位也都知道。」

如果是這件事，金田一耕助和橘署長都知道。只要看過佐兵衛老先生的遺書，就能了解他生前是如何疼愛珠世了。

珠世看到兩人默默地點了頭，眼神彷彿正看著遠方，很平靜自然地繼續說道：

「祖父曾經送我一個懷表。但這不是最近的事，而是在我紮著辮子，還是小女孩時的事了。那是Tavannes牌，有著金殼和雙蓋的懷表。可是，那不是女用懷表。雖然如此，也不知道爲什麼，當時還小的我非常喜歡這個懷表，總會請祖父拿出來，然後一直把玩著。於是有一天，祖父笑著說：『眞的這麼喜歡這個懷表，就送給妳吧。可是啊，這是個男用懷表，長大後就不能配戴……對了，到那時，就送給妳未來的丈夫當禮物吧。還沒送人前，可要好好地愛惜喔。』他雖然這麼說，不過當然只是玩笑；之後，便把表送給我。」

署長和金田一耕助都滿臉困惑，目不轉睛地看著珠世的側臉。昨晚的事和那懷表之間，到底有什麼關係呢？

然而，署長和金田一耕助都不想在她說話的途中打岔，默默地繼續聽著。因爲，儘管現場是如此血腥駭人，然而當珠世談起已故佐兵衛老先生的事時，他們卻發現她的眉毛、眼眸以及嘴唇上，正如洪水般瀰漫著一種道不盡的、溫柔的親情之愛。

珠世仍然以彷彿正望向遠方的眼神，持續敘述著：

「當時我眞的高興得不得了，片刻不離地將懷表帶在身上。即使睡覺時，也都放在枕頭旁……滴答滴答，滴答滴答……只要能聽到那美麗又清脆的聲響，便覺得心滿意足……非常愛惜這個懷表。可是，我那時還是個小女孩，有時一不注意就讓心愛的懷表故障了。好比發條轉過頭，或不小心浸到水等……這種時候，總會幫我修理表的，就是佐清了。」

佐清——當這個名字出現時，才使得珠世敘述的這個遙遠、宛如夢境般的往事開始帶有現實的味道。橘署長和金田一耕助露出了略微緊張的表情。

「佐清和我雖然只差三歲，但從小他的雙手便非常靈巧，最喜歡把弄機械之類的東西。比如說，組裝收音機或是製造電力火車頭等，這些他都非常拿手。所以，像修理我的懷表之類的工作，對佐清再容易不過了。『珠世，妳又弄壞懷表了嗎？眞是糟糕啊。』他一開始會這樣責備我，可是看到我傷心的表情時，又會接著說：『好啦好啦，我幫妳修，明天就還妳，今晚我會修好。』隔天，當他把修好的懷表交給我時，總會微笑地調侃我：『珠世啊，這個懷表不好好珍惜的話可不行喔。因爲，這是長大後要送給丈夫的懷表，不是嗎？所以妳得更加愛惜啊。』說完還會用食指尖，輕輕戳一下我的臉頰……」

說著這些往事時，珠世的臉頰微微變紅，那美麗的眼眸也溼潤了起來，閃耀出光輝。

金田一耕助忽然在腦海裡，描繪起那戴著可怕橡膠面具的佐清。如今，那個佐清由於臉型變得扭曲，令人不忍卒睹，所以戴上駭人的面具；然而，完全呈現佐清原本樣貌的那個面具，事實上是美得無可比擬的。

只要看過《犬神佐兵衛傳》裡的照片，就不難了解過去佐清其實是個世間罕見的美男子。他的美貌或許是遺傳自他的祖父佐兵衛老先生吧。佐兵衛年輕時的俊美模樣，據說曾深受珠世的祖父野野宮大貳的欣賞。

現下珠世敘述的這段小故事，應該發生在珠世還是個穿著水手服的小學生，而佐清則穿著金色鈕釦中學制服的時期吧。當時，如同偶人般美麗的這對男女間，到底有過怎樣的情感交流呢？同時，將這兩人看在眼裡的佐兵衛老先生，內心深處究竟又曾萌生何種想法？

金田一耕助這時突然又想起方才看過的歌舞伎劇《菊花田》場景。

《菊花田》中的鬼一法眼，對喬裝成傭人進到家裡來的虎藏——也就是牛若丸——不僅授與他六韜三略的密傳兵書，還讓他和自己的女兒皆鶴姬結爲夫妻。

然而，剛才看到的菊花偶人中，鬼一跟佐兵衛老先生的面貌極爲相似，而牛若丸及皆鶴姬則分別呈現著佐清與珠世的容貌。這麼說來，佐兵衛老先生可能老早便計畫讓佐清與珠世結爲夫婦，並且打算將相當於《菊花田》劇中的密傳兵書，也就是小斧、古琴、菊花，這三種象徵犬神家繼承權的家寶授與他們了？

當然，這些菊花偶人是猿藏製作的，不能直接斷定那就是在呈現佐兵衛老先生的遺志。更何況，製作這些菊花偶人的猿藏，智能無法與常人相比，他相當愚鈍。但話說回來，愚鈍人的直覺，有時反倒會超乎常人的敏銳。也許猿藏自己也曾揣測過佐兵衛老先生的心情。或者，由於非常欣賞猿藏的那份憨直，佐兵衛老先生曾悄悄地將深藏內心的計畫透露給他也說不定。於是猿藏爲了抗議近來犬神家那種混亂、不睦的氣氛，便假託《菊花田》這齣戲，製作出那些偶人？如此看來，暫且不論這是否爲佐兵衛老先生的遺志，至少在猿藏的眼中，珠世最適當的結婚對象，除了佐清別無他人，而且相當於《菊花田》劇中的密傳兵書，也就是小斧、古琴、菊花，這三樣家寶也應該授與他們兩人。

然而，佐清這個人……

問題就出在這個佐清身上。眼前的佐清已非昔日的佐清了。那世間罕見的美貌，如今，已經毀損得不堪入目……

每當金田一耕助回想起先前看過的那扭曲、噁心的肉塊，除了頓時毛骨悚然外，也會陷入難以言喻的慘澹情緒。

然而，金田一耕助的這一連串冥想，並沒有持續徘徊在死胡同裡。因為在短暫的停頓後，珠世又繼續娓娓道來。

「那個懷表在戰爭期間故障了，當時，總是會幫我修好的佐清已經不在家裡。他受到軍隊徵召，被派遣到遙遠的南洋作戰……」

珠世說到這裡，聲音帶有些許的落寞，然而，她還是很快地清了下卡在喉中的痰。

「但，我就是不願意拿到鐘表店修理。之所以如此，其中一個理由是因常聽人說，把懷表送到鐘表店，零件可能會被更換，我害怕這點。此外，不知道從何時起，我便認定能修理這個懷表的，除了佐清外別無他人；哪怕只有短暫的時間，我也不願意把懷表交給其他人。因為這樣，懷表一直保持著故障的狀態。直到最近，佐清才終於復員回來，所以……」

說到此處，珠世突然變得有些吞吞吐吐。然而她彷彿鼓勵了下自己後，又繼續說道：

「幸好他平安回來了……我這麼說或許有些不妥；不過佐清看來已經穩定了，所以四、五天前我去找他說話時，就拿出懷表，請他幫我修理。」

金田一耕助對她的話突然相當感興趣。他開始使勁抓搔著鳥窩頭，這是他對某項事物起了興趣時的習性。

耕助到這時還無法理解或推測出珠世到底想要說什麼，也不了解珠世內心深處究竟有何想法。然而，卻有某種莫名的東西深深刺激著他的心思，使他不停地拚命抓搔著頭。

「那、那、那麼，佐、佐、佐清幫妳修了那、那、那個懷表了嗎？」

珠世慢條斯理地搖搖頭。

「不，佐清起初把懷表拿在手上看了一下，說：『我現在沒有這個心情，過幾天吧！』隨後就將懷表還給我了。」

說到這裡，珠世突然閉上了嘴巴。由於署長和金田一耕助都認為故事還沒結束，便屏息凝視著珠世，然而，珠世將眼光轉往湖的方向後，似乎不願意再開口說話。

署長一臉困惑，用小指搔著鬢角，問道：「哦，原來如此啊……不過，妳現在講的這件事，和昨晚發生的事之間，到底有什麼關係呢？」

但是，珠世沒有直接回答，忽然又說起別的話題。

「昨晚，這棟宅第裡曾發生過什麼事，我想兩位也都知道了吧。佐武和佐智，把從那須神社拿回來的，佐清的……獻納掌印作為證據，要來證實佐清的……這應該怎麼說呢？嗯，眞實身分……」

當珠世說到此處，肩膀略微顫抖了一下。

「這話的確不怎麼好聽，可是事實上便是這麼回事。由於他們想要證實佐清的身分是否屬實，引起一場不小的騷動。松子姨媽也不知道為什麼，很頑固地拒絕讓佐清蓋掌印。於是，佐武和佐智的這次試探就不了了之，但那時我忽然想到一件事。剛才談到，之前我曾到佐清那裡拜託他幫忙修理懷表，卻被拒絕。當時，我回到自己房間後，不經意地打開懷表的蓋子一看，發現蓋子背面很清楚地附著著佐清右手拇指的指紋。」

聽到這兒，金田一耕助突然像是遭雷劈打般，整個身體晃了晃。

啊啊，原來就是這個，從方才起一直深深刺激著他內心的東西——也就是說，那東西原來就是這個啊。

金田一耕助這時又開始用五根手指頭，拚命抓搔著頭上的麻雀窩。

署長起初一臉不耐煩地注視著他那副樣子，然而很快又轉頭看向珠世。

「可是，妳又怎麼知道，那是佐清先生的指紋呢？」

啊啊，眞是個愚笨至極的問題，這還需要問嗎？雖然珠世說佐清的指紋是在偶然的情況下附著在那裡，而她也是偶然發現到這枚指紋，然而，這恐怕並非事實。她必定最初就有那種打算，要讓佐清掉進陷阱。她肯定從一開始，便企圖利用這個懷表取得佐清的指紋。

深深刺激著耕助內心的就是這個——換句話說，即珠世這個女人到底是何等聰明，而又何等狡猾的這個事實。

「嗯……我想應該錯不了。我將懷表帶到佐清那裡前，已經好好地擦拭過，且曾碰觸那個懷表的人，除了我和佐清別無他人，而那指紋並不是我的……」

看吧，果然事情和我想像的一樣。珠世一開始就如此打算，所以才會事先擦拭了懷表。不過話說回來，利用懷表蓋子背面取得指紋的這個構想實在太高明了。以保存指紋這點而言，實在沒有比這更好的東西。

署長似乎也能領會她的說明了。

「原來如此，那麼後來呢……？」

「嗯，然後……」

珠世此時卻變得支支吾吾。

「看到昨晚那種火爆的場面，我想，取得佐清掌印暫時是辦不到的吧。話雖如此，如果事情就這麼算了，只會加深佐武、佐智，以及他們雙親的懷疑而已。於是，我才突然想起附著在懷表上的佐清拇指紋，雖然這似乎顯得有些多管閒事，但我認爲這件事還是儘早有個了斷比較好。於是打算請佐武比較一下懷表上的指紋和卷軸的掌印……」

「原來如此，所以，爲了告訴佐武先生這件事，才邀他到這裡來，是吧？」

「是的。」

「時間在昨天晚上的十一點……？」

「我離開房間時，剛好是十一點。如果這件事情讓猿藏知道了，他一定會跟來。這樣不太好，因此我一度先回到房間，等過十一點後，再偷偷離開房間跑出來。」

「啊啊，等一下……」

這時，金田一耕助從旁第一次插嘴說話。

「可不可以請妳把當時的情況說得更詳細點。妳離開房間時，若剛好是十一點，那麼來到這裡便大概是十一點過兩、三分吧。那時，佐武先生來了嗎？」

「是的，他已經到了。他站在那個邊緣，好像是一邊看著湖，一邊抽著菸。」

「當時……妳上到這兒來時，四周有沒有其他人在？」

「嗯……我沒注意到。昨晚非常暗，一片漆黑，即使眞的有人應該也不會發覺。」

「哦，原來如此。那麼，妳便把懷表的事告訴了佐武，是吧？」

「是的。」

「那麼，那個懷表呢？」

「我交給佐武了。他顯得非常高興，還說明天就要馬上請古館先生拿卷軸來做比較。」

「佐武先生是怎麼處理那個懷表的？」

「好像是放進背心的口袋裡了。」

由於佐武屍體頭以下的部分目前尚未發現，此時還無法斷定懷表是否仍在背心口袋。

「那麼……妳大概花了多少時間和他說明這件事呢？」

「應該不到五分鐘。我實在不想在這種地方和佐武單獨相處太久，便盡量長話短說。」

「原來如此，這麼說，你們大概十一點七、八分左右時分開吧。誰先離開這裡？」

「是我先走的。」

「那麼，後來只剩佐武一人待在這裡了？當時他在做什麼呢？」

嗯，那時……珠世的臉頰突然泛紅起來。她用力搓揉著手帕，眼神嚴厲地凝視前方，突然間，又發怒似地使勁搖頭說道：

「佐武對我做了非常失禮的事。當我正要道別時，他突然撲了過來……我想胸針大概就是在那個時候被扯掉的。如果猿藏沒有及時趕到，我還真不知道會受到什麼樣的羞辱。」

這時，署長和金田一耕助不由得看了看對方。

「妳的意思是，猿藏老弟也來這裡了？」

「是的。雖然我認爲自己是很順利地瞞著他偷偷溜出來，但還是被他察覺，而且還跟蹤我一塊來了。不過，還好他有跟來，否則……」

「猿藏老弟把佐武先生怎麼了？」

「到底對他怎麼了，我也不太清楚。那時，我被佐武緊緊抱住，所以拚命掙扎著……忽然，佐武『啊』的叫了一聲，倒在那裡……對了，椅子也是那時倒下的。佐武整個人和椅子一起翻倒在地。一看，才發現猿藏站在那兒。然後，我在猿藏的幫助下，死命逃離這個地方。當時，佐武似乎還跪在地上，朝我們一個勁兒地臭罵著。」

「嗯，原來如此。這麼說，凶手是之後才來到此處，殺害佐武先生，再砍下頭。妳離開時，附近有其他人在嗎？」

「沒有，沒發現。就像我剛才說的，四周一片漆黑，而且我相當驚惶失措，所以……」

珠世的證詞大概到這兒結束。

「眞是謝謝妳。不好意思，還特地把妳叫來……」署長說道。

「別客氣了。」珠世如此回答後站了起來。

「啊啊，對不起，請等一下……」

這時，金田一耕助突然從旁叫住她。

「還有一個……我想再請教一個問題。妳對那個戴著面具的人，抱持著什麼樣的看法呢？妳認爲那眞的是佐清先生嗎？還是……」

當金田一耕助說完這句話，珠世的臉頰立即失去血色。她專注地凝視著耕助的臉，很快地用一種毫無抑揚的呆板口氣回答：

「我當然相信那人是佐清。這一定沒錯。佐武和佐智的懷疑，實在過於荒唐無聊。」

然而，珠世卻想辦法取得了那個人的指紋。

「謝謝妳。這樣就行了……」

珠世輕輕地點頭致意後，走下瞭望臺。但就在她剛走沒多久，彷彿接班似地，古館律師隨即走上來。

「啊啊，你們還在這裡呀。是這樣子的，松子夫人想請各位走一趟……」

「是不是有什麼特別的事呢？」

「是的。」

古館律師的表情顯得有些困惑。

「就是爲了那件事啊，掌印的事……她說，想要在各位面前，讓佐清先生蓋掌印。」

4 CHAPTER 第四章

丟棄的小船

剛才吹起的風，慢慢形成暴風，漆黑的雨瘋狂而不停歇地打在湖面上。

山區的暴風雨呈現一種特殊的恐怖景觀。烏雲會低低垂下，光是這一點就令人感到壓迫，更何況湖水還會發出不尋常的聲響。那烏黑湖水翻起的波浪、激起的泡沫、互相推擠形成的駭人光景，與海洋不太一樣。近看暴風雨中的湖，會發現裡面有著如同女人頭髮般，互相糾纏、推擠的巨大湖藻群落，同時也會不禁爲那異常的恐怖模樣打起寒顫。一隻不知名的鳥受到吹襲，宛如一支箭在黑暗的湖面上斜斜衝刺而下。彷若一具亡魂。

而被包圍在這暴風雨中的犬神家內廳，即那十二張榻榻米寬的大廳，現在也充滿著令人喘不過氣的緊張氣氛。

此時，犬神家一族的所有人，集合在佐兵衛老先生的遺照前。他們心裡都有著比外頭的暴風雨更猛烈的糾葛；這些糾葛一面保持著可怕的沉靜，一面也與其他人激烈交鋒。

坐在正面的是戴著面具的佐清和松子夫人，他們的前方，除了那卷軸外，還分別擺置了一張白紙、朱墨硯臺和毛筆。

慘遭殺害的佐武的母親竹子夫人，雙眼已經哭得紅腫，一副垂頭喪氣、無精打采的樣子。然而，她那偶爾投向松子夫人的視線中，卻仍充滿著不尋常的殺氣。佐智則是眼神畏縮，頻頻咬著指甲。

金田一耕助依序觀察這一家族所有人的表情，然而他最感興趣且不禁停駐凝視的，就是珠世了。只不過，此時連耕助也看不透珠世的心情。

她的臉色蒼白，表情冷淡，儘管如此，還是無損那份美。既然珠世自行設法取得佐清的指紋，那麼她對這個戴面具的人應該有著很深的懷疑。然而，佐清本人卻主動提出要蓋掌印，這一定使她心神動搖了吧。儘管如此，珠世卻還是神情漠然，美得不減分毫。

這時，有個一眼便知道是警方的人走了進來，他向在場所有人頷首致意後，隨即走到署長的旁邊坐下。他是橘署長請來的鑑識課課員，姓藤崎。

「那麼……」

署長輕輕地催促松子夫人，她點了個頭。

「那麼，現在就讓佐清蓋掌印吧。不過，在開始前，我有些話想對各位說……」

松子夫人故意微微咳了一聲。

「署長先生大概也聽說了吧，事實上昨晚這個大廳裡也曾有過類似的場面。佐武和佐智強行逼迫佐清蓋掌印。那時，我很堅決地拒絕了他們的要求，是因爲當時他們的態度實在太過失禮。從一開始，他們就把佐清當罪犯一樣對待……這實在太令人氣不過了，所以我才會決定，絕對不輕率地讓佐清蓋掌印。但是，事到如今，事態已經完全不同。佐武發生了那麼可怕的事，而且……」

說到這裡，松子夫人對著妹妹竹子投以一種凶狠的視線。

「這些人甚至還誤會是我和佐清幹的。就算嘴裡不說，但只要看表情就很容易明白。如果回過頭好好思考，也難怪他們這麼想。我們這邊的確也有過失。昨晚，我們那麼頑固拒絕——使大家不禁揣測：會不會是佐清自己心中有鬼？而且，還爲此殺了佐武？倘若眞的讓大家產生這樣的懷疑，那麼我們的言行上便確實有不當之處了。今天早上，我不斷反省這件事。我想，不應該再意氣用事下去……才決定懇請署長先生一起到場，然後當著在座各位的面，讓佐清蓋掌印。經過這麼說明後，大家一定都能體會我的心情了吧。」

松子夫人的長篇大論到這兒終於結束。說完，夫人還環視了在場所有人，然而並沒有任何人出聲或是回應。只有橘署長一人點了個頭。

「那麼，佐清……」

戴面具的佐清伸出了右手。他的心情果然有些亢奮，那伸出的手掌不停顫抖著。松子夫人先將毛筆蘸滿朱墨，然後塗在佐清的手掌上。當整個手掌被塗了通紅後——

「來，蓋在那張紙上……」

佐清五根手指頭像八角金盤的葉子般張得開開，指著使勁蓋在白紙上。松子夫人則一面牢實地壓住他的手掌，一面凶狠地環顧所有人。

「來，各位請好好地看，佐清已經蓋上掌印了。這可沒有任何造假的嫌疑吧。署長先生，請你可要當好證人喔。」

「沒問題。夫人，來，可以了吧。」

當佐清的手掌離開白紙時，署長立即站起身，取過那紙掌印。

「嗯，那麼，那卷軸呢……？」

「啊啊，在我這裡……」

古館律師取出卷軸遞給署長。

「藤崎老弟，這些交給你了。大概需要多少時間，才能清楚判定呢？」

「嗯，從科學的角度做出正確的報告書相當費時，不過，如果只是判定這兩個掌印是否相同，我想大概一個小時就可以向各位報告了。」

「是嗎？好，那拜託你了。在這裡我要向各位特別聲明一件事，這位藤崎先生啊，在指紋方面可是權威。雖然他待在這樣的鄉下服務，但請各位盡可放心相信他的能力。藤崎老弟，麻煩了。」

「知道了。」

當藤崎拿著這兩個掌印站起來時……

「啊啊，等一下。」

松子夫人突然叫住他。

「你說一個小時，是吧？」

「是的，一個小時後，我會回來向各位報告。」

「是嗎？那麼，請各位一個小時後再回到這個大廳。署長先生、古館先生，還有金田一先生，我們在那邊已爲各位準備餐點了。佐清……」

松子夫人牽著佐清的手站起身。

之後，每個人帶著不同的表情離開了大廳。署長一副鬆了口氣的神情。

「嗯，這邊的事處理完畢了。剛才的緊張，讓我的肚子都餓了起來。古館先生，金田一老弟，我們就甭客氣，好好吃一頓吧。」

於是他們在女傭的引導下，來到別的房間。剛好在他們吃完飯時，有兩名全身溼透的刑警匆匆忙忙地趕回來。是先前去找尋小船的那兩個人。

「署長……」

「啊啊，辛苦了辛苦了，肚子餓了吧。飯都準備好了，你們也吃吧。」

「好的，不過，在吃飯前，有件東西想請您先過目一下……」

從刑警的表情看來，他們似乎是發現了什麼東西。

「哦，是嗎？好好。金田一先生，請你也一起來吧。」

暴風雨愈來愈凶猛了，大雨不停地從側面吹打過來。金田一耕助斜撐著傘跟在一行人的後頭。刑警引導大家前往的是那個水門口。一看之下，可發現那裡有兩艘小船用繩索繫著，像樹葉般隨波漂浮。後方的那艘，還用了張大帆布覆蓋著。

「啊啊，你們找到小船了。」

「是的，我們在下那須的觀音岬旁，發現了一艘被丟棄的小船，便把它拉回來了。時間上剛好還來得及，如果再晚一點才發現，一個重要證物可能就會在這場大雨中流失了。」

一名刑警跳上前方的小船，拉了繩索將後方的小船拉近，然後將覆蓋在上面的帆布拿開。就在這一瞬間，署長和金田一耕助都不由得瞪大了眼睛。

在小船內，有一大灘令人毛骨悚然的血。那烏黑的血跡附著在整艘小船上，底部則布滿散發著駭人光芒的液體，帶著重量感堆積在那裡。

署長和金田一耕助當下屏息凝視著這些駭人的液體。不久，署長笨拙地故意咳了下，回頭看著耕助。

「金田一先生，這次是你輸了。凶手果然是利用這艘小船，將那無頭屍體運出去。」

此時的耕助，還一副尚未完全睡醒般的眼神，茫然凝視著雨中那灘黏糊糊的血。

「是啊，既然都有了這麼確實的證據，看來這次是我輸了。只不過，署長先生……」

耕助的眼神突然發熱般地說道：

「凶手，爲什麼一定得做那樣的事呢？他既然都將人頭那麼光明正大、像是誇耀似地裝在菊花偶人上了，究竟有什麼理由非得藏匿身軀的部分？這種行動應該相當危險啊……」

「這點我也不懂。不過，既然已經知道凶手是利用小船把屍體運出去，如此，除非打撈，否則是找不到屍體的。來，我知道你們很辛苦，不過吃完飯後，請馬上準備一下吧。」

「是，知道了。對了，署長，我們其實還探聽到一個有點奇妙的線索。」

「奇妙的線索？」

「是的，關於這個，澤井老弟會把證人帶來……啊，他們來了。」

在下個不停的雨中，刑警帶來一個年紀四十歲左右，穿著藏青色棉布料和服及深藍色圍裙的男性。經過刑警的介紹後知道，此人在下那須經營一家名爲柏屋的廉價旅館——事實上，與其說是旅館，還不如說是小客棧要來得恰當——他的名字叫志摩久平。

那須市目前的確已經改制爲市了，然而十年前左右，是被分成上那須和下那須兩個聚落。犬神家位在上那須的邊緣，從那兒算起大約有兩公里沒半戶人家，而在其對面，下那須聚落則沿湖畔分布著。

話說，根據柏屋的老闆志摩久平所言：

「剛才我也向刑警先生說過，是這樣的，昨晚我們店裡住進一個有點奇怪的客人……」

那個客人一看就知道是剛復員回來的退役士兵。他穿著軍服和軍鞋，肩揹著雜物包。其實這些都還不足爲奇，怪的是，他把戰鬥帽戴得極低，都快遮住眉毛了，而且還把圍巾繞到鼻子上；所以，面部可以看得到的就只有那雙眼睛。

不過，當時老闆和女服務生沒有特別感到懷疑，依照他的要求給了一間住房，也準備了晚飯端到房裡。只不過，送晚飯過去的女服務生回到帳房後，向老闆說道：

「老闆，我總覺得那個客人有點怪耶。他進了房間後還是不拿掉圍巾，要伺候他吃飯時，卻要求我出去。好像不想讓人家看到他的臉吶。」

聽了女服務生的話，老闆久平覺得有些不安，於是帶著住宿登記簿到房間去。當時，已經用完餐的那個客人，還是把帽子戴得好好的，圍巾也圍得高高的，遮住了臉部。不過此外就沒有什麼特別可疑的地方了。但當老闆拿出住宿登記簿時……

「你，幫我寫。」

他卻要求老闆幫他寫。而那個客人口述的部分——

「就在這裡。」

老闆拿出來的住宿登記簿，寫著如下的紀錄。

東京都麴町區三番町二十一番地，無職業，山田三平，三十歲

「澤井老弟，這個住址和姓名，你都記錄了吧。」

「是的，已經記下來了。」

「你會馬上向東京那邊查詢吧？嗯，這個住址和姓名到底是不是眞的，很可疑啊……那麼，請你接著說吧。」

在署長如此催促下，老闆繼續道：

「啊，對了，我忘了提一件事。那個客人大概是八點來的，然後十點左右，他說要到附近的一個熟人家拜訪，就出門了。當然，那時他也戴著帽子和圍著圍巾，幾乎把整個臉都遮了起來。接著約過了兩個小時，對，是十二點左右吧，在我準備要鎖大門時，那個客人回來了，現在仔細想想，他那時感覺好像很慌張。可是，當時我倒是沒有很在意……」

「啊啊，等一下。」

金田一耕助插了句話。

「那時，他也是遮著臉……？」

「是啊，當然。所以結果，我們一次也沒有看到過那個客人的臉……因爲今天一大早，大概五點左右吧，他又突然說要出發，隨即離開了客棧。住宿費用昨晚已經付清，只是這個客人的確有點怪啊。而在我和店裡的夥計談著：『這傢伙肯定有問題吧！』時，打掃那個客人房間的女服務生，把在房間發現的東西拿給我們看……」

老闆交給警方的是一條和風布手巾。當署長和金田一耕助看到這條布手巾時，都不禁睜大了雙眼。

援助復員　博多友愛會——布手巾上染有這幾個字樣，很清楚地這是博多援助復員局發給復員士兵的東西。然而，這條布手巾上卻滿是烏黑的血跡……很明顯地，這一定擦過沾滿血跡的手。

金田一耕助和橘署長不由自主地互看對方。

這時，兩人腦海中浮現那最近才復員回到博多，戴著面具的佐清。只不過，昨晚八點到十點間，那個佐清不是在十二張榻榻米大的內廳裡，被犬神家一族所有人包圍嗎？

可疑的X

柏屋老闆志摩久平的這項證詞，突然間爲犬神家最初的這個慘案投下巨大的謎團。在此，我們先將他的證詞做個歸納整理吧。

昨晚，有一名裝扮類似復員士兵的人，來到距離犬神家約兩公里，下那須的一家小客棧柏屋投宿一夜——現在姑且將這個人命名爲X。

X在八點左右來到柏屋。

X絕對不讓任何人看到他的臉。

X自稱山田三平，住址是東京都麴町區三番町二十一番地，沒有職業。

X在十點左右，聲稱有熟人住在附近，離開了客棧。

X約在十二點左右回到柏屋，當時他的樣子十分慌張失措。

X在今天早上五點左右，聲稱想起要辦的事，一大早便動身離開客棧。

X過夜的那個房間裡，發現了一條沾有血跡的布手巾，上面染有「援助復員　博多友愛會」的字樣。

以上就是X從昨晚到今天早上爲止的大致行動，如果和昨夜在犬神家所發生的殺人命案對照比較，可以發現各種相當有意思的吻合點。

首先，若根據珠世證詞，可以判斷佐武慘遭殺害的時刻，大概是十一點十分後。因此，十點左右離開下那須柏屋的X，按理應該有充分時間，可以在這個時刻前趕到犬神家。

第二點是有關那艘小船的部分。那艘沾滿血跡的小船被發現的地點，據說是在下那須的觀音岬旁，從那裡到柏屋的距離，換算成時間還不到五分鐘。因此，假設有人在十一點半左右，將佐武的無頭屍體裝載在小船上，從這裡開始划出，即使爲了要在途中丟棄屍體，必須先往湖中心前進，再轉向觀音岬，也應該有充分的時間能在十二點前到達柏屋。換句話說，那個可疑的X的行動，和昨晚的殺人命案之間，在時間上有許多吻合點。

「金田一先生，這人愈來愈可疑了。這麼一來，我看會不會是那傢伙殺了佐武啊？」

「署長，要做這樣的斷定，恐怕還言之過早，只不過……」

此時金田一耕助的眼神，宛如窺視著湖的深處。

「暫且不論那傢伙是不是來殺佐武先生的，至少我們可以確定一個事實。也就是說，他似乎是將佐武先生的屍體裝載在小船上，然後從這裡划出……而且，其實我對這個部分非常感興趣，很難形容這種感覺。」

「你的意思是？」

橘署長用一種觀察的眼神看著耕助。

「署長，在這件案子裡，我實在找不出凶手非得將頭部以下的身軀藏匿不可的理由。關於這個部分，我強調過好幾次了吧。再怎麼說，凶手可是將人頭大膽地裝在菊花偶人上啊，如此一來，藏匿身軀實在沒有什麼意義，不是嗎？但這麼一件沒有意義的事，凶手卻還冒著危險去做。這是爲什麼？爲什麼有那種必要呢？……我一直在思考這個問題。在聽柏屋老闆證詞時，我才終於了解其中的理由。」

「那個理由是……？」

「署長，你認爲柏屋的老闆，爲什麼能這麼快來通報我們X的事？那是因爲有那麼一條沾滿血跡的布手巾，因爲他發現了如此確切的遺留物啊，難道不是嗎？倘若沒發現那條布手巾，即便X這名人物的行動上多少有可疑之處，我想他也不會這麼快通報警方吧。那種生意人啊，往往最怕受到牽連。照這麼說，X爲了讓客棧老闆儘早向警方通報，故意留下那條沾滿血跡的布手巾……我們只能這樣推理了。無論如何，那麼重要的證物，是不可能糊里糊塗忘了拿走的。」

「我懂了。金田一先生，你的意思是指，X所有的行動都是故意要讓警方的注意力集中到他身上吧？」

「沒錯沒錯。署長，而且啊，我想同樣道理也可以應用在沾滿血跡的小船上。將那具沒必要運走的屍體，特意用小船運出，還把沾滿血跡的小船丟棄在柏屋附近的岬角……」

橘署長突然睜大了眼睛，隨後凝視著耕助的臉。署長終於理解金田一耕助想說的事了。

「金田一先生，按你的想法，那傢伙是爲了掩護某人才會那麼做……是不是？」

金田一耕助默默地點了頭。

「是誰？他到底在掩護誰？」

橘署長的情緒亢奮了起來。然而耕助卻輕輕地搖頭說道：

「這部分我也還搞不懂。不過，無論受到掩護的人是誰，我們可以確定那人一定住在這個家裡。這是因爲X採取的所有行動，全都想把注意力引到外頭。『凶手是從外面來的』，那傢伙是爲了讓警方這麼想才採取那樣的行動。這麼一來，從另一個角度看，凶手就是這個家的人了，不是嗎？」

「換句話說，X不過是個共犯。眞凶是住在這個家中的另一人……是不是這個意思？」

「沒錯沒錯。」

「那麼，這名可疑人物X到底是何方神聖？他和犬神家一族的人，到底有什麼關係？」

金田一耕助慢條斯理地搔著頭髮。

「署長，問題就在這裡啊……那可疑的X究竟是什麼人物？……只要能弄清楚這點，便能知道兇手是誰了。對了，署長。」

耕助把頭轉向署長。

「你知道我現下在想些什麼嗎？」

橘署長一臉詫異地看著金田一耕助。然而只見耕助露出了冷冷的微笑。

「昨晚，在這個家的內廳，爲了取得佐清先生的掌印，全家族不是齊聚了嗎？結果，雖然沒有取得掌印，但據說發生了爭吵、辯論，會議從八點一直持續到十點左右。而另一方面，那個可疑的X是八點左右出現在柏屋，到十點左右都一直待在客棧吧？這部分對我而言，實在是再慶幸不過。首先，我可以省掉一些麻煩。若非如此，我就必須針對犬神家一族的每個人，一一調查他們的不在場證明。由此來查明，其中是否有人化身X前往柏屋……」

橘署長再度瞪大了他的雙眼。

「金田一先生，照這麼說，你認爲那個可疑的X，其實是這個家中的某人嘍？」

「不，原本我是這麼想的，但剛才也說過，事實上並非如此。但，署長，那個可疑人物X，到底爲什麼要那樣遮掩自己的臉？X出現在柏屋時，命案還沒有發生，他卻那麼小心地掩蓋自己的臉，不是嗎？一般而言，我們之所以不想被他人看到自己的臉，通常有兩種情形：一種是臉上有著醜陋的傷痕等……換句話說，就是像佐清那種情況。另一種則是有什麼見不得人的事，同時本人還知道大家都認得他……」

「嗯，有道理。如果是犬神家一族，這一帶的每個人都認識他們。」

橘署長開始靜靜地咬著指甲。這位署長在陷入沉思時，似乎有咬指甲的習慣。

「金田一先生，這麼一來，我是說，根據你的推理，這個家中有某兩人共謀，而其中一個共犯昨晚化身成那個可疑的X，出現在下那須的柏屋。接著，他在十一點半左右來到這裡，把佐武先生的那具無頭屍體裝載在小船上搬運出去，然後將屍體沉入湖中，小船則划到觀音岬丟棄，最後又回到柏屋睡覺。換句話說，這些行動都是爲了讓人產生凶手是從外部來的錯覺。而且，他還故意把沾滿血跡的證物布手巾留在柏屋，在今天一大早離開客棧，悄悄地回到家裡，裝著一副若無其事的樣子……這就是你的推理吧？」

「沒錯沒錯。可是，昨晚舉行了一場家庭會議……所以每個人都有不在場證明。」

這時署長的表情突然嚴厲了起來。

「是嗎？每個人眞的都有不在場證明嗎？」

金田一耕助吃驚地轉頭看署長。

「署長，你的意思是，有人沒有不在場證明嗎？」

「有。不過，還沒經過調查前不能斷言。但我想有一人，應該很難舉出不在場證明。」

「是誰?署長,你說的是誰?」

「是猿藏!」

這時,像被人用鉛製的楔子從頭頂打入,金田一耕助感受到了相當大的衝擊。這衝擊甚至使得他的手腳瞬間發起抖來,同時全身都如冰塊般冷卻了。一時,他還狠狠瞪視著署長,然而很快地就以低得幾不可聞的聲音喃喃說道:

「可是,根據珠世小姐的證詞,佐武先生想對她無禮時,猿藏跳了出來……」

署長立即斬釘截鐵地回道:

「珠世的話信不得。」

然而,說了這句話後,署長似乎是後悔自己說得太過頭了,笨拙地故意咳嗽了下。

「當然,這不過是種假設。我的意思是指,若按理推論下去,這種假設也有可能成立。如果眞是珠世小姐和猿藏共謀,那麼理所當然珠世小姐的證詞便不可信了吧?不過,或許她所陳述的全都是事實也說不定。只是,十點左右離開下那須的話,那麼十一點十分左右,的確能趕回這裡。總之,猿藏一定沒有出席家庭會議。但由於這個家族的所有人,昨晚全都把心思放在家庭會議上,想必沒有人會注意到他。當然,愼重起見,我會讓部下好好調查。我想,恐怕沒有任何人,可以明確地指證那個人昨晚在哪裡吧。除了珠世小姐外。」

啊啊,珠世和猿藏!

也難怪橘署長會對他們產生懷疑。珠世正是對佐武懷有強烈殺害動機，同時在昨晚有絕佳行凶機會的人。

將佐武邀到瞭望臺的便是珠世。而且，若是這個時刻，十點離開下那須客棧的那個可疑人物X，也有充分時間趕到現場。至於小船的部分，猿藏應比任何人都要熟悉吧。

然而事實上，加深橘署長懷疑的，並不是這些枝微末節，而是一個更大、更根本的問題，那就是珠世這位女性本身的問題。如果是她，確實具有規劃這類計畫的狡詐智慧。再者，猿藏對珠世有著盲目的忠誠，只要是她的命令，無論什麼樣的事都可能做得出來。

當金田一耕助想起那美麗的珠世和醜陋的巨人間的奇妙對比，不由得感受到全身泛起雞皮疙瘩的恐怖。

古琴老師

先前也提過，位於那須湖畔的犬神家自宅，建築方式非常複雜，構造宛如迷宮；而松子夫人和佐清就住在這個迷宮深處，彷彿死胡同內的一間離房。

彷彿死胡同內的一間離房——儘管話是這麼說，然而這絕非意味離房的占地狹小。事實上，光是房間就有五間，和主屋之間有一條走廊連接，而且另外設有玄關。

換言之，住在這棟離房的人如果由於某些原因和主屋的人處得不融洽，只要拉下走廊上的鐵幕，便能過著完全獨立的生活。同時，就像小薯上又長出小薯，這棟離房中還另有兩間茶室風格的小離房，分別是四張半和三張榻榻米大，而這也是佐清的起居室。

自從佐清復員回到這座自宅後，幾乎足不出戶地待在這間起居室。儘管時間一天天過去，他依然深鎖在這只有四張半榻榻米大的房裡，對自己的母親松子夫人也很少開口說話。那張俊美，表情卻欠缺生氣的面具，總是注視著那微暗房內的某個角落，他究竟在想些什麼呢？沒有人能了解。也正因爲如此，他的存在形成莫名的恐怖，沉重地壓迫在犬神家一族所有人身上。

甚至連他的母親松子夫人，每當見到這張一言不發的面具時，也會陡然寒毛直豎。是的，就連松子夫人都對這個戴著面具的人感到恐懼。不過理所當然，她盡可能不表現出這份恐懼……

現在，佐清依然坐在那四張半榻榻米大房內的書桌前，定定地凝視著某一點。他視線的前端是有著紙拉窗的圓形窗戶，透過這扇圓窗，可以看見那波濤洶湧的湖。

風雨勢頭愈來愈強勁，此時的湖宛如坩堝般沸騰著，然而湖面上卻仍浮著一艘汽艇和兩、三艘摩托艇，彷彿在和這場強勢的風雨搏鬥。他們應該是在尋找佐武的無頭屍體吧。

佐清不知何時把手撐在桌面上，踮起腳看向圓窗外。就在此時，從離房的主屋傳來了母親松子夫人的聲音。主屋和佐清的起居室間有廊子可以相通。

「佐清，趕快把窗戶關起來。雨可是會打進來喔。」

佐清嚇了一跳，肩膀瞬間顫抖了下。但他仍立即順從地回道：

「好的。」

隨後便將玻璃窗關上，一副垂頭喪氣的模樣。就在他低垂著頭時，似乎又發現了什麼東西，全身像筆直的鐵絲般緊張了起來。

佐清凝視著書桌的表面。在被擦拭得相當乾淨的書桌上，清楚地印著十個指紋。那是他剛才踮起腳，看向窗外時，無意中留下的雙手指紋。佐清一直盯著這些指紋，彷彿看著可怕的東西；很快地，他就從和服袖中取出手帕，小心翼翼地將它們擦拭掉。而且，像是無法安心似地一連擦了好幾次。

佐清做這些事時，相當於這棟離房的主房——一間十張榻榻米寬的大廳裡，松子夫人正和一位奇特的人物面對面坐著。

這個人——是個和松子夫人差不多年歲，穿著黑色調的樸素和服及披風，梳著一頭短髮的老婦人。她宛如巴塞杜氏病的患者，單眼凸出，另一隻眼睛卻塌陷著；再加上額頭還有個大傷疤，外貌原本看起來應該非常陰森可怕。然而，事實上她並未給人如此印象，反倒顯得相當高尚，有種說不出的典雅氣息。想必這是從她內心深處散發出的修養之美吧。

此人名為宮川香琴，是位生田流的古琴老師，每三個月或半年會由東京來這兒一趟。此地到伊那一帶有許多她的弟子，每回來到那須，都會以犬神家為據點四處造訪。

「老師您是何時抵達的啊？」

「我是昨晚到的。原本想馬上到妳這兒來，但時間晚了，怕給你們添麻煩，就先住進那須旅館。」

「哎，您不用那麼客氣啊。」

「話可不能這麼說，如果只有夫人一人還無所謂，聽說很多親戚也都來了，所以……」

香琴老師眨著那有殘缺的眼，靜靜說道。她的聲音輕而優美，語調十分穩重。

「但，還好我是在旅館過夜。聽說昨晚貴府發生了可怕的事。」

「是啊，老師也耳聞了？」

「是，我也聽說了。唉，眞是太恐怖了……所以，我想反正貴府現在大概是一團混亂，原本打算直接到伊那，可是想了想覺得既然都到這兒了，連聲招呼都不打也太說不過去……話說回來，貴府實在太不幸了，怎麼會遇上這種災難呀。」

「也太不巧了，您好不容易大駕光臨卻遇到這種事，眞過意不去。不過，既然都來了，還是希望請您上個課；就算要前往伊那，也希望您先在這兒住幾日，看看樣子再說……」

「嗯，是啊，這個主意倒也不錯，只不過……」

這時，負責這棟離房的女傭前來傳話。

「夫人，署長先生和金田一先生想跟您見個面……」

聽到這句話，香琴老師便站起身。

「夫人，那麼我先走一步。倘若我打算去伊那，也會前來拜訪，給妳打個電話……」

署長和金田一耕助進到大廳時，剛好和香琴老師擦身而過。金田一耕助看著香琴老師那個小小的身影，說道：

「這客人還眞有點怪啊。」

「嗯，那位是教我古琴的老師。」

「她的眼睛有缺陷吧。」

「是的，但倒不是完全看不見……署長，掌印的鑑定結果出爐了嗎？」

松子夫人轉頭面向署長。

「不，還沒。在那之前，我想先請佐清先生看一件東西……」

松子夫人起初用探察的眼神看著兩人，然而很快地便呼喚了佐清。聽到有人叫他，佐清便從離房走了出來。

「啊，佐清先生，不好意思要你過來。有件東西想請你過目一下，就是這個……」

當署長將那條滲滿黏糊血液的日式布手巾拿出時，松子夫人似乎比佐清還訝異。

「哎呀，怎麼會有那樣的東西呢？是從哪兒來的啊？」

於是署長簡單扼要地將柏屋老闆的證詞說給他們聽。

「所以，你看，這裡不是染有『博多友愛會』的字樣嗎？我們想請教佐清先生對此有無印象……」

佐清默默思考了下，不久就轉向松子夫人，說：

「媽，我復員回來時，在博多收到的那些東西在哪裡？」

「我把它們全都收在一起，放在壁櫥呢。」

松子夫人打開壁櫥，取出一個包袱。裡面有軍服、戰鬥帽及雜物包等物品。佐清解開雜物包，拿出一條日式布手巾。

「我當時是收到了這條……」

這條布手巾上，染有「援助復員　博多同胞會」等字樣。

「嗯，原來如此。這麼說，會因時間先後不同，發的東西也不太一樣嘍。不過，佐清先生，你對那人有沒有印象啊？那人自稱山田三平，住址是東京麴町三番町二十一番地。」

這時，松子夫人突然從旁發出了尖聲叫道：

「你說什麼？」

「你說，麴町三番町二十一番地？」

「是啊，沒錯。夫人知道這個地址嗎？」

「這可不是什麼知不知道的問題，這不就是我們東京的住址嗎？」

金田一耕助如吹口哨般發出尖嘯，拚命抓搔著頭髮。橘署長的眼神也變得十分緊張。

「哦，這下可以清楚確定那名男子和昨晚命案確實有關。佐清先生，你印象中，有沒有那樣的人啊？比如說戰友或復員後可能來拜訪的人……可能對你懷恨在心的人……」

佐清慢條斯理地搖動那戴著面具的頭。

「沒有。我們停留東京的時間也滿長的，或許向誰透露了東京住處的地址也說不定。不過，我倒是想不出來，有誰會專程到那須找我。」

「而且，署長先生……」

松子夫人從旁立刻插上一句。

「你提到『可能對佐清懷恨在心的人』……但被殺害的不是佐清，是佐武呀。」

「啊，說得也是。」

署長搔著頭問道：

「對了，說到佐武先生……他也被軍隊徵召了嗎……？」

「那是當然。只不過，他運氣很好，一直都在本土值勤。我記得，戰爭結束時，他好像是在千葉還是哪一帶的高射炮部隊呢。這個部分問竹子應該能知道得更詳細吧。」

「嗯，也對，那待會兒再問看看吧。對了，夫人，我想再請教一件事。」

署長看了耕助一眼，深深吸口氣，像要在丹田集中氣力。

「我想問有關猿藏的事……猿藏，他也被徵召了吧。」

「當然，他的體格那麼好……」

「那戰爭結束時，他人在哪裡呢……？」

「應該在臺灣吧。不過，他相當幸運，很快就復員回來了。我記得是戰爭結束那年的十一月。不過，爲什麼要問猿藏的事呢？」

署長沒有回答。

「如果是臺灣，復員後也會先回到博多吧。」

「說不定是這樣，我記不太清楚了。」

「夫人。」

署長此時稍微改換了語調。

「昨晚的家庭會議，參與的只有親戚吧。」

「當然。雖然珠世小姐沒有血緣關係，嗯，但也算親戚……另外，古館先生也在場……」

「古館先生是因爲職責所在。不過猿藏應該是不會列席的吧……」

「怎麼會！」

松子夫人把眼睛瞪得大大地，一副「你別開玩笑」的模樣。

「那個人怎麼可能出席呢！他不過是個傭人罷了……而且還是個絕對不會被請到大廳來的僕傭啊。」

「哦，也是。啊，是這樣，我想打聽猿藏昨晚在什麼地方做了哪些事。只是，夫人應該不會知道吧。」

「我不知道。不過，大概是在補魚網或其他什麼吧。因爲他昨天傍晚，還來跟我要了些舊的琴線。」

根據松子夫人的證詞，猿藏是撒網捕魚的高手。佐兵衛老先生還在世時，那須湖就不用說，他甚至還常陪老先生遠到天龍川網魚。

然而，戰爭期間愈來愈難買到魚網。不僅魚網，甚至連修補的線都不容易弄到手。當時猿藏便想到了琴線。他發現將琴線分解後，相當適合修補魚網，至今就都沿用此法。

「別看他那個樣子，他的雙手可是相當靈巧。不過，你們爲什麼會問猿藏的事呢……」

「沒有，沒什麼。」

這時，一名刑警慌忙地跑進來。原來是發現佐武的屍體了。

珠世陷入沉默

佐武的屍體比原先預料還早發現，其實都多虧這場暴風雨。

風雨愈來愈強勁的這場暴風雨，幾乎干擾了警方所有的辦案行動。然而，老天爺像是要彌補這點，沉入湖底的佐武屍體，意外地很快就浮上來了。

聽到發現屍體的消息，耕助和橘署長馬上趕往水門口。剛抵達現場，他們便看到有個戴著邊緣很寬的防水帽，穿著長防水外套的男人，推開群聚的刑警和警察們，從摩托艇起身上岸。他全身不停地滴落著瀑布般的水滴。

「哦，你好。」

由於那人突然這麼打了聲招呼，耕助嚇了一跳又重新看了下他的臉。那人戴著鐵框眼鏡，雖然耕助覺得似乎在哪兒見過，一時卻無法立刻想起。就在他不知該如何回應，顯得倉皇失措時，對方逕自笑道：

「哈、哈、哈，想不起來嗎？我是那須神社的神官啊。」

聽他這麼一說，耕助才好不容易憶起。

「啊、啊，小、小生失禮了。你的樣子和平常很不同啊。」

「哈、哈、哈，大家都這麼說。可是，下這麼大的雨，穿著神官的衣服是沒辦法出門的。所以，在戰爭期間，我學會了這麼一招。」

大山神官還特意拍了拍挾在腋下的提包。這裡頭裝的應該就是神官的衣服吧。

「你是騎摩托艇來的嗎？」

「是啊，這比較快。我原本還擔心在這場暴風雨，不知道安不安全呢。不過，反正都會淋溼，便不管三七二十一橫越過來。唉，也因爲如此，才會半途撞到那麼稀奇的東西啊。」

「嗯，你是說佐武先生的屍體嗎？」

「是啊，沒錯。是我最先發現的。而且，你也知道，那可是具無頭屍體啊。坦白說，眞的很恐怖……」

大山神官皺起了眉頭，像狗般打了個寒顫。

「啊啊，是嗎？那眞是辛苦你了。」

「不，其實也沒什麼……那麼，待會兒見了。」

大山神官再度如狗般打了個寒顫，將全身的水滴甩落後，就挾著提包準備離開，然而金田一耕助卻從後頭叫住了他。

「啊，大山先生，請等一下。」

「嗯，有什麼事嗎？」

「我有件事想請教你，下次我們再找個時間……」

「哦，是嗎？雖然不知道你想問什麼，不過何時都沒問題。好，那我先走一步……」

大山神官離開後，金田一耕助這才第一次往湖面看。在水門口外，除了一艘警方的汽艇外，還有兩、三艘摩托艇，樹葉般地漂浮在湖面。屍體似乎在汽艇上，警方人員都表情嚴肅地進進出出。橘署長也夾雜其中。

金田一耕助起先還不清楚該怎麼幫忙才好，不過，他對屍體並不特別感興趣，所以沒有立刻登上汽艇。驗屍工作交給法醫和署長就行了。實在沒有必要勉強去看一具噁心的屍體。

等了一會兒，署長滿身大汗地從汽艇下來了。

「怎麼樣？」

「哦，你好。雖然這是工作，但不得不看這種屍體，實在不是件愉快的事。」

署長皺起眉，用手帕頻頻擦著額頭。

「那麼，這是佐武先生的屍體，沒錯吧？」

「那當然。雖說遲早必須讓家屬認屍，但幸運的是，楠田老弟曾診療過佐武先生兩三次，他說錯不了。」

這位姓楠田的是鎮上的醫師，他接受警方委託，兼任法醫工作。

「原來如此，那應該沒錯。那知道死因了嗎？因爲頭部沒發現特別的傷痕……」

「已經知道了。是從背後被狠狠刺了一刀，傷口深達胸部。楠田老弟說，如果這是出其不意的攻擊，被害人可能連叫也來不及就斷氣了。」

「那麼，凶器呢？」

「楠田老弟表示，很有可能是日本刀之類的利刃。這個家中應該收藏很多日本刀，因爲佐兵衛老先生有陣子對此很感興趣。」

「原來如此。這麼說，是用日本刀捅殺後，再砍下頭部……是這麼回事吧。切砍的刀法如何呢？」

「應該是外行人幹的吧。楠田老弟說，凶手應該砍得很辛苦。」

「哦，原來如此。對了，署長先生……」

耕助這時突然加強了語氣。

「你對那整具無頭屍體印象怎麼樣？有發現到什麼非得藏匿屍體不可的祕密嗎？」

署長聽了這個問題，立刻表情苦澀地搔起鬢角。

「嗯，實在沒發現什麼特別之處。如果是那具屍體，我想應該沒有必要那麼辛苦地將它沉到湖裡啊。」

「你檢查背心口袋了吧。就是珠世小姐交給他的那個懷表……」

「當然找過了。可是，沒找到懷表。可能是凶手搶走或是已經沉入湖中了吧……不過，無論如何，應該不是爲了藏匿那個懷表，才把屍體運出去沉到湖底。這麼看來，金田一先生，你說的或許沒錯。」

署長摸著下巴，一副思索的眼神。這時，有一名刑警在雨中小跑步過來。

「署長，負責鑑識的藤崎先生已經到達。聽說掌印的鑑定結束了。」

「哦，是嗎？」

署長微瞥金田一耕助一眼。他的眼神相當緊張。金田一耕助也回望他，嚥下口水。

「我馬上過去。好，那麼你也通知犬神家所有人，請他們再次集合到剛才那間大廳。」

「知道了。」

橘署長將一些事詳細地交代部下後，和金田一耕助進了剛才那間大廳。此時還沒有任何人到場，只有大山神官換上了神官服裝，神色泰然地托著笏。

當他們進到大廳後，戴著鐵框眼鏡的大山神官眨眨眼說道：

「哦，兩位好……在這間大廳，是不是有什麼事要辦啊？」

「是的，有點事……不過，倒用不著離開。這跟你也有點關係。」

「哦，是嗎？唉，到底準備要做什麼事呢？」

「就是有關那個掌印的事啊。從大山先生那裡取回的……那個掌印，以及剛才佐清先生在大家面前蓋下的掌印，現在正進行比對。馬上要公布結果了。」

「哦，原來如此。」

大山神官一副坐得不太自在的樣子，不停地扭動臀部，還笨拙地刻意咳了幾聲。金田一耕助以銳利的眼神盯著他。

「關於這件事……大山先生，我剛才也提過，有個問題想請教你。大山先生，那是你出的主意嗎？提議比對掌印……」

大山神官吃了一驚，連忙看向金田一耕助。然而，他很快轉移了視線，接著從懷中取出手帕，慌忙地擦了額頭上的汗。金田一耕助凝視著他這副模樣，說：

「哦，果然是有人指使你吧。打一開始我便覺得奇怪。像大山先生這樣的人……對查辦刑案或偵探小說之類似乎都毫無興趣的人，怎麼會聯想到指紋或掌印的事？我一直覺得很不可思議。那麼，教唆你的到底是誰呢？」

「唉，其實也不是什麼教唆不教唆的。前天，有人到神社來，那人說神社裡應該有佐清先生獻納的掌印，是不是可以讓他看看。其實我早把那卷軸忘得一乾二淨，聽他這麼說，才又想了起來。我實在也找不出什麼拒絕的理由，於是拿出了卷軸。那人默默看了一會兒後，很快便道謝回去了。就是這麼一回事。只不過，也因爲只是這麼回事，才讓我覺得奇怪。那人到底爲了什麼理由，來看佐清先生的掌印呢？……我左思右想，最後聯想到指紋。所以昨天才會通知佐武和佐智先生這件事……」

此時，金田一耕助和署長對望了一下。

「原來如此。這麼說，那人是爲了暗示你，才來看卷軸的吧。嗯，大山先生，那人到底是誰啊……？」

大山神官一時還吞吞吐吐的，然而不久就下定決心道：

「是珠世小姐。各位也都知道，她原本出身於那須神社，所以經常來玩。」

聽到珠世名字的瞬間，金田一耕助和署長間立即交會了火花般的視線。

又是珠世！不不，應該說，這一切都因爲珠世！……啊啊，珠世那張美麗的臉龐下，究竟懷抱著什麼樣的計畫？

那個珠世即便是現在，仍然如人面獅身般暗藏謎團，面無表情。

那一個個圍繞在戴面具的佐清和松子夫人周圍的犬神家所有人，多多少少都帶著興奮、緊張的神色，然而唯獨珠世一人，端正又莊嚴地靜靜坐在那裡。金田一耕助覺得她那份平靜相當可恨，也厭惡她那張毫無表情的臉。同時，又對她那異常的美貌，深深感到恐懼。

現場寂靜無聲。由於那種帶著緊張的安靜，連負責鑑識的藤崎先生似乎也受到感染，他笨拙地咳了一聲。

「好，那麼，我要公布比對的結果了。改天我會再將詳細的報告書提交給署長先生，今天就先避開艱澀難懂的學術用語，只向各位簡單報告比對的結果……」

說到這裡，藤崎先生又清了下喉嚨。

「這兩個掌印完全相同。因此，在座的那位的確就是佐清先生，這兩個掌印是鐵證。」

他的話一說完，場內頓時鴉雀無聲，恐怕就算有針掉落也能聽見——這樣的形容用在這種場合再恰當不過了。沒有任何人開口說話。在場所有人都彷彿沒有聽到藤崎先生的話，各自茫然地凝視著自己的視線前方。

然而，金田一耕助確實目睹珠世想說些什麼，正要開口的瞬間……但，下一刻，她卻突然閉上嘴巴，同時也闔上眼。接下來，她再度如同暗藏謎團的人面獅身像般，毫無表情。

金田一耕助心底不禁湧起一股莫名的焦躁。啊啊，珠世究竟想說什麼，卻又吞回去了？

5 CHAPTER — 第五章

衣箱中的祕密

掌印的比對結束了。

那個戴著奇怪面具的人，果然就是佐清本人。換句話說，會不會是佐清以外的人物，化身成佐清回來了——佐武和佐智所抱持的這個懷疑，終究不過是空中樓閣罷了。

儘管如此，為何場內卻瀰漫著難以釋然的氣氛？為何每個人的臉上，都浮現著欲言又止的表情？

的確，或許這兩個掌印是完全相同的，然而，指紋果眞無法造假嗎？即使無法造假，但背後是否隱藏著某些複雜的內情，或存在某種詭計、機關？

從犬神家一族所有人那充滿惡意的表情中，可以明顯感受到一種無言的抗議。然而，奇怪的是，為何連松子夫人也一副倉皇失措的模樣？

在座的那位，的確就是佐清先生——當藤崎鑑識員如此斷言的那一剎那，為何松子夫人的臉上，會突然出現那種令人費解的動搖神情呢？

然而，松子夫人不愧是個厲害角色，她很快就壓抑住內心波動，隨即以平日那壞心的眼神，狠狠地環視所有人。接著以倔強口吻道：

「藤崎先生現在所講的話，各位都聽到了吧。對於這個結果，不知誰有異議呢？如果有任何意見，希望能當場提出。」

事實上每個人都心存疑慮。然而，他們卻不知該如何表達。當所有人都默默不語時，松子夫人再度強而有力地說道：

「大家都不出聲，應該就是沒有異議吧。換句話說，大家都承認這個人是佐清嘍？署長先生，謝謝你。好了，佐清……」

松子夫人起身後，戴著面具的佐清也站了起來。他的腳步有些不穩，這是長時間正座引起的腳麻嗎？

然而，此時金田一耕助又看到珠世正張口欲言。

金田一耕助還差點就發出「啊」的一聲，捏了一把冷汗。他凝視著珠世的嘴巴，然而，珠世這次也半途就閉口不語……隨後便低下頭。

松子夫人和佐清都已經離開了大廳。

珠世到底想說什麼？她兩度欲言又止，從當時的表情和些許激動的模樣看來，她想說的似乎是某些難以啓齒的事。也因此，金田一耕助才對她的猶豫不決，感到莫名的焦躁。事後仔細想想，耕助這時應該設法勉強她開口，因爲若當時珠世開口，犬神家的命案之謎，至少能解開一半，或許還能避免接下來將發生的慘案。

「唉，不過話說回來……」

犬神家的人們三三兩兩地離開大廳後，橘署長鬆了一口氣似地說道：

「可以先弄清楚戴面具那人的眞實身分，對案情而言，也算前進一大步了。像這種案子啊，只能像剝洋蔥皮般一層一層地解開謎底，此外就別無他法了。」

警方當天立即對從湖底浮上來的佐武屍體展開了驗屍，然後才交還給犬神家。根據驗屍報告，死因是從背部貫穿胸部的一刀，案發時刻大約是在昨晚的十一點到十二點左右。

不過，值得注意：從致命那刀造成的傷口狀態來判別，凶器應該是短刀類的利刃。

金田一耕助聽著報告，突然對這項事實相當感興趣。倘若只是要奪走一個人的性命，或許短刀就夠用，但很難想像凶手也是用同把凶器砍下頭部。如此說來，難道凶手事先準備了短刀和斬首工具兩種凶器？

先將這部分暫放一邊。話說，由於佐武的屍體已經交還給家屬，犬神家當晚就舉行了簡單的守靈。犬神家信奉神道，所以此次守靈夜的一切安排，都交給大山神官處理。

金田一耕助也在這麼一個意外的狀況下，成了守靈夜的一名弔唁客。同時，他還在席間從大山神官那兒聽到了一件奇特的事。

「金田一先生，我最近發現一件很有趣的事喔。」

大山神官一定是喝醉了。若非如此，他不可能會特意到金田一耕助身旁說那麼件事。

「有趣的事是指什麼啊？」

金田一耕助這麼問後，大山神官便奸笑著說道：

「嗯，其實說這是件有趣的事，好像有點不妥……嗯，簡單地說啊，是已故的……佐兵衛老先生的祕密。不不，說是祕密，其實也算是公開了。這是當地人都知道的事。不過，我啊，最近掌握到了確實的證據。」

「是什麼啊？所謂佐兵衛老先生的祕密，指的是……？」

這下金田一耕助也被引起了興趣，不禁如此問道。於是，大山神官那張滿是油光的臉邊噁心地笑著邊說：

「唉，就是那個嘛。咦，你不知道嗎？不可能吧。不管是誰，只要談起佐兵衛老先生的事，最後一定會附加這件事啊。」

大山神官吊足胃口後，才繼續道：

「哎呀，就是珠世小姐的祖父，也就是野野宮大貳先生和佐兵衛老先生之間，有過同性愛的事嘛。」

「你、你、你，你說什麼！」

金田一耕助不禁大叫起來，然而他很快注意到自己的失態，看了下四周。幸好那些來弔唁的訪客，全都聚集在離他們較遠的前方，沒有人注意到耕助的喊叫聲。耕助倉皇地拿起茶杯，一口氣將茶喝完。

對金田一耕助而言，剛才大山神官所說的話，可說是晴天霹靂。先前也曾提過，只有這件事沒有寫在《犬神佐兵衛傳》內，所以耕助是第一次聽到。

看到耕助異常震驚的模樣，大山神官反倒嚇了一跳，用力地眨著眼。

「金田一先生，這麼說，到目前爲止你都還不知道嘍。」

「我不知道。因爲連《犬神佐兵衛傳》也沒寫啊。雖然有關老先生和野野宮先生之間的種種，寫得相當詳細……」

「當然，那種事怎麼可能光明正大地寫出來。但，只要是當地人都知道。古館老弟沒有跟你提過這件事嗎？」

古館律師是個紳士，應該會避免談及他人的隱私。

只不過，這個祕密——即野野宮大貳和犬神佐兵衛之間有過同性愛的事實，對這件命案有無影響呢？此時，金田一耕助的眼神彷彿正俯瞰著深淵，陷入沉思的狀態。過了一會兒，他才抬起頭來問道：

「嗯，原來如此。那麼，你剛才說發現了確實的證據，是什麼樣的證據呢……？」

大山神官此刻果然爲自己的不愼言詞，感到有些羞愧。然而另一方面，卻又忍不住想向他人誇耀自己的發現。

「嗯，這個啊。」

他傾身向前，呼著滿嘴的酒氣，做了以下敘述：

大山神官最近基於某些需要，整理了那須神社的寶庫，就在這時，發現了一個相當老舊的東西。這個衣箱上灰塵滿布，掩埋在許多零碎破物中，大山神官至今從未注意到有這麼一個衣箱。細看之下才發現，衣箱和蓋子間的縫隙，牢實地貼著封條，上面還寫了一些墨字。由於相當老舊，那封條紙已變成黑褐色，起初實在很難清楚辨認上面的字。然而，經過一番努力，好不容易判讀出來，其內容如下——於野野宮大貳、犬神佐兵衛等二人的會同之下，將此封印。明治四十四年三月二十五日——

「明治四十四年三月二十五日……當我讀到這個部分時，可是相當訝異啊。如果看過《犬神佐兵衛傳》自然就知道，野野宮大貳先生是在明治四十四年五月過世的。換句話說，這個衣箱是大貳先生快要臨終前，兩人共同封印的。大貳先生一定是覺悟到自己將不久人世，所以才和佐兵衛老先生一起將某些東西封藏在衣箱吧……我是這麼認為的，所以……」

「你把封條撕掉了嗎？」

由於金田一耕助這句話中帶有些許責備的口氣，大山神官慌忙地揮動右手說道：

「不不，說是『把封條撕掉』，就有語病了。剛才提過，因為衣箱已經相當破舊，封條紙也被蟲蛀得很厲害，根本用不著撕開，只要把蓋子輕輕往上一推，衣箱自然就開了。」

「哦，原來。所以，你便不由得看了裡面的東西嗎？那到底是哪些東西呢？」

「裡頭是一大堆舊信件。整個衣箱裝得滿滿的，有信件，也有一些商家流水帳之類的東西。另外還有日記、備忘簿等。因為很久以前了，全都用日本紙裝訂了起來，這些東西擠滿了衣箱。我看了其中的一些信件。這些信件說穿了就是情書，就是大貳先生和佐兵衛老先生間互通的……現在雖然稱他是老先生，不過當時應該是朝氣蓬勃、水漾般的美少年吧……」

大山神官說到這裡，像被搔癢似地自個兒笑了起來。然而，他馬上辯解道：

「金田一先生，話雖如此，你可千萬別認為我是在下流心態及好奇心的驅使下做了這樣的事。我一直都非常尊敬佐兵衛老先生，可說是非常崇拜。再怎麼說，佐兵衛老先生除了是那須居民的恩人，也是我們信州首屈一指的偉人。我很想知道這位偉人的眞實面貌。同時，將來若有機會，還想寫他的傳記。不是像《犬神佐兵衛傳》一樣，只記錄他的豐功偉業和華而不實的內容，我想寫老先生毫無隱瞞、最眞實的面貌。我不認為這會傷害到老先生，反倒以為這才能讓讀者了解他眞正的偉大之處。別的不說，光是為了這個目的，我覺得就有必要徹底調查那個衣箱。搞不好可以從中發現至今仍不為人知的珍貴文獻也說不定。」

這些應該算是醉酒後的絮叨吧。大山神官正沉溺在自己的話裡。他對自己言及的內容，其實沒有全然把握。儘管如此，事實上大山神官的預料是正確的。

不久之後，大山神官在衣箱中發現的那些令人意外的祕密，的確深刻影響了這起案子……金田一耕助即使在案子偵結完畢，經過很長的一段時間後，每當回想到這個部分時，還是會不由得毛骨悚然起來。

石榴

近來按規矩舉行守靈夜的家庭已經很少見了。一般大概在十點或是十一點左右，就會結束。這也是所謂的「半守靈夜」。

何況像犬神家這樣家人互相憎恨的狀況下，恐怕除了死者的雙親和妹妹外，不會有人想徹夜守靈吧。而且，陪侍在一具頭部和身軀分開的遺體旁，對任何人來說，都不會是愉快的事。因此，大家在古館律師的提議下，於十點結束守靈。

這時，雖然暴風雨的勢力已經減弱許多，然而天空還是流動著墨般的烏雲，偶爾殘剩雨水還會突然從側面吹打而來。

金田一耕助便在雨中和古館律師一起返回旅館。然而在這之後，犬神家又發生了事端。這樁事端和昨晚的佐武命案，以及之後連續發生的兩起命案相較起來，似乎顯得微不足道。然而，事後眾人才了解，其內隱含著非常重大的意義。

這次的事端也發生在珠世周遭。

結束守靈後，珠世立刻回到自己的起居室。之前忘了提到這點：珠世的起居室也是在一棟和主屋間有走廊連接的離房。這棟離房與松子夫人和佐清所住的一樣，有五個房間，也有獨立的玄關與浴室。只不過，不同處在於這是棟以西洋風格爲主的建築。數年來，珠世一直和猿藏兩個人住在這裡。

話說，珠世回到離房後，佐武的妹妹小夜子便緊接著來訪。她表示有話想和珠世談。由於從一早開始，那些緊張、不安的事態接連不斷地發生，珠世已經筋疲力竭了。她原想早點入浴，然後盡快休息。但是，她實在沒辦法趕走一個表明有話要說的人。於是，便將小夜子帶往起居室。而兩人到底在這兒談了些什麼呢？

「我只是想問一下哥哥的事而已。聽說哥哥在遇害前，才和珠世小姐見過面，所以想直接向珠世小姐問當時的事。」

隔天小夜子接受警官訊問時，對當時的狀況如此供述，而珠世也保證她所說的無誤。然而，只要稍稍了解犬神家近況，應該就能察覺她們的談話內容當不止如此。

小夜子其實是來試探珠世的。因爲她想了解珠世究竟如何看待佐智……

小夜子也是個可憐的女孩。她絕非醜陋的女子。不不，如果單看她一人，也應該算是中等美人。然而，由於同一個屋簷下住著珠世這個幾乎無與倫比的美女，而使她的美貌大打折扣。宛如明月旁的一顆小星星，喪失了原本應有的光輝。

儘管如此，在佐兵衛老先生的遺書公布前，小夜子的內心對珠世並沒有自卑感。不不，更正確地說，她根本沒有將珠世放在眼裡。

珠世的確非常美，然而，她不過是個一貧如洗的孤兒罷了。只能仰賴惻隱之心，寄人籬下。另一方面，或許美貌不如珠世，但自己身上具備著足以彌補這點的條件。那就是「佐兵衛老先生孫女」的身分，也是遲早將獲得部分龐大財產的保證。所以，如果自己和珠世並列站在男人面前，除非腦袋有問題，想必每個男人都會選擇她……小夜子一直如此深信不疑，事實上，佐智也毫不考慮地選擇了她。

不知爲何，小夜子從小開始，就喜歡著表哥佐智。隨著年齡增長，逐漸轉變成男女間的愛戀。而對這份感情，佐智是怎麼看待的呢？其實，他的確也不討厭小夜子。

但他所抱持的情感是否和小夜子一樣深切？這點卻還是個疑問。儘管如此，佐智依然接受了她。狡猾的佐智雙親，爲了獲得更多的犬神家產，似乎認爲有必要讓兒子和小夜子結婚。所以，他們積極地討好小夜子，也費心說服自己的兒子。

不料，如今局勢已然完全改變。他們原本視爲金雞母的小夜子已毫無價値；而至今從未放在眼裡的珠世，反倒像全身籠罩著光環。也難怪佐智那淺薄的雙親會對小夜子突然冷淡起來。同時，現下佐智對珠世那種竭盡阿諛奉承的姿態，簡直快令人看不下去。

小夜子和珠世見面，就是想針對這個問題試探珠世的想法。這個舉動對於小夜子而言，實在是種難以忍受的屈辱。雖然如此，小夜子還是無法克制前來，因爲從今天早上起，她便爲那足以讓身心消瘦的心痛和擔憂所困擾。

而且現在既然佐武已死，那麼珠世選擇佐智的可能性就變大了。這是因爲剩下兩名候選人中的佐清，有著一張可怕到令人不敢正視的臉。

在珠世的起居室裡，兩個女人之間究竟有過何種交談呢？這恐怕永遠都無法得知。要令小夜子說出內容，可能比讓地藏菩薩石像開口還難吧。但珠世若是一名有教養的女性，就應該不會說出令小夜子感到恥辱的話。

珠世和小夜子間的談話，大約半個小時後結束。珠世送走小夜子後，打開了隔壁寢室的門。對了，忘了說明這點，珠世的起居室和寢室都是西式的，而這間寢室除了通往起居室的門外，沒有其他的出入口。

由於珠世想儘早躺下休息，送走了小夜子後，便立刻打開寢室的門，扭轉門旁牆上的電燈開關，然而那一瞬間，她衝口而出一聲可怕的慘叫。

關於當時的狀況，隔天珠世面對橘署長的詢問時，做了以下敘述：

「是的，在我扭轉了開關，燈亮起的那一刹那，有人從寢室裡衝了出來。因爲實在是太突然了，無法看清楚對方，但那應該是個穿軍服的男子。他把戰鬥帽戴得很低，還用圍巾把臉遮了起來……也因爲如此，那對炯炯有神的眼睛，我到現在還留下很深的印象。那人像黑旋風一樣，忽然猛撲過來……我不由得發出了叫聲。而後，那名男子將我推倒在地，很快從起居室衝向走廊。至於之後發生的事，和您從其他人那兒聽來的相同。」

「但珠世小姐，那名男子爲什麼躲在妳的寢室呢？針對這點，妳能不能提供線索？」

對於橘署長的問題，珠世的回答如下：

「嗯，我想應該是這樣吧。昨晚我回到這棟離房時，由於和小夜子在一起，所以起初並沒有注意到；後來檢查了一下才發現，起居室有遭人翻動的痕跡。不過，倒沒有遺失任何東西……所以，我認爲那人可能想找些什麼，而在我和小夜子回來時，才慌張地躲到寢室吧。可是，如您所見，這間寢室只有一個出口，並沒有其他的門，而且所有窗戶都關著，打開就會發出聲音。我想，那人應該是不得已才躲在寢室，直到小夜子離開。」

「原來如此。妳這說法確實有理，不過，那名男子到底在這裡找什麼呢？妳是不是有什麼東西，是那名男子想要弄到手的？」

「嗯……這點我也不懂。只是，不管那名男子在找什麼，都應該是個很小的東西吧。因爲那人連只能放進戒指或耳環之類的小抽屜，也都打開了。」

「不過，沒有遺失任何東西，是不是？」

「是的。」

接下來，把話題的時間點再挪回前面，談談衝出珠世寢室的那個歹徒之後的行動吧。

珠世的慘叫聲，就這樣響徹占地廣闊的犬神家邸。然而，有趣的是，由於這聲慘叫，使得犬神家所有人都獲得了不在場證明。

首先是佐清。當時他在自己的起居室，也就是松子夫人的那棟離房裡。這個事實，不僅松子夫人，大山神官也出面作證，因此錯不了。大山神官當晚在犬神家過夜，他到松子夫人的房間長談時聽見那聲慘叫。大山神官對當時發生的事，做了以下證詞：

「嗯，那應該是十點半左右吧。我在松子夫人的房間專心地談話時，突然傳來了女人的慘叫聲。我們都嚇了一跳，立刻站了起來，佐清先生也從離房跑來說道：『那是珠世的叫聲』隨後就光著腳跑出庭院。我們也都吃了一驚，連忙跑到緣廊上，但已經看不到佐清的身影了。因爲昨晚的天色實在是相當黑，不巧又下著大雨……」

接下來是佐武的父親寅之助。他當時跟妻子竹子在兒子的遺體旁守靈。不僅竹子，另外三名女傭也證明了這一點。女傭們正在收拾守靈夜儀式的東西。寅之助聽到了慘叫聲，但沒有離開的動作。

最後是佐智和他的父親幸吉。他們聽到慘叫聲時，正在自己的起居室準備就寢。不單是幸吉的妻子梅子，前來鋪睡鋪的兩名女傭也證明了這件事。

佐智聽到慘叫聲時臉色大變，不顧母親的阻止，立刻衝了出去。幸吉也緊追在後。

然而，要說在最近的地方聽到珠世慘叫聲的，當然就是小夜子了。她是離開珠世的起居室後，走在通往主屋的走廊途中時聽到的。她大吃一驚立刻折返。當她來到珠世的起居室前，看到走廊盡頭有兩個互相推擠、拉扯的的人影。

其中一個是穿著軍服的男子，而另一個則是猿藏。

「咦？妳、妳說什麼？妳是說猿藏和穿著軍服的男子在互相推擠、拉扯嗎？」

聽到這句證詞時，橘署長吃了一驚，不禁問道。這也難怪，因爲橘署長原本一直懷疑穿軍服的男子說不定是猿藏，然而現在這項懷疑瞬間粉碎了。

「是的，錯不了。我不止親眼看見，沒多久後我還和猿藏說過話呢。」

小夜子如此特別強調。

她看到原本正互相推擠拉扯的猿藏和穿軍服的男子，在下一秒互相擦身而過，而後穿軍服的男子很快跑到廊外。走廊盡頭有扇落地窗，窗外是陽臺，人可以從陽臺下到庭院。

「那時，如果我想追那個人，是可以追到的，可是因爲擔心小姐的安危……」

針對當時的狀況，猿藏這麼說道。之後，他還對自己當晚的行動，做了以下說明。

由於接二連三發生了一些危險、凶殺案件，當時猿藏正在宅第的周圍巡邏。他一直認爲守靈夜就是按照字面上的意思，會持續到清晨爲止，因此他不知道守靈早已結束，也不知道珠世回到離房了。然而，他卻聽到了那聲慘叫。

「我嚇了一跳，馬上從陽臺衝進落地窗，結果迎頭撞上了那個穿軍服的男子……嗯，我沒看到他的臉。因爲他用圍巾遮住了整張臉……」

那麼，當猿藏和小夜子衝進起居室照料珠世時，佐智和他的父親幸吉也趕了過來。而在大家正議論紛紛時，又傳來了慘叫。這聲慘叫音調較高，持續了很長的時間，衝破劈里啪啦下著的雨傳來。

所有人聽到這聲慘叫，都不由得吃驚地彼此互看。

「那好像是男人的叫聲吧。」

珠世喘著氣說道。

「是啊，是從瞭望臺那個方向傳來的。」

佐智一副恐懼的模樣，目光銳利地小聲說著。

「那會不會是佐清哥哥啊？」

小夜子顫抖地輕聲說道。然而她才說完，珠世便立刻站了起來。

「去看看吧。我們一起去看看吧。猿藏，把手電筒拿來……」

外面正下著大雨，大家在雨中聚集往前跑，然而他們卻中途發現，寅之助和大山神官從前方跑了過來。

「怎麼回事啊？剛才的慘叫聲。」

寅之助嚴厲地問道。

「我們也不清楚。不過小夜子說那搞不好是佐清。」

佐智回答。接著所有人一同往瞭望臺的方向跑過去。

發出那聲慘叫的果然就是佐清，他整個人平躺在瞭望臺樓梯的下方。最先踢到他的人是珠世，她腳步有些踉蹌。

「啊，有人在這裡……猿藏，用手電筒照一下。」

下一秒鐘，手電筒的光源照亮了佐清的臉。然而這一剎那，所有人都不由得「啊」的叫了一聲，往後退一大步。

佐清沒有死。他吃了一記強勁的上鉤拳而昏倒在地。那張面具似乎是在他倒下來時脫落，如今顯露在外的是一張令人毛骨悚然的可怕面容！那歪七扭八的紅黑色肉塊，像石榴裂開般，從鼻子延伸到兩頰！

小夜子看見此景，「啊」的慘叫了一聲，立刻掩住雙眼；相反地，珠世卻不知爲何凝眸注視著那張駭人的臉。

佐智摩拳擦掌

隔天，金田一耕助被請到犬神家，從橘署長那兒聽到昨夜的事後，露出深思的眼神。

「署長，佐清說了什麼？」

「佐清啊，說他一聽到珠世的慘叫聲後馬上就衝了出去，接著便發現有人正往瞭望臺的方向逃逸。他追上前，卻在樓梯下方突然被對方揍了一拳。」

「哦，原來如此。」

「所以，佐清今天早上很沮喪。因爲在他昏倒不省人事時，被人清楚看見了那張醜怪的臉。其他人還無所謂，可是珠世也看到了，我看這對佐清是個很大的打擊啊。」

「那麼，署長，到現在還沒掌握到那個穿軍服的人的行蹤嗎？」

「現在還不清楚。不過，反正這裡只是個小城鎮，你等著吧，很快可以追查出來。」

「有那個人偷偷混進來的蛛絲馬跡吧？」

「是啊，那倒是有。在珠世的起居室和寢室裡，發現一堆滿是泥巴的足跡。只不過，要調查建築物外面則非常困難……你也知道，昨晚還下了些殘雨，足跡完全被沖刷掉了，根本完全無法判別那人到底是從哪邊混進來，又是往哪個方向逃走。」

金田一耕助默默思考了一陣，接著慢慢搔著頭髮，說道：

「署長，總之昨晚發生的那起事件，對我們而言具有相當重大的意義。故意把臉遮住，像剛復員回來的那個男子……透過這項事實，很清楚地證明這號人物和現今住在犬神家的人是不同的存在。絕非我們先前想像的那樣，是這個家的某人扮演兩個角色。那傢伙個別存在於他處，這點獲得證實了。」

「是啊，我也這麼想，只不過，金田一先生，那傢伙到底是什麼人？他在這樁案子中，究竟扮演著什麼樣的角色啊？」

金田一耕助輕輕地搖頭。

「這點我也還搞不懂。如果可以弄清這點，說不定這件案子便可以偵破了。不過署長啊，不管怎麼樣，那人肯定和犬神家有很深的淵源。他在住宿登記簿寫上犬神家東京宅第的住址，而且，昨晚還正確找到珠世的房間……」

署長像是吃了一驚，轉頭又看了下金田一耕助。

「哦，原來如此。這麼說，那傢伙對這棟宅第的結構相當熟悉嘍。」

「沒錯。可是，你也知道這棟建築的興建方式相當複雜奇怪。像我，即使來過了兩三趟，還是沒辦法完全熟悉它的地理。如果那傢伙打一開始目標就是珠世小姐的房間，那他一定對這裡相當熟悉。」

橘署長不發一語地思考著，不久便深吸一口氣，彷彿對著自己發話，強而有力地說道：

「好，反正只要逮到那傢伙，一切就能水落石出。對！問題在將那傢伙抓來。到目前爲止，我們都認爲那傢伙搞不好是這個家的某個成員，是一人分飾兩角，才會在辦案上出現了漏洞。可是，既然弄清了這點，等著瞧，一定很快可以逮到人。」

然而事實上，事情並沒有署長想像那麼順利。

那個將臉遮住，打扮像剛復員回來的男子，到底是從哪裡來？而又往哪裡逃走？儘管警方拚命地搜索，一切還是杳然不明。

只不過，警方沒多久就查明那個男子來自何方了。

十一月十五日——佐武被殺當天的傍晚，許多人目擊那般裝扮的男子在上那須車站下車。由於那是班從東京發車的下行列車，因此那名男子很可能從東京出發而來。除此之外，還有很多證人表示，曾看到那名男子無精打采地由上那須往下那須的方向徒步走去。

綜合以上這些跡象與證言，可以判斷那名男子的目的地應該是上那須。畢竟下那須也有專屬的停靠站，如果要來下那須，應該會直接坐車到站。儘管如此，那名男子卻專程步行到下那須，在柏屋過夜。這恐怕是因爲如果選擇上那須的旅館，會有不便之處。

接著，他離開柏屋後，也有好幾個人看過那名男子。甚至，其中有三人表示是在後山看到那名男子。根據這項證詞，警方積極地在環湖的山地進行搜索，然而徒勞無獲。

離開柏屋的那名男子，很可能當日一整天都藏身後山，直到天黑才又前往犬神家。之後，他入侵珠世房間，還將佐清擊昏後逃逸，接下來就完全掌握不到他的行蹤了。

在案情了無進展，警方人員焦躁無比的情況下，日子一天天過去了。十一月二十五日，剛好是佐武遭殺害後的第十天，突然又發生了第二件命案。而不可思議的是，引發這次命案的關鍵，同樣是那美麗的珠世。

現在來談談這整個案子的經過吧。

十一月二十五日這天，山區湖畔呈現冬季景觀。從此處可以遠望湖對岸北阿爾卑斯的連綿山巒，覆蓋其上的白雪量逐日增加。清晨時分，湖岸有時甚至還會結著一層薄冰。

雖然如此，若在天氣晴朗的白晝，卻是相當舒暢愉快。這應該是一整年中，最神清氣爽的季節吧。即使風中帶有些許涼意，只要身處向陽處，仍然感受到身心都暖和起來的溫度。

那天，珠世就是想沐浴在這樣的日光下，便划著小船到湖上。當然，她是獨自一人，並沒有讓猿藏知道。自從有過小船的沉沒事故，猿藏就堅持不讓珠世划小船遊湖。知道這點的珠世，像小孩偷溜出去玩地悄悄划船出遊。

發生那件命案後，珠世的心情一直都很鬱悶。每天每天，她都必須面對多疑警方的偵訊攻勢。而另一方面，宛如受到火箭襲擊，她還要承受犬神家人們那些充滿憎恨、敵意與嫉妒的視線。珠世覺得自己快要喘不過氣了。

然而，事實上更令她無法忍受的，則是最近佐智一家人對她採取的攻勢。

從前根本連看也不看她一眼的佐智及其雙親，近來那無時無刻糾纏不放、百般阿諛奉承的模樣，已經到了令人作嘔的程度。對他們的這些舉動，珠世厭惡到渾身打冷顫。

相隔許久才又來到湖上的珠世，心境是非常輕鬆愉快的。她甚至還想著，如果能這樣划到天涯海角，將一切瑣事都捨棄忘懷，眞不知該有多好。

儘管吹拂而來的風帶有涼意，陽光卻非常和煦。珠世不知何時遠遠地划到了湖心一帶。

釣魚的季節似乎已經結束，湖面上看不到任何釣魚船。只能遠遠望見下那須一帶有漁船正在撒網。此外看不到其他船隻。這時，可說是寧靜的下午時刻。

珠世揚起槳，隨意地在小船中躺了下來。她深深感到訝異，那許久未曾仰望的天空，看起來竟是那麼遠，那麼高。她一時看得入迷，甚至還產生了彷彿要被牽引上去的錯覺。珠世靜靜闔上眼，然而，不知不覺中，淡淡的淚水從她的眼瞼間滲了出來。

珠世就這樣躺著，也不知在小船上度過了多少時間。突然間，她聽到遠方傳來摩托艇的嘈雜引擎聲。珠世起先並不在意，然而由於聲音逐漸接近，才忽然起身回頭看。

坐在摩托艇上的是佐智。

「原來妳在這裡？我正到處找妳呢。」

「哦，有什麼事嗎？」

「嗯，剛才署長和那個叫金田一耕助的人來到家裡，說是有重大的事情宣布，希望大家能馬上集合。」

「哦，是嗎？那我這就回去。」

珠世重新握起槳。

「不行啊，坐小船的話……」

說著，佐智將摩托艇開近小船旁。

「來，坐上這邊吧。署長很急。他說是分秒必爭啊……」

「可是，這艘小船呢？」

「待會找人拉回去就行了。來，趕快上來。慢吞吞地，那個署長說不定會大發雷霆。」

佐智的態度和話語，完全沒有不自然的地方。而他所講的事也是極有可能的，所以珠世一不小心便上了當。

「是嗎？好，那麻煩你了。」

珠世把小船划近摩托艇。

「對對，就是這樣，收起槳吧。如果流走可麻煩了。來，我幫妳壓住小船，行嗎？小心一點……」

「嗯，沒問題。」雖然珠世認為自己很順利到摩托艇上，小船還是搖晃得很厲害。

「啊！」

在珠世重心不穩，快要倒向佐智胸口的那一瞬間，原本看似要扶持珠世而伸出的長臂，突然掩住珠世的鼻子。而且，那隻手上還握有一條溼淋淋的手帕。

「啊，你、你想做什麼！」

珠世拚命抵抗。然而，緊緊抱住珠世的佐智手臂，牢實地壓制住她的身體，同時，那條溼淋淋的手帕，還愈來愈強而有力地壓在她的鼻上。

有種酸甜的味道衝進鼻內，甚至穿透到了腦中。

「啊、啊、啊……」

珠世的抵抗愈來愈微弱，很快地就癱軟在佐智的臂彎裡。

佐智悄悄梳攏珠世的亂髮。在額頭上輕輕地吻了一下後，露齒奸笑。

他那兩個眼珠子由於沸騰的情欲，像燃燒著燐似地發亮著。佐智嚥了一口唾沫，如同野獸般用舌頭舔了嘴唇一圈。

他讓珠世躺了下來，而後弓起背，發動摩托艇。

摩托艇一路開往與犬神家完全相反的方向……

天空中有隻老鷹，正以緩慢的速度盤旋著，除此之外，沒有任何人目擊到這起事件。

神祕人物

那須市對岸約四公里處，有一個名叫豐畑村的貧寒小村子。

自古以來，這裡就是個貧窮的村落。在蠶繭的價格還不錯的時代，的確曾受惠不少，然而，由於最近生絲的出口量跌入谷底，整個村子完全沒落了。事實上，這不單只是豐畑村的問題，而是整個那須湖畔一帶共同面臨的苦惱命運。

話說，這個村子的西邊盡頭有條小河，在河水入湖的地方，形成了一個大且突出的三角洲。這個三角洲隨著年歲增長，日益擴展。也就是說，由於小河挾帶來泥沙，湖水的涵蓋面積正逐漸減少當中。而今三角洲上的景色十分蕭瑟，僅有那枯黃的蘆葦隨風搖曳著。

佐智的摩托艇駛進的地方，就是這些蘆葦間的河口。

來到這裡，佐智便減緩摩托艇的速度，用他那狐狸般始終轉動個不停的眼睛，毛毛躁躁地左顧右盼。然而，映入眼簾的只有那蕭條隨風搖曳的蘆葦，結束收割的稻田及桑田裡，並不見半個人影。

只有空中的那隻老鷹，還不停地盤旋飛行著，彷彿正觀察著這邊的狀況……

達成目的而暗自竊喜的佐智，爲了避人耳目，弓起背在蘆葦間向前划行。不久，前方蘆葦的穗面上方，忽然出現了一棟西洋風格的建築。雖然表面看來十分破舊、荒涼，卻依然能隱約察覺到它往昔的豪華氣派。

爲什麼這裡會有這樣的建築呢？——第一次看到的人，任誰都會懷抱這種奇妙的感受，然而，只要聽過它的由來，便不會覺得有什麼不可思議之處了。

其實，這個豐畑村是犬神家的發祥地，而從蘆葦間望見的這棟建築，也正是佐兵衛老先生擁有的第一棟自宅。之後，由於待在豐畑村有若干不方便之處，老先生除了將事業中心遷移到上那須外，也在那裡重新興建了宅第。

後來，位於豐畑村的這棟建築遂無人居住，然而對犬神家而言有著紀念意義，因而保存了下來。不過，戰爭爆發後，逐漸忽略了建築的維修與整理。很快地，原本派駐留守的男傭也受到徵召，此後也只能任其荒廢。尤其佐兵衛老先生過世後，沒有人對這般古老的房子有所依戀，便愈來愈顯荒蕪，最近甚至還有了「鬼屋」的別稱。

佐智的目的地似乎就是這棟西洋式的建築。

這棟洋風建築從前應該是直接面對著湖吧。如今，由於那年年擴大的三角洲，使它與湖岸相隔得愈來愈遠，彷彿被世人遺忘，孤伶伶地矗立在那只有寂寥蘆葦搖曳的沙洲上。

佐智順著小河往上游航行，將摩托艇停靠在建築外生長蘆葦的沙洲旁。這一帶由於水淺泥深，摩托艇的操控也變得十分不容易。

儘管如此，他還是費勁地將摩托艇拴在蘆葦間，隨後輕快地跳上三角洲。就在這時，突然有兩三隻鳥從蘆葦叢深處飛了上來，嚇了佐智一大跳。

「嘖！害我嚇了一跳！」

佐智氣憤地咂嘴，牽住船纜將摩托艇拉近。他想，可不能把摩托艇扔在顯眼的地方。很快地，佐智將摩托艇藏匿在茂密的蘆葦間，這麼一來，佐智才鬆了口氣，邊擦著汗，邊看著昏沉睡在艇上的珠世臉龐。

同時，佐智感受到令人不住咬牙的戰慄貫通了他的全身。

啊啊，正無邪熟睡中的珠世那種美！剛才被強迫嗅聞氯仿氣味時的掙扎痕跡，還殘留在她那頭亂髮及眉間，然而這些絲毫無損她的美麗。在那冒著些許汗水的額上，因著蘆葦間透出的陽光，正躍動著金色的斑紋。她的呼吸似乎也有點急促。

佐智此時呑下一口口水，慌張地環視周遭。彷彿有其他人正偷窺眼前這道甘美的佳肴。佐智左顧右盼了下，在蘆葦的沙洲上蹲了下來，目不轉睛地看著艇上珠世的睡姿。之所以會這麼做，除了那是一幅怎麼也看不厭的景象外，他似乎也還尚未下定決心。

佐智蹲在蘆葦間，不停咬著指甲。一面咬著指甲，一面凝視珠世的睡臉。就像是個著手惡作劇的小孩，正猶豫是否要繼續完成。對方那非比尋常的美貌，反而使他的勇氣受挫。

「哼，管他三七二十一！反正我們早晚一定會發展成這種關係啊。」

佐智低聲叱責，隨後突然伸出長臂抱起珠世。摩托艇晃動一下，泥鰍在蘆葦間蹦跳著。當他抱起有些許重量感的珠世時，除了觸到她的體溫外，也嗅到了那如新鮮水果般的處女芳香，以及感受到了在她那光滑肌膚下的血管脈動！……光是這些，便使佐智亢奮至極。佐智的鼻翼怒張，雙眼興奮地充血，他就這樣抱著珠世，往前步行穿梭在蘆葦間。他滿頭大汗，汗水不停地沿著臉頰流下。儘管十一月的空氣還帶著涼意。

通過蘆葦沙洲，眼前出現一面粗糙的圍牆。塗有白漆的柵欄，約有八成都已毀壞、變形，還沾滿了泥土。圍牆內也是一片蕭瑟的枯黃蘆葦。佐智抱著珠世快步走進裡頭。

佐智在蘆葦間低身前進，一步一步地朝那棟空屋靠近，模樣宛如將獵物銜在嘴裡的狐狸。佐智不想讓任何人看見，也不能夠讓任何人看見。即便剛才在湖上，他也必須隨時注意陸地方面的狀況。

佐智突然嚇了一跳屏住呼吸，隨即在蘆葦間矮下身子。然後，他抱著珠世，整個人如石頭般停止不動，左顧右盼地觀察著四周的狀況。

有人在某個地方注視著他們！——他如此強烈地感受到。

一秒——兩秒——

佐智的心臟劇烈跳著。額上則涔涔冒出黏糊的汗液。

然而……並沒有任何特別的風吹草動。四周一片死寂，可以聽到的，只有那隨風搖曳的蘆葦葉摩擦聲而已。

佐智戰戰兢兢地抬起頭，透過空隙仰望前方那棟建築的窗戶。剛才他確實感受到，那扇窗有某種物體的動靜。

一陣風吹起。

像被蒙上了眼，已拆下的玻璃窗格內，有一幅發黑的窗簾擺動了下。那窗簾已經破爛不堪，每當風一吹起，就會搖晃拍打窗框。然而也因爲已經如此破爛，才沒有被偷走，得以繼續留在這棟老舊宅第。

佐智氣憤地咂嘴，重新抱起珠世。隨後，再次偵查了四周的狀況，飛快地跑出蘆葦叢，從陽臺跳進了大廳。

一股黴味迎面衝鼻而來，還有許多的蜘蛛網如同墜飾般，從牆壁和天花板懸垂而下。由於湖上有許多飛蟻，爲了捕捉這些飛蟻，蜘蛛到處結網。佐智跳進來的刹那，卡在網中還存活著的飛蟻都一齊振翅拍打了起來，使懸垂的蜘蛛網宛如遇到了暴風雨似激烈搖晃。同時，還有一股如魚肉腐爛般的異臭強烈地衝鼻而來。

佐智別開臉，看向大廳，然後踏上了樓梯。然而，這時，他又一驚呆立原地。最近一定有人曾順著這個樓梯上樓。臺階上有著很清楚的泥巴鞋印。

起初，佐智還屏息凝視著這個觸目驚心的腳印，接著突然恍然大悟地深深嘆了口氣。泥巴鞋印，事實上不止一個。從玄關到走廊一帶，布滿著數種新腳印。

佐智想起，前陣子警方爲了找尋那名復員士兵打扮的人，曾搜索過這棟空屋。唉，這麼說，這些腳印，不就是警方人員的腳印了嗎？

佐智放下心，便盡可能無聲無息地爬上樓梯。哪怕是稍微跌了一下，也會發出響遍整棟屋子的聲響。佐智每每爲此心驚膽跳。

二樓的狀態也不輸一樓，大煞風景。如同之前所提，玻璃窗全被拆了下來，也找不到幾扇還保留著鉸鏈的門。

佐智似乎已事先選好地點，他用腳踢開其中一扇門，將珠世抱了進去。這是個毫無裝飾又空曠的房間。房間一角倒是擺有鐵製的床和堅固的椅子。床上雖然鋪著一蓆露出部分塡充物的草墊，不過並沒有毛毯之類的寢具。景象非常淒涼。

佐智把珠世輕輕放在草墊上。隨後，他擦著流下的汗水，同時睜著那雙狐狸般老是轉個不停的眼睛，不停觀察著周圍的狀況。

事情似乎進展得十分順利。沒有人知道佐智將珠世帶到這樣的廢墟來。一切都將在這一瞬間決定。待這事結束，不論珠世再怎麼痛哭、喊叫，萬事都會按照自己期望進行吧。到時，自己就能一手掌握美人、金錢和權力這三項寶物了。

佐智發起抖來。這或許是過度興奮而引起的寒顫。由於極度的亢奮，他感到口乾舌燥，膝蓋也不停地顫動著。

佐智抖著手卸下領帶。接著扯下外套和襯衫，拋到椅子上。他似乎有些在意周圍的過度光亮，不巧窗上既沒有門扇也沒有窗簾。

佐智稍微面帶憂慮，一面咬著指甲一面環視著房間。

「哼！管它的，又不是有人看著……而且本人還睡得這麼熟啊……」

佐智在床上彎下腰，將珠世身上的衣物一件件地扒下來。隨著那光滑的肩膀和豐滿的胸部曲線接連出現，佐智似乎再也無法壓抑他的興奮情緒。

他的手指像瘧疾患者一樣不停地抖動著，呼吸如暴風雨般急促。

……就在這個時候！

不知從哪裡傳來「咚」的輕微聲響。緊接著還聽到「吱」的踩響地板的聲音。

佐智頓時彷彿蝗蟲般地迅速跳離床邊，擺出將伏擊敵人的架勢，動也不動地靜觀周遭狀況。然而，接下來卻聽不到任何其他的聲響。

但佐智仍不放心，他走出房間，上上下下巡視了整個房子，卻並沒有發現到任何特殊的狀況。只不過，他在廚房的角落發現了一個田鼠窩，還有剛出生的小田鼠。

（搞什麼，原來是這些傢伙發出的聲音啊……）

佐智不悅地咂嘴，又走上樓梯，當他沒多想便要打開門時，突然吃了一驚倒吸了口氣。剛才自己從這房間出去時，應該沒有帶上門，但現在爲何是關好的呢？是不是某種原因，使得它自動關上了？

佐智將手放在門把上，小心翼翼地打開門。房裡似乎並沒有什麼異狀。佐智鬆了一口氣，走近床邊，然而，這時他突然感受到被人從頭頂打進楔子般的戰慄。有人在珠世那袒露的胸部上，蓋了一件外套！

鞋底宛如被地板吸住，佐智全身無法動彈。他原本就不是個膽大的男人。不不，應該乾脆說他是個膽小鬼才恰當。因此，他下了相當大的決心才實行今日的計畫，而且著手行動後，也始終處在戰戰兢兢的狀態。

佐智汗流浹背，口乾舌燥，喉嚨深處猶如燃燒似地火熱。他似乎有話想說，舌頭卻像打了結，一句話也吐不出來。

「誰……？有誰在那裡嗎？……」

他好不容易才擠出了這幾個字。

接著，像在回應這個問題，隔壁傳來地板嘎吱嘎吱的聲響；兩間房只隔著一扇門。

啊啊，有人在那裡……在隔壁房間……唉！我怎麼沒有早點確認？……剛才從窗戶窺視的那雙眼……果然不是錯覺……那傢伙躲在這棟房子，而且就躲在隔壁房間……哎呀，我怎麼不早些檢查呢？

「是誰！給我出來！是哪個混蛋躲在那裡……」

才一說完，門便慢慢地打開。一點點地，慢條斯理地……接著，佐智親眼目睹了站在門口那人的模樣。

那是將戰鬥帽戴得低低地，還用圍巾遮住臉，一副復員士兵打扮的男子。

這是大約過了一個小時後的事了。

犬神家的猿藏接到了一通不可思議的電話。

「猿藏先生嗎？是猿藏先生，沒錯吧。嗯，你不用管我是誰。是這樣的，我想通知你一件有關珠世小姐的事，所以打了電話。珠世小姐現在在豐畑村的一棟空房。就是很久以前犬神家住過的房子。她在上樓後左邊第一個房間。請你馬上接她回來。啊，不過，最好不要引起任何騷動。如果被大家知道這件事，會讓珠世小姐感到相當羞恥。所有的事，都由你單獨來辦比較好。啊，對了，還有，珠世小姐可能會繼續昏睡一段時間，這點請不用擔心。這是藥效的關係，時間一到，她自然會清醒。萬事拜託了。儘早行動比較好。那麼，再見了。」

6 CHAPTER

第六章

古琴線

半夢半醒間聽到的婉轉鳥叫聲，逐漸滲入現實世界，珠世好不容易慢慢轉醒。她拚命嘗試要將苦悶的壓迫感推開，就在不知不覺伸出雙手想起身時，才終於清醒。然而，即使醒過來了，珠世卻無法理解處境，一時只能茫然地瞪大眼睛看著前方。

她總覺得頭很痛，身體到處都有種倦怠感。

連下床也很費力。這和每天早上睡醒時的感覺不太相同，她不禁懷疑自己生病了……想著這些事情時，珠世的腦海突然湧現了那件發生在湖心的事故。在傾斜的摩托艇上，被佐智緊抱住的瞬間，那條掩住口鼻的溼淋淋手帕……之後便完全沒了記憶。

珠世從床上一躍而起。她好不容易才壓抑住幾乎要衝口而出的慘叫。儘管抑制住了慘叫，全身卻開始不停地發抖。皮膚表面忽冷忽熱。

珠世合攏睡衣的前襟，然後凝視著自己的身體。

這難道是那件事的後遺症嗎？頭痛和全身的倦怠感……就是貞潔受到蹂躪的證據嗎？

珠世全身因憤怒而顫抖了起來。憤怒之後，油然升起難以言喻的悲傷與絕望。

珠世茫然地張大眼睛，動也不動地坐在床上。由於那份絕望，她感覺四周一片黑暗。

然而，珠世很快發現一件奇怪的事。她現在正身處自己的寢房，躺的也是自己的床。連身上穿的睡衣也是自己所有物。

這究竟是怎麼回事？

佐智爲了凌辱她，而將她帶進這個房間了嗎？不不，這絕對不可能。那麼，佐智是在達成了邪惡欲望後，才又將她帶回這裡嗎？

珠世的胸中又重新湧上一股充滿著哀傷的憤怒。

這時，房門外突然傳來微弱的聲響。珠世慌忙地將毛毯纏繞胸前。

「誰？」

她很敏銳地問道。然而沒有立刻聽到回答，於是她又再度發問：

「誰在那裡？」

當她重複如此問了後……

「對不起，小姐，因爲擔心妳的身體狀況……」

是猿藏的聲音。還是一如往常的樸實語調，然而其中滿溢著溫柔的關懷。珠世無法立即回應。猿藏是否已經知情？他是不是已經知道，自己說不定由於佐智的緣故，遭受到身爲女人最大的羞辱了？

「嗯，你不用擔心。沒有什麼事啊。」

「哦，那就好……對了，小姐，有件東西想要拿給妳看……嗯，我想應該愈早拿給妳看愈好……不，應該說如果小姐愈早看到，愈能早些安心啊……」

「是什麼東西呢？」

「紙條。一張小紙條。」

「你說，看了那張紙條，我就可以安心下來？」

「嗯，是的。」

珠世稍作思考後說：

「那，請你把紙條從門縫塞進來。」

她現在誰也不想見。即使對方是猿藏，她也不想露臉。

「好，那我從這裡放進去……看過便能安心。等妳鎮靜下來，我會再慢慢說明。那麼，請先好好休息吧。」

那是種宛如奶媽般的溫柔，語調充滿著關懷。珠世不禁紅了眼眶。

「猿藏，現在幾點了？」

「是，剛過十點。」

「這我知道，但……」

珠世看著床頭的時鐘，以不安的語調小聲說。猿藏這才突然想到：

「啊，對不起，我沒注意到。小姐一定搞不清現在是什麼時候吧。嗯，在那之後，已經過了一個晚上，現在剛過早上的十點……這樣懂了嗎？」

「哦，是嗎？」

「好，那我把紙條從這裡放入，看過就好好休息吧。署長好像在叫我，得過去那邊了。」

珠世等猿藏的腳步聲到走廊，並逐漸遠離後才溜下床。剛剛猿藏塞進來的那張紙條，正卡在門縫中。

珠世取下紙條後回到床上。這似乎是從記事簿上撕下來的小紙張，上面還寫著一些難看懂的字。珠世打開床頭上的檯燈。

這一看便知，寫的人故意要隱蔽自己的筆跡。字跡相當生硬。珠世讀著紙條時，覺得自己全身突然冷卻，然而，下個瞬間又彷彿燃燒般熱了起來。

這是紙條上所寫的內容：

> ——佐智失敗了。我在此證明，珠世小姐現今還是如同往日般純潔，無任何改變。
>
> 神祕人物

這是眞的嗎？這名神祕人物到底是誰？不不，更重要的是，猿藏爲何有這張紙條？

「猿藏！猿藏！」

珠世慌忙地呼喚猿藏，然而當然沒有人回答。

珠世稍稍思考後，很快下床，趕忙換穿衣服。身體雖然還有點搖搖晃晃，可是她已經無法顧慮那麼多了。這個疑問——她必須儘早從這可怕的疑問中獲得解脫才行。

換穿衣服，簡單化了晨妝後，珠世隨即來到走廊找猿藏。然而，離房到處都不見猿藏的身影。對了，他好像說署長來到家裡，還喚他過去——珠世想起後，就沿著走廊走向主屋。才剛到，她就看到大廳的門開著，裡面還聚集了許多人。

「啊，珠世！」

發現珠世的身影，頭一個跑出來的是小夜子。

「我聽說妳身體不太舒服，現在好點沒？可是，我看妳好像眞的氣色不太好。」

如此說著的小夜子，事實上臉色也不怎麼好。

「嗯，謝謝妳的關心，小夜子。」

珠世窺看了下大廳內。

「是不是又有什麼事了？」她皺著眉頭說道。

大廳裡除了橘署長和金田一耕助外，犬神家一族上上下下也全都聚集在一起。而其中並沒有佐智的身影，猿藏則神情倔強地站在一旁。這使珠世的心情頓時籠上陰影。

「嗯，是啊，是有點事……」

小夜子疑惑地看著珠世，問道：

「佐智一直不見人影。從昨晚開始……」

珠世的臉忽然紅起來。她心想小夜子是不是已經知道昨天的事，故意在套自己的話？

「嗯，結果呢？」

「結果，梅子姨媽和幸吉姨父都非常擔心，所以打電話給署長先生。他們擔心會不會又發生什麼事了……」

由於過於焦心，小夜子滿臉愁容，樣子實在令人同情。爲佐智的失蹤感到最憂心的，或許並不是他的雙親，而是小夜子也說不定。

就在這時，橘署長從大廳一臉笑嘻嘻地走了出來。

「珠世小姐，我聽說妳身體不太舒服……現在還好嗎？」

「是，還好，嗯……」

「方便的話，可不可以請妳也進來一下。其實啊，有件事想請妳幫個忙。」

珠世看了看署長的臉，也看了看大廳裡的猿藏。猿藏張著怒氣沖沖的眼，目不轉睛地看著珠世。

珠世不安地望著署長。

「嗯……到底，是什麼事呢？」

「來，請先進來吧。」

珠世無可奈何，只好先進了大廳，在署長指示的椅子坐下。小夜子也一副擔心的模樣來到她的身旁，站在椅子後面。佐智的雙親，竹子夫婦，以及松子和佐清這對母子，也都若有所思地分坐各處。金田一耕助則站在離這些人稍遠的地方，若無其事地觀察著在場的人。

「想請妳幫忙的，其實也沒有別的。我想妳也已經從小夜子那裡聽到了，佐智先生從昨晚起就行蹤不明。或許並沒有發生什麼大不了的事，不過由於最近是這種狀況，所以他的父母都相當擔心，要我盡快找出他的下落。可是啊……」

署長用觀察的眼神注視著珠世。

「我們進行一些調查時，發現猿藏老弟說不定很清楚這部分的內情。其他傭人是這麼講的。所以，現在正請教猿藏老弟。可是，他說這是和小姐有關的事，如果得不到小姐的允許，絕對不能透露……一直拒絕回答。因此，想請妳幫忙，讓他說出實情。」

珠世突然感覺全身血液彷彿都冷了下來。這時，她才發現自己的處境相當爲難。署長完全不知情。而就是因爲不知情，才能毫不在乎地提出如此殘酷的要求吧。珠世感覺自己像在接受酷刑，不禁閉上了眼睛。然而，此時有人用力地握著她的手腕。睜開眼，才知道原來是小夜子。小夜子眼中充滿淚水，哀求似地望著珠世。珠世不由得握緊了掌中那張「神祕人物」所寫的紙條。

「嗯，如果是關於這件事，其實我也有些疑問想問猿藏。不過，在聽猿藏的說明前，請各位先聽聽我的話吧。這是因為，如果不這麼做，會顚倒事情的先後順序，而使各位無法理解也不一定。」

珠世的雙頰已完全蒼白。置於膝上的雙手，則微微顫抖著。儘管如此，她還是在眾人面前流暢地述說昨天在湖心所發生的事。不過，這原本就不是需要花很多時間說明的事……

聽完珠世的話，所有人都愕然地轉頭看著她。佐智雙親梅子和幸吉，以複雜的眼神彼此互望。而由於逼問出這件殘酷的事，橘署長似乎也發現到自己的過失，頻頻笨拙地假裝咳嗽。小夜子則瞪大雙眼，緊緊地握住珠世的手。珠世也同樣回握她的手，一面說道：

「因為這樣，上摩托艇後發生的事，我完全不知道。我到底被佐智帶到哪裡？而他又對我做了什麼？」

珠世說到這裡，一時屏住了呼吸，然而很快又鼓起勇氣。

「我完全沒有記憶。然後，剛才醒過來時，就睡在自己的床上了。而對於這個部分，我想猿藏應該知情。所以，最想要問猿藏這件事的，不是各位，應該是我自己吧。我眞的想問，眞的想知道。佐智究竟對我做了什麼事……」

儘管她盡可能鎭靜地談這件事，卻有一股難以壓抑的怒氣，如青白色火焰般熊熊燃起。她的聲音顫抖著，同時變得相當尖銳。小夜子很悲傷地緊握住她的手。

「來，猿藏，說吧。什麼都不用顧慮。我希望你把知道的全說出來。不管有多麼糟糕，與其事後才發覺原來是那麼回事，還不如在這裡聽個明白。而且，我也想有個心理準備。」

「小姐，剛才的那張紙條，妳看過了嗎？」

「嗯，看過了。包含這張紙條，請你也一起說明吧。」

猿藏不安地舔著嘴唇，一點一點地說起昨天發生的事。原本就不善言詞的他，遇到必須長篇大論的場合，往往沒有辦法很順暢地開口。所以，署長和珠世偶爾會插上一兩句話，督促他繼續說下去。

根據猿藏所言，事情是這樣的：昨天傍晚大約四點時，猿藏接到了一通不知從何處打來的電話。這通電話的目的，是爲了告知珠世的所在。猿藏不太能理解對方的意思，不過總之「如果把事情鬧大的話，會讓珠世蒙羞。不要通知其他人，悄悄地來接她就對了」是這樣的內容。而且對方把想說的講完後，立刻掛了電話。

「然後，猿藏先生便去接她了，是吧？」

「是的，因爲對方說不可以通知其他人，所以我偷偷划了小船去。」

「結果，珠世小姐果然在豐畑村的那棟空屋裡，是嗎？」

「是的。」

「你可不可以把當時的情況，說得更詳細點？佐智先生不在那裡了嗎？」

「小姐當時人躺在床上，我本來以爲她一定已經死了。因爲當時她的臉色實在很不好。

可是，我很快知道她還活著。小姐是被迫聞了藥物而昏過去。因為她嘴邊有很強的藥味。」

「佐智人呢？佐智到底怎麼了？」

梅子那歇斯底里的聲音，一下子刺破了大廳的寂靜。

聽到這句話，猿藏立即猛然轉頭，以銳利的眼神瞪視梅子。

「佐智？……哦哦，妳說那個畜生呀，那個畜生也在那裡啊。是的，在同一個房間裡。只不過，那傢伙什麼事也做不得。因為，他上半身赤裸裸地被捆綁在椅子上，而且嘴巴還被塞了東西。他那個樣子，簡直狼狽到不行。」

「猿藏先生，是你把他綁起來的嗎？」

金田一耕助立刻溫和地插嘴問道。

「不，不是我。可不是我綁的。應該是打電話給我的那個『神祕人物』幹的吧。」

「神祕人物——？」

「你說的神祕人物是……？」

署長皺起了眉頭。

「小姐，妳手上有剛才那張紙條嗎？」

珠世一語不發地將紙條遞給署長。署長看了後，發出「哦」的一聲，吊起眉梢，同時很快地把紙條遞給金田一耕助。金田一耕助也很驚訝地皺起了眉頭。

「猿藏先生，你是在哪裡發現這張紙條的？」

「那是被放在小姐的胸口上，用別針固定著。」

「原來如此。署長，這張紙條妥善保管比較好吧。」

「啊，總之先保管起來吧。」

署長一面將紙條收進口袋，一面說：

「那麼，猿藏先生，後來你怎麼做？你應該帶回珠世小姐了吧？」

「嗯，是的。啊，對了，去的時候是划小船，不過回來是開摩托艇。就是佐智那畜生坐的那艘。我心想管他三七二十一，便開那艘摩托艇回來。」

「然後，佐智呢？佐智怎麼了？」

梅子夫人再次尖銳地喊叫。

「佐智啊？那傢伙應該還在那個房間裡吧。我可沒有義務連那傢伙都得帶回家啊。」

猿藏說著說著冷笑了起來。

「被五花大綁……嘴裡還被塞了東西……」

梅子夫人悲傷地哭喊。

「是啊是啊，就是那樣。而且，上半身還赤裸裸地。我連跟他說話都覺得很討厭，才不管那傢伙在那兒拚命掙扎呢。哦，不對不對，其實也不盡然，我要走的時候，還狠狠地賞了他一巴掌呢。哈哈哈……」

梅子夫人此時發瘋似地站起身，拚命吶喊：

「來人吶，去救那孩子……那孩子會凍死的啊。」

過沒多久，摩托艇從那須湖的水門出動了。坐在摩托艇上的是橘署長、金田一耕助、佐智的父親幸吉，以及負責帶路的猿藏。小夜子說什麼也要跟著去，她也一起坐在摩托艇上。

當這行人來到豐畑村的三角洲時，立刻發現猿藏昨天丟棄的那艘小船還漂浮在蘆葦之間。從這點來看，佐智肯定還留在這棟空屋內。

沒錯，佐智的確還在這裡。

一行人在猿藏的引導下進入那個煞風景的房間，便看到了上半身赤裸的佐智。他的嘴裡塞著東西，還被反綁在椅子上，頭則垂得低低的。

「哈哈哈……這傢伙，昏過去了吧！這下總算會得到一點教訓吧。」

猿藏狠狠地臭罵他。幸吉則是快步跑到兒子的身旁，急忙幫他取下塞在嘴中的東西，然後將他的頭扶了起來。

然而，這一瞬間，幸吉發出一聲慘叫，放開了佐智的頭，於是那頭宛如斷了般再度垂下。同時，一行人也看到了佐智的頸部纏繞著奇怪的東西。

那是古琴線。線在佐智的脖子上纏繞了三圈，還深深陷入皮肉，留下令人望而生懼的勒痕。此時，眾人聽到了一聲驚恐的慘叫，有人昏倒在地板上。原來是小夜子。

可憐的小夜子

古琴線，啊啊古琴線——

那須署的人員在接獲通報後立即趕到了現場，在他們慌忙地拍攝案發現場的照片時，金田一耕助則茫然地看著警方人員的辦案工作，然而腦海裡卻正開始強烈思索著一個可怕的問題。

佐武遭殺害後，他的頭部被砍了下來，然後裝在菊花偶人上。當時，耕助由於無法理解其中意義而相當苦惱。然而，如今當他看到第二具屍體的頸上纏繞著古琴線時，腦海裡如閃電般，突然劃過一個可怕的疑念。

古琴與菊花——那不是犬神家的嘉言，同時也是傳家寶「小斧、古琴、菊花」中的其中兩個嗎？這麼說，連續發生的兩起殺人命案和犬神家的嘉言，換句話說，也就是和犬神家的傳家寶有關嗎？有，一定沒錯。如果只是佐武命案中的菊花偶人，或許可以視爲偶然，但既然第二起命案牽涉到古琴，倘若還要視其爲偶然，也只能說那實在太過巧合、太牽強了。

沒錯，這兩起連續殺人命案，肯定和犬神家的嘉言或傳家寶有某些深厚的關聯。同時，這名凶手還特意誇示這一點……當金田一耕助想到這裡，突然產生新的恐懼，使他全身如冰般地冷卻了下來。

小斧、古琴、菊花三項中，既然古琴和菊花都已被使用，那麼小斧是否有天也會被使用？而那將會用在誰身上呢？

這時在金田一耕助的視網膜上，很清楚地浮現出戴著面具的佐清影像……既然菊花用在佐武，而古琴用在佐智身上，剩下的小斧會不會用在剩下的那個人，也就是佐清的身上呢？思考至此，金田一耕助忽然感受到宛如全身都起雞皮疙瘩的恐怖情緒。這是因爲，他同時想到了一個問題：殺害這三人後，最大的受益者是誰？

在橘署長的命令下，好幾名攝影技師從所有可能的角度，拍攝了被捆綁在椅子上的佐智屍體。拍攝工作結束後，警方的特約法醫楠田醫師才慌忙地趕到案發現場。

「橘先生，聽說又有人被殺了？」

「唉，楠田醫師，對不起啊。坦白說，我實在不願意再辦像這樣的案子了……現在就要解開繩子嗎？」

「不，請稍等一下。」

楠田醫師仔細地勘驗被捆綁在椅子上的佐智屍體。結束後──

「好，請把繩子解開吧。照片呢？」

「已經拍完了。川田，解開繩子。」

「啊，請再等等。」

正當刑警準備動作時，金田一耕助慌忙地制止他。

「署長，可以請你把猿藏叫來這裡嗎？因為我想在解開繩索前，再次確認一下。」

被刑警叫過來的猿藏，果然是一副僵硬的表情。

「猿藏先生，慎重起見，我想請教幾個問題。你說，昨天來到這裡時，佐智先生確實被捆綁在這張椅子上，是吧？」

猿藏愁眉苦臉地點了頭。

「當時，佐智先生的確還活著？」

「嗯，是啊……」

「佐智先生當時有說什麼嗎？」

「嗯，他好像是想說些什麼，不過，因為他嘴裡被塞了東西，根本講不出話……」

「而且你當時也根本不想幫他取出嘴裡的東西，是吧？」

猿藏不悅地瞪了耕助一眼，然而很快地移開了視線。

「如果知道會發生這種事，不要說是嘴裡塞的東西，連繩子都會幫他解開……可我當時實在是火冒三丈啊……」

「所以就賞了他一巴掌嗎？」

猿藏又愁眉苦臉地點了個頭。現在，他或許對自己當時的行爲感到相當後悔吧。

「好，這樣我懂了。那麼，你是什麼時候把珠世小姐從這裡帶出去的……？」

「嗯，四點半，或大概快五點的時候。因爲當時四周都已經暗下來了。」

「原來如此。這麼說，從四點半到大約五點左右，佐智先生還活著。你該不會在回去前，順便把他殺了吧……？」

「開、開什麼玩笑。我只打了他一巴掌啊……」

這時猿藏突然生起氣來，一本正經地辯解。金田一耕助則溫和地安撫他。

「那麼，最後再請教一個問題。你離開這兒時，佐智先生確實是這種狀態嗎？繩索的結扣等，也都和現在一樣嗎？」

「嗯……我沒到他旁邊看過，結扣的部分我就不清楚了，不過大概是這個樣子。」

「哦，是嗎？謝謝。好，沒事了，你可以過去那邊。有事再叫你……署長，請過來。」

等猿藏離開後，金田一耕助才轉頭看著橘署長說道：

「在解開繩索前，我想請你先好好看一下。佐智先生的上半身，你看，整個皮膚都布滿擦傷，很明顯是因爲繩索的關係。之所以會形成這麼多擦傷，應該是因爲繩索綁得相當鬆才是，可是請你看看它這個捆綁方式……」

金田一耕助勉強將一根手指塞進捆綁佐智的繩索中。

「連想塞進一根手指頭也這麼難，這繩索是很牢實地捆綁住佐智先生的，根本動也不能動，而且還陷入了皮肉。這到底是怎麼回事呢？」

橘署長詫異地瞪大了眼睛。

「金田一先生，那究竟意味著什麼呢？」

「意味著什麼？……其實我也正在思考這個問題。」

金田一耕助茫然地抓搔著頭髮說道：

「總之，這是件很奇怪的事。這些布滿上半身的擦傷，以及牢實到不行的捆綁……署長，請你好好記住這件事。啊，很抱歉，請解開繩索吧……」

解開後，佐智屍體被抬到驗屍床。當楠田醫師進行驗屍時，一名刑警來到現場。

「署長，有件事……」

「嗯，什麼事？」

「有些東西想請您過目一下。」

「哦。川田，你留在這裡。楠田醫師說不定還有吩咐。還有，楠田醫師……」

「嗯？」

「另一個房間裡有個昏倒的婦女，這邊的工作結束後，請你也過去看看吧。她是犬神家的小夜子小姐……」

金田一耕助也跟在署長後頭一同前往。刑警帶他們去的地方，是位於廚房隔壁、一間浴室的更衣室。一看發現，這個更衣室裡除了有一個土製的炭爐外，還有鍋子、水壺及裝滿半個橘子箱的煤炭。金田一耕助和橘署長目睹這些東西時，都不禁吊起了眉梢。很明顯地，最近一定有某個人在這裡煮過東西。

「署長……」

刑警看著他們兩個人說道：

「佐武命案發生後，我們曾搜查過這棟空屋。因爲我們猜想，那個曾在柏屋過夜，看起來像剛復員回來的士兵，搞不好會藏匿在此處……可是當時並沒有發現這些東西。所以，如果眞有人躲進來，那也一定是在搜查過後的事了。」

「嗯，我懂。」

金田一耕助一副高興的模樣抓搔著鳥窩頭。

「這裡已經搜查過。所以按理講，其實是最安全的藏身處。那傢伙或許是這麼想的。」

「是啊，我也這麼想。只是，這樣一來，表示那傢伙事先已知道我們搜查過這個地方了。可是，那傢伙又爲什麼會知道呢……？」

「就、就是這一點。刑、刑警先生，我最感興趣的就是這一點了……搞不好，警方人員的所有行動，那傢伙全都瞭若指掌喔。」

與金田一耕助愉快的模樣相比，橘署長顯得相當不悅。

「金田一先生，那是什麼意思啊？聽你這麼說，好像曾在這裡待過的便是我們正在搜尋的那個人了。其實還不一定吧，搞不好只是某個流浪漢……」

「嗯，啊，署長，想請您過目的地方不只是這裡……」

刑警打開通往浴室的門，說道：

「請看。藏匿在這裡的傢伙，曾在這個浴室洗過東西。或許他也可以乾脆在這裡煮東西，但如果這麼做，亮光有可能洩漏到外面。廚房也有這種危險性，所以除了更衣室外沒有可以煮東西的地方。這裡的話，外頭絕對看不到。只不過，這間浴室……」

然而，事實上刑警不需要再說明了。在蔬菜屑到處散落的白色瓷磚上，蓋了章似地，有著很明顯清楚的軍鞋腳印。橘署長看到後，不由得發出「嗯……」的低沉聲音。

「當然，雖然那傢伙穿著軍鞋，也不一定是我們要找的人。但如果從前後跡象來判斷……」

「我懂，既然有這些軍鞋腳印，可能性就變大了。西本老弟，將這個鞋印做成模子。」

這時，橘署長轉頭看著金田一耕助，隨後動氣地開始說道：

「這麼說，金田一先生，佐智那傢伙不知道那復員士兵躲在這裡，就把珠世帶進來。於是，那傢伙和佐智起爭執，結果佐智被捆綁在椅子上。藏匿在此的傢伙還打電話給猿藏，通知他珠世在這裡。隨後猿藏趕來，但他只帶回珠世，佐智仍被綁在椅上，放著不管……目前爲止，已知的就是這些了。可是，如此一來，金田一先生……」

署長加強了語氣，繼續道：

「到底是誰殺害了佐智呢？難道在猿藏離開後，那人又折回來將佐智勒死嗎？」

金田一耕助慢條斯理地抓搔著頭。

「署長，其實我也正在思考這個部分啊。那傢伙如果想殺佐智先生，爲什麼不在猿藏來之前動手呢？他肯定知道，一旦叫猿藏過來，這棟房子便會引起注意。也不知道這算幸運還是不幸，猿藏是那樣的人，到今天早上爲止都絕口不提這件事。但躲在這裡的傢伙，應該不可能會在猿藏身上賭運氣吧。那麼，他通知猿藏這個地方後，若再次折回，其實是個很危險的行動。更何況……算了，不管怎麼說，在還未明確得知佐智先生的被害時刻前，是不能隨意做判斷的。」

橘署長一時默默地陷入思考，然而很快就轉頭看著刑警，問道：

「西本，還有其他的嗎……？」

「是的。還有一個，想請您看一下庫房……」

這個庫房在廚房出入門口外不遠的地方，是座兩坪左右的建築物。那塞滿了零碎破爛物品的泥土地板角落，高高堆積著一些還很新鮮的稻草。

當金田一耕助和橘署長看到這些稻草時，都不由得瞪大了雙眼。

「那傢伙在這裡過夜了吧。」

「是啊。因爲現在才剛收割完不久，到處都有稻草堆。如果從每堆分別拔來一點稻草，應該誰都不會發覺。而且，你看……」

說著說著，刑警踏著稻草。

「稻草是這麼厚，搞不好還比那些又硬又薄的粗糙棉被溫暖喔。」

「嗯，有道理。」

橘署長茫然地凝視著這個稻草床鋪。

「這麼說，有人躲藏在此的事實，肯定沒錯了？還是，這些都是故布疑陣……」

「你說『故布疑陣』？」

當聽到刑警驚訝地發問，橘署長突然用生氣的口吻說道：

「金田一先生，事實上昨天這裡到底發生了什麼事，我們可是一點都不知道。的確，我們從珠世和猿藏的口中，聽到了一些可能性很高的證詞。但又有誰能夠保證，他們所說的全都是事實呢？若根據珠世的講法，佐智強迫她嗅聞了麻醉藥，然後將她帶來此處；然而，搞不好事實正好相反，是珠世將佐智引誘到這裡。猿藏說，有個身分不明的人打電話給他，所以才到這裡；這些證詞說不定也是謊言，或許那傢伙是先來埋伏，不是嗎？金田一先生，你也還記得吧，那傢伙手裡有些古琴線，用來當作修補魚網的材料。」

西本刑警愕然地看著署長。

「署長，那麼，您的看法是殘留在此的各種痕跡，全是有人在故弄玄虛？而且，佐智命案其實是珠世和猿藏兩人共謀……」

「不，我不敢如此斷言。我只想說，也有這種可能性而已。還有，那個鞋印也實在太過清晰了，就像是蓋章一樣。不過……嗯，好了，你還是根據自己的想法繼續詳細調查吧。金田一先生，楠田醫師的工作大概也結束了，我們去看看。」

兩人回到二樓後，發現醫師已經不在，只有刑警一人負責看管屍體。

「川田老弟，楠田醫師呢？」

「是，他去看那邊的婦人了……」

「哦，是嗎？那驗屍結果呢？」

「是的，關於這部分，據說要解剖後才會有詳細的報告，不過，概要是這樣的……」

川田刑警邊看著記事簿，邊說道：

「死後所經過的時間，大約是十七到十八個小時左右。因此，從目前的時間倒推，犯案時間在昨晚的八點到九點間。」

聽到是在昨晚的八點到九點左右，橘署長和金田一耕助不由得彼此互望。如果根據猿藏的證詞，他離開這裡時，大概是傍晚的四點半到五點間。這麼說來，姑且不論凶手是誰，佐智在這之後有大約三到四小時的時間，一直被捆綁在椅子上，也還存活著。真是如此嗎？

刑警來回看著兩人，繼續道：

「是的，就是這麼回事。另外，不可思議的還不止這一點，還有纏繞在屍體上的那些古琴線。楠田醫師說，這其實是在被害人死後才纏繞上去的，實際上用來勒死被害人的工具並不是這些古琴線，而應該是更粗的繩索一類。」

「你、你、你說什麼！」

橘署長驚訝到跳起來。這時，宛如回聲般，從前頭房間傳來女性的尖銳慘叫。

金田一耕助和橘署長都嚇了一跳而互看著對方。儘管知道那是小夜子的聲音，然而那慘叫也實在過於悲痛，令人不由得心生憐憫。

小夜子在相隔三間房的一個處所，由猿藏和幸吉照料著她。當金田一耕助和橘署長踏進房的剎那，都不禁茫然地愣在原地。

由猿藏和幸吉從左右兩側抱持著，小夜子的臉已經異於常人。她的眼睛往上吊著，兩頰的肌肉則以令人無法置信的速度不停抽搐著。同時，她還變得非常有力氣，連那強而有力的猿藏都快要被甩開了。

「猿藏，抓牢一點，我要再打一針。再一針應該就沒問題了……」

楠田醫師敏捷地動手注射。小夜子的口中，有兩三次衝出極為痛苦的叫聲。然而藥效似乎發揮了，她慢慢安靜下來，很快便靠在猿藏的胸口如孩童般地睡著。

「實在太可憐了。」

楠田醫師一面收拾著注射器，一面以沉痛的語調低聲說：

「情緒過於激動，變得有點錯亂了。希望這只是一時發作……」

橘署長聽了立即問道：

「楠田醫師，這麼說，你的意思是她有可能發瘋嗎？」

「這很難講啊。她受到的衝擊實在太大了……署長……」

楠田醫師用嚴肅的表情，來回看著橘署長和金田一耕助。

「她已經懷孕了啊。三個月了。」

食指之血

佐智慘遭殺害了——

當發現佐智屍體的消息，電流般地從湖的對岸傳到犬神家時，整個犬神家彷彿被電到麻痺，呈現恐慌狀態。當然，受到最大衝擊的就是佐智的母親梅子了。這是毋庸置疑的。

昨晚起，梅子便因極度的不安與擔憂而使老毛病——歇斯底里症——有愈來愈嚴重的傾向，這會兒又傳來這個壞消息，終於完全爆發了。據說她由於過度的悲嘆與憤慨，竟然對前來報訊的吉井刑警，脫口而出有失體統的話語。以一個失去兒子的母親而言，這雖然算是自然反應，只不過，當聽到佐智橫死消息的那一剎那，她叫喊出的這些話，卻無法聽過就算了。

「畜生！畜生！松子這傢伙！人是她殺的啊。是那女人殺死佐智的。刑警先生，請把那女人抓起來。請逮捕松子，然後判她死刑。不不不，光是普通的死刑不夠。請把她倒吊起來，撕個碎爛，用火刑處決，我還要把她的頭髮一根根地拔下來！」

梅子如惡鬼般狂吼亂叫，然而在羅列其他種種可怕刑罰後，沒隔多久終於潸然淚下。之後，據說在傷心哭泣中，她的心情稍微鎮靜下來，於是抽抽搭搭地向吉井刑警泣訴以下的話：

「刑警先生，應該也聽說過先父的遺書內容吧。如果沒有那封遺書，松子的兒子佐清就會名正言順地成爲犬神家繼承人。松子早有心理準備，一旦這成爲事實，她要成爲佐清的後盾，並像皇太后一樣地作威作福。可是結果呢？還多虧父親的那封遺書，讓松子的如意算盤完全落空。這是因爲，如果想成爲犬神家繼承人，必須和珠世結爲夫妻。可是，她的兒子佐清，整張臉歪七扭八，鼻子還像石榴一樣破裂，露出噁心的紅色肉塊……啊啊，實在令人作嘔，每次想起來都害怕。即使珠世是個有著特殊癖好的女人，大家也從一開始就知道，佐清肯定會輸掉這場競爭。所以，松子非常不甘心，先殺了佐武，接著再殺害我們家的佐智。

如此，珠世再怎麼不願意，也一定會和那個怪物結爲夫妻。如果珠世不答應，便會失去繼承權，這麼一來，佐清就可以獨占犬神家的所有財產了。啊啊，壞蛋，壞蛋，松子這個大壞蛋！刑警先生，請把那女人抓起來，把松子那傢伙抓起來啊。」

梅子愈說愈激動，然而這時，吉井刑警突然想起似地，向她報告佐智的死因是勒斃，但凶手之後不知爲何，還在死者的脖子上纏繞了古琴線。梅子聽到這些話時大吃了一驚，還睜大了眼睛。然後——

「你說古琴線嗎？」

她的眼神中顯露出不知所措。

「被古琴線勒死的嗎？」

還茫然地如此問道。

「不，不是這樣。勒死被害人的，好像是種更粗的繩索一類。我的意思是，凶手後來還在佐智先生的脖子上纏繞了古琴線。凶手究竟爲什麼要做這樣的事，署長也相當詫異。」

「古琴線。」

梅子細聲慢慢說道。之後，再次——

「古琴線……古琴……」

她在嘴裡重複了好幾次同樣的詞，然而很快地，或許是聯想到什麼，表情忽然一變。

「啊啊……古琴！菊花！」

她氣喘吁吁地叫喊著，然而，隨即陷入沉默。

從豐畑村傳來這個消息，受到僅次於梅子衝擊的，不用說就是小夜子的母親竹子。只不過，她之所以受到衝擊，並不是佐智的緣故。佐智遇害的這件事，沒有帶給她任何感慨。反倒是和自己的命運相比較，說不定還有些幸災樂禍。

然而，竹子從吉井刑警的口中，得知小夜子發瘋及懷孕的事後，也像梅子一樣歇斯底里起來，說出一些失禮的話。但更令人驚訝的是，她說的內容竟然和梅子完全相同。

竹子也把姊姊松子視為凶手。竹子吼叫著：松子為了讓自己的兒子佐清成為繼承人，將佐武和佐智都殺害了。而且，更耐人尋味的是，她對吉井刑警那關於古琴線的報告，也表現出和梅子全然一致的反應。

「古琴線……你說古琴線？」

一開始竹子只是歪斜著頭，一副詫異的模樣，然而很快地好像聯想到了什麼，突然大大地吸了口氣。

「啊啊，古琴！」

她的眼中顯露出了驚懼之色。

「然後，再之前是菊花！」

她喘著氣喊道，然而隨後就默默陷入沉思。接著，不論刑警和她的丈夫寅之助如何好言相勸，如何拚命追問，她還是不做任何回應。不久，她臉色蒼白地站了起來。

「我去和梅子商量一下……我想這應該不太可能，但還是覺得很可怕……商量過後，或許會告訴你們。」

她如此說道，然後以鬼魂般的步伐，搖搖晃晃地走出了大廳。

聽了從豐畑村傳回來的這則消息，最無動於衷的，當然便是佐清的母親松子了。

最後，當吉井刑警到松子夫人的房間時，她正在古琴老師宮川香琴的面前練彈。宮川香琴女士在佐武命案發生當時湊巧待在那須，之後前往伊那，輪番造訪於眾多弟子的家之間，直到昨天才又回到那須的住宿旅館。

當戴面具的佐清發現刑警進房，便從房間走出，一言不發在母親和香琴女士間坐下。刑警認為香琴老師遲早會知情，所以不在意她也在場，直接告知松子，佐智已慘遭殺害及小夜子發瘋的事。然而，松子聽了後，連一根眉毛也沒動，毫無反應。不，不要說動一下眉毛，她根本毫不在乎地繼續彈著古琴。她表現的態度實在非常頑強，同時也令人惱火。

聽完刑警的報告，最震驚的反倒是香琴老師。她在刑警進房後，理所當然地馬上停止彈琴，恭謹地坐在一旁。聽了刑警的話，她害怕地瞪大那幾乎看不見的眼睛，纖細的肩膀顫抖著，深深嘆氣。

至於，佐清是何種表情，由於他戴著面具，還是一樣無從得知。他那張白色的面具，一副與我無關的模樣，安靜到令人毛骨悚然。

之後有段時間，房裡充斥著尷尬的沉默。松子夫人仍舊泰然自若彈琴。恐怕她早知道兩個妹妹用怎樣的眼光看待自己。或許她就是爲了推開這種氣氛，才故意虛張聲勢吧。

然而，松子夫人的逞強氣勢，很快地垮下。就在刑警針對纏繞於佐智脖子上的古琴線做說明的時候。

「所以，署長也覺得很不可思議。如果是用古琴線勒死便另當別論，但並非如此。既然用別種繩索犯案，爲什麼還要纏上古琴線呢？讓人錯覺是用古琴線勒死被害人……」

松子夫人彈琴的手愈來愈不穩定了。顯然，她已開始被刑警的話影響。只不過，她依然沒有停止彈琴。

「所以，凶手啊……」

刑警接著說道：

「有某種特別的理由，要讓眾人的注意力集中到古琴線上……此外沒有其他解釋。古琴線……或許是指古琴。另外，先前佐武先生的命案，不是利用了菊花偶人嗎？菊花偶人……換句話說，就是菊花。這次是古琴。古琴和菊花……小斧、古琴、菊花……」

瞬間，松子夫人的指尖撥弄出「喀隆鏘」的尖銳聲，同時，古琴線其中一根斷掉了。

「啊！」

松子夫人和香琴老師幾乎同時發出叫聲。香琴老師吃了一驚似地半撐起身，松子夫人則趕忙將套在右手上的琴爪取下。一看發現似乎在琴線斷掉時，右手指因而受傷。食指內側滴滴答答地流下了鮮血。

松子夫人從衣袖中拿出手帕，纏繞在手指上。

「哎呀，您受傷了？」刑警問道。

「嗯，剛剛琴線斷掉的時候……」

香琴老師還是保持著起了半身的姿勢，而且呼吸非常急促。當她聽見松子夫人這句話後，很詫異地皺起眉頭。

「剛剛琴線斷掉的時候？」

還自言自語地輕聲說道。

霎時，刑警看見松子夫人的眼中散發出非比尋常的光芒。那好比殺氣，是充滿強烈憎恨的目光。只不過，出現的時間極爲短暫，很快回復原先的冷淡。因此，刑警完全無法判斷出，她爲何會浮現那般激烈的神色？那股憎恨又是朝向何人？

眼睛幾乎看不見的香琴老師，當然沒有發覺這件事，她依然維持著先前的姿勢，手還放在胸口上，試著要使自己鎭靜。另一方面，在她身旁的佐清，則閒得發慌地坐著。不知爲何，當剛才香琴老師「啊」的叫一聲撐起半身時，佐清反射性地衝到她身旁，一副要抱住她的姿勢。

松子夫人則詫異地緊盯著這兩人的動作，然而很快將目光轉向吉井刑警。

「你說的是眞的嗎？佐智的脖子上纏繞著古琴線？」

「啊，我想，先失陪了。」

香琴老師突然冒出這句話，接著慌張地站了起來。或許是聽到了剛才刑警的報告而受到驚嚇，她的氣色非常不好，連腳步也不太穩定。

「啊，既然如此，讓我送您到那兒吧。」

佐清也緊接著站起身。香琴老師似乎吃了一驚，瞪大了那幾乎看不到的眼睛。

「哎呀，這怎麼好呢，少爺。」

「沒關係。路上很危險，讓我送您到那裡吧。」

他體貼地握住香琴老師的手，這讓她也不好拒絕了。

「對不起，這麼麻煩你。那麼，夫人，我先失陪。」

松子夫人歪著頭，詫異地目送著這兩人，不過很快便將頭轉向刑警這邊。

「刑警先生，你剛才說的都是眞的嗎？佐智的脖子上纏繞著古琴線？」

她又重複問了相同的問題。

「是眞的啊。針對這個部分，夫人是不是能提供什麼線索啊？」

松子夫人靜靜思考一段時間，然而，之後當她抬起頭時，卻是一副中邪般的眼神。

「嗯……嗯……有是有，不過……我那兩個妹妹就這點，有沒有對你說什麼？」

「嗯，那兩位夫人看起來，好像也聯想到了什麼，不過都沒有明確地告訴我。」

這時，剛送走香琴老師的佐清回來了。然而，他並沒有回到原位，只默默地向兩人鞠躬，隨即回到後面房間。此時，不知爲何，松子夫人的肩膀突然打個冷顫。彷彿經過她身旁的佐清，吹出了寒冷的風。

「夫人，如果您想到什麼，是不是可以說出來？我想，這個部分還是明確地說出來會比較好……」

「嗯，嗯……」

松子夫人的眼神還是像中了邪般，不知道究竟注視著何處。然而，她卻開始說話：

「這件事要不要說，不是我一人就能做主。那是非常不可思議，令人難以置信的事，所以我必須先和妹妹們商量，最快也要等署長先生來了後才能……」

接著松子夫人按了鈴喚來女傭，命令她通知古館律師即刻前來。隨後無語地陷入沉思。

橘署長和金田一耕助大約兩個小時後，才從豐畑村趕回犬神家。

7 CHAPTER — 第七章

啊，慘不忍睹！

打通兩個房間，十二張榻榻米大的犬神家內廳，正面的原木壇上依然擺飾著已故犬神佐兵衛老先生的端麗遺像。其上的面容雖然年事已高，卻仍殘留些許昔日的俊美風貌。

聚集在這幅遺像前的犬神家一族，今天又欠缺了兩名男女。最近每當在這個內廳裡集會時，就像掉牙齒般，犬神家的重要人物一個接著一個減少了。被擺飾在正面原木壇上的佐兵衛老先生遺像將這一切看在眼底時，會作何感想呢？

先前少了佐武，今天則是少了佐智和小夜子。小夜子可能是因爲受到可怕的衝擊一時精神錯亂，或許有天會再恢復正常。然而，這時躺在那須醫院深處的手術臺上，接受楠田院長解剖驗屍的佐智，卻不可能再次出席犬神家的家族會議了。

如此一來，承襲佐兵衛老先生血統的男性，除了那不知去向的青沼靜馬外，只剩佐清一人。那個佐清現在依舊戴著白色橡膠面具默默地坐在那裡，像一潭深山中不爲人知的古沼澤，寂靜到令人毛骨悚然。如同一尊沒有血肉的冰冷塑像。

佐清的身旁坐著松子夫人。

接著，離這兩人有些許距離的地方，坐著竹子和丈夫寅之助。

這對夫婦再過去一點的位置，是眼睛哭得紅腫的梅子和夫婿幸吉。

犬神家一族現在僅剩以上這些人了。不用說，會場中還有個珠世，坐在離這些人稍遠處。由於從昨天開始就受到接二連三的衝擊，珠世顯得有點憔悴，但她那輝耀燦爛的美，卻絲毫沒有受到損傷。不不，應該說她那無比莊嚴的美，如同取之不盡、用之不竭的泉水般沒有極限，令人百看不厭。今天很特別地，猿藏跟在珠世的身旁守護著。

再更遠離這些人的地方，則是剛從豐畑村趕來的橘署長和金田一耕助，以及被松子夫人叫來的古館律師。另外，早一步從豐畑村帶回壞消息的吉井刑警也站在一旁待命。由於馬上要揭開神祕的面紗了，每個人似乎都非常緊張，臉上皆是彷彿快喘不過氣的表情。

現在的內廳非常寧靜，連分放四處的火盆中的炭火爆裂聲也聽得到。這樣的寧靜和清冽的菊花香氣，使內廳裡充滿難以筆墨的陰森氣氛。

現場瀰漫著令人喘不過氣的沉默——而打破這個沉默，首先開口說話的是松子夫人。

「那麼，由我來回答那個疑問。竹子，梅子，可以說出一切吧？」

她還是平日般的頑強口氣。被松子夫人這樣叮問，竹子和梅子事到如今卻仍懼怕地彼此對望，然而她們似乎也了解已別無他法，便眼神黯淡地點了頭。

「這件事是我們的祕密，至今從未告訴過任何人。不，應該說，如果可能，這輩子不想告訴任何人；而且事實上，我們三人也互相立誓，絕對不能洩漏這個祕密。不過，事情都到了這種地步，已無法再繼續隱瞞。竹子和梅子也說，倘若讓警方替兒子報仇，就非得把這件事全盤托出不可，那也沒辦法。還有，聽了這件事後，不管各位對我們有什麼觀感，那也無可奈何的事。每個人都有各自立場。只要是人，都會想要確保自己的幸福，更何況身為一個母親，不僅要爲自己，也必須爲孩子的幸福奮鬥。哪怕遭受他人指責是慘無人道。」

松子夫人說到這裡，稍微停頓了下，隨後用禿鷹般的銳利眼神，狠狠瞪視在場所有人一周。稍做休息後，她又繼續講述：

「這件事發生於佐清出生前後，大概要回溯到三十年前。當時，先父犬神佐兵衛正寵愛著一名叫青沼菊乃的下賤女人，我想各位都聽說過。菊乃當時是先父經營的紡織工廠裡的女工，年紀約是十八、九歲吧。她並不貌美，也沒有什麼特別的才華，不過是個溫順平凡的女子罷了。然而，不知道她到底是如何操弄先父的，總之自從和她交往後，可說是種所謂的『遲暮之愛』吧，先父對她迷戀的程度，看在旁人的眼裡，會覺得很可恥、下流。當時先父的年紀是五十二、三左右，犬神家的事業基礎也終於穩固下來，在日本提到犬神佐兵衛，都會認定他是一流企業家；但他被一個年僅十八、九歲，而且還是在自己的工廠工作，身分低下的卑賤女工迷得神魂顚倒。唉，眞沒有比這種事，更損犬神家顏面了。」

松子夫人當時的那股怒氣似乎又湧上來了，聲音也開始顫抖。

「那時先父似乎也顧慮到我們感受，並沒有明目張膽地把那女人帶回家，而是在郊區買了棟合適的房子讓她住。剛開始先父會避人耳目，但實際上還是經常到那兒。後來臉皮就愈來愈厚，最後整天都泡在那裡了。當時我們一家人究竟多沒面子，各位可以想像一下。」

松子夫人愈說愈激動。

「如果他只是隨處可見的那種所謂有錢退休老人返老還童，或許還說得過去，也不值得讓世間的人們說三道四。但這件事大不相同，他可是被稱爲信州財界的巨頭，長野縣的代表人物，甚至被尊稱爲那須町之父的犬神佐兵衛啊。這樣一個人物的傷風敗俗行爲，當時受到世人強烈的責難。而且，有道是：『樹大招風』，先父在事業上愈有成就，政治或商場上的敵人也愈多，這些人似乎覺得這是個大好時機，拚命在報紙上寫相關的報導文章。還有，不知道是誰做了首怪異又淫穢的打油詩，讓它流行了起來。現在若想起那時的情景，仍然會覺得相當羞恥，先父眞是讓我們太丟臉了。然而，光是這樣不算什麼，被人在背後指指點點也不是什麼無法忍耐的事。問題出在之後，我又聽到了一件無法置之不理的謠傳。」

很會記恨的松子夫人，至今仍無法忘記當時的那股怒氣，嘎吱嘎吱地咬牙切齒說道：

「坊間謠傳，由於菊乃懷孕了，佐兵衛好像打算將那女人正式娶進門，然後把我們趕出去。啊啊，聽到這則謠傳，我有多麼憤怒，各位可以想見。不不，其實那不止是我一人的憤怒，我還從母親那裡承襲一股怨恨和憤懣。而且，竹子和梅子的心裡也充滿著相同情緒。」

松子夫人轉頭看了下竹子和梅子，兩人都點頭表示同意。如果光就這件事，這三個異母姊妹的意見總是很合得來。

「相信各位大概都有所耳聞，我們是同父異母的姊妹。而且，三個母親一輩子都只能是姨太太，都沒有成爲父親的正式妻子；面對這樣的事實，眞不知她們究竟有多不甘心，又有多麼遺憾。雖然發生菊乃的事時，我們那三位母親都已不在人世，我卻還清楚記得先父對待她們的方式，那簡直不像在對待人類。各位一定很好奇，爲什麼這棟宅第裡到處都有離房；這些其實都是當時畜生般的先父那種生活的遺痕。先父在三個離房分別飼養了女人。沒錯，他那種對待方式，除了用『飼養』沒有其他適合的用語。先父對這三個女人沒有任何感情，只是用來當作滿足男人一時欲念的工具罷了。不不，說得更貼切一點，不要提懷有感情，事實上先父內心根本就瞧不起她們。因此，當這三個女人如同普通人般，接受先父的情欲而懷孕生下我們後，據說他都表現出非常不愉快的樣子。對先父而言，我們的母親只需乖乖聽話，生孩子是多餘的。所以，他對我們是如何冷淡，各位應該可以想像得到吧。」

松子夫人的聲音由於憤怒而顫抖。她那些激動的話語，不知何時起，如火燒般愈來愈熱。竹子和梅子的雙頰也變得很僵硬，邊聽邊頻頻點頭。

「先父之所以養育我們，是因爲我們和貓狗不同，既不能拋棄，也無法搗碎。大概只是基於這樣的理由罷了。先父是在無可奈何的情況下勉強扶養我們。先父看待我們，沒有絲毫父女之情。現在，先父竟然還對一個不知道什麼來歷、乳臭未乾的小姑娘迷戀不已。甚至還想把我們趕出去，將她帶進家裡，正式迎娶她爲妻子……這就不能怪我的憤怒爆發了。」

此時，金田一耕助的腋下不禁冒出冷汗。這裡談到的父女糾葛和怨恨，實在非比尋常。

不過，話說回來——金田一耕助如此思考——爲何犬神佐兵衛老先生對三名側室，及側室所生的女兒們會那麼冷淡呢？是不是佐兵衛老先生的性格有人性上的重大缺陷呢？

不不，如果根據《犬神佐兵衛傳》的記載，犬神佐兵衛是個人情敦厚、容易為情所動的人。以一個事業如此有成的人來說，算是非常少見的。當然，這些記載免不了誇張和歪曲的事實；然而，實際上耕助來到那須後，偶爾聽到的傳聞內容，卻和《犬神佐兵衛傳》中的相同。那須市民至今仍敬仰著佐兵衛老先生，如同景仰一位慈父。然而，為何佐兵衛老先生只對女兒和側室那般冷酷呢？——這時，金田一耕助突然想起先前從大山神官那裡聽來，有關佐兵衛年輕時期的醜聞，即珠世的祖父野野宮大貳和年輕時的佐兵衛之間曾有過同性愛。難道這段過去，造成了他對待側室和女兒態度上的重大影響？換句話說，由於在人生的最初階段有過同性愛的經驗，而影響了佐兵衛老先生日後的性生活，進而導致他對側室和女兒們，無法抱持一般人自然會有的基本感情？然而，單憑這個理由，還是無法充分解釋佐兵衛老先生對側室和女兒的那種異常冷酷態度。還有別的原因，一定還有更不尋常的原因存在。只不過，那到底是什麼呢？

然而，由於松子夫人又開始說話，使得金田一耕助的冥想不得不在這裡中斷。

松子夫人繼續談道：

「當時，我之所以懷著滿腔的憤怒，還有另一個理由。那時，我已經結婚，而且在那年的春天剛生下孩子，也就是在場的佐清。雖說先父絕不會將戶主的地位讓給我丈夫，但佐清確確實實是父親的嫡孫，所以大家都說，將來這孩子會繼承犬神家，我也一直爲此感到高興。可是，如果菊乃正式成爲父親的妻子，而且又生了男孩，那孩子便是先父的嫡子，犬神家所有財產也必須由他繼承。這更加深了我的憤怒。從母親那裡繼承的怨恨，以及爲了自己孩子而產生的憤懣，使我的身心都燃燒著怒火。而且，事實上竹子和梅子也有著相同的不滿。竹子當時已和寅之助結婚，同時也有了懷孕的跡象。梅子雖然還未婚，卻已和幸吉文定，預定隔年春天就要舉行婚禮。我們都必須爲了已出生或是將來出生的孩子奮鬥。於是，有一天，我們便齊聚闖進菊乃這賤人的妾宅，狠狠地臭罵了父親和菊乃一頓。」

此時，松子夫人的嘴唇扭曲得相當厲害，話語也愈來愈激烈。金田一耕助又感受到腋下冒出無比噁心的黏糊汗水。橘署長和古館律師則是皺著眉頭互看對方。

「告訴各位這些事，你們一定會認爲我們是不愼言行且卑鄙下流的女人吧。可是，我們已經不在乎他人會怎麼想了。這便是身爲一個母親的不得已之處，何況還有著經年累月的怨恨。狠狠臭罵了父親後，末了我還撂下一句話：如果你還是打算迎娶這女人爲正室，我也有覺悟。我會在這女人生下小孩前，先殺了你們，然後再自我了斷。這麼一來，犬神家的財產就會全部歸在佐清名下。即使佐清會背負母親是殺人凶手的污名……」

松子夫人在此稍做停頓，嘴角泛著極不尋常的微笑，同時還用駭人目光環視在場的人。這幕使得金田一耕助心驚肉跳，他和橘署長及古館律師互望了望彼此。如此的骨肉憎恨與父女相爭實在太可怕、太恐怖了。金田一耕助不禁坐立不安起來，彷彿坐墊裡跑出了針。

松子夫人接著說道：

「聽到我這番狠話，似乎連先父也感到害怕了。他一定認爲我是極有可能做出那種事的女人吧。於是，將菊乃正式娶進門的計畫就消失無蹤了。事實上，感到害怕的不只是先父。身爲一個女人，菊乃應該感受到了更大的恐懼。她嚇得幾乎魂不守舍。不久，她終於受不了，便不管逼近的產期，挺著大肚子逃離了妾宅，不知去向。聽到這個消息時，我們才鬆了口氣，一起大聲稱快，哪會知道其實已被先父搶先下手了。」

松子夫人說到這裡，再次以銳利的眼神環視了在場所有人。

「我想各位都知道，犬神家有小斧、古琴和菊花三項家寶。而且，各位也應該明瞭這些家寶對犬神家而言有什麼意義……菊乃失蹤後，我們從犬神奉公會的幹部那裡聽到一件消息——家寶全都不見了。而且，似乎是先父將它們交給了菊乃。啊啊，我當時眞是憤怒至極……由於實在太憤怒，差點喘不過氣。這時，我下定決心。既然對方要這種把戲，我也用不著客氣。事情都到這種地步，只好採取非常手段……首先，我們必須要做的是，翻天覆地也要找出菊乃的藏身之處；然後，奪回小斧、古琴和菊花三項家寶。於是，我們僱用很多人力找尋菊乃住處。事實上在這種鄉下，很難完全隱藏自己行蹤，我們很快查出菊乃躲藏在伊那一戶農家的離房裡。而且，還知道她約在兩週前平安產下了一個男孩。這麼一來，我們就須加快行動了。因此，有天晚上，我們三人便一起前往伊那的那戶農家突襲菊乃。」

說到這裡，果然松子夫人也開始有些吞吞吐吐。而竹子和梅子似乎也想起當時自己所做的壞事，她們的肩膀微微顫抖著。而在場的其他人，則屏息專注地聽著松子夫人的話。

「那是一個彷彿連月光都要凍結，非常寒冷的夜晚。霜降滿地，如同雪般發亮。我們拿了一些錢給借菊乃房間住的農家主人，命令他們全家暫時離開屋子。犬神家的威令在伊那地方也行得通，只要是我們家的命令，沒有人敢不服從。就這樣，我們在這家人離開後，沿著走廊進入離房，發現菊乃繫著窄腰帶，正躺在嬰兒的身旁餵奶。當她見到我們，整張臉瞬間成了恐怖的化身。然而，她立刻就地拿起水壺，朝我們丟過來。水壺飛撞到柱子，整個都粉碎了，熱水嘩的從我們頭頂灑下。她這個舉動反倒惹火了我們。菊乃抱著嬰兒準備從緣廊逃出時，我朝菊乃的背後撲了過去，抓住那條窄腰帶。但窄腰帶卻鬆掉了，菊乃便以沒有繫腰帶的狀態，跳下緣廊。接著，在我抓到她的後頸部時，梅子把嬰兒搶了過來。爲了爭回嬰兒，經過一番纏鬥後，菊乃原本穿的簡便和服脫落，全身赤裸，只剩一條內褲。我抓住她的頭髮，將她拉倒在霜地上，隨手拿起竹掃帚拚命地打她。菊乃的白色肌膚上，浮現無數的紅痕，還滲出了鮮血。竹子則從井裡打來好幾桶水，狠狠澆在她的身上……」

儘管松子夫人正在描述一個相當淒慘恐怖的情景，她的臉卻無動於衷。她彷彿戴著能面，毫無表情。而她的聲音，像已把這段話背起來，沒有任何抑揚頓挫。這使她講的恐怖事實，更有逼眞鮮明的感覺。金田一耕助感受到迫近身體的陰森之氣，肩膀不由得顫抖。

「到那時爲止，我們之間幾乎沒有交談，然而不久菊乃便開始哭喊。她說：『妳們到底打算對我怎麼樣啊！』我答道：『這還用得著我說嗎？還要裝蒜啊？我們是來拿回小斧、古琴和菊花的。來，快拿出來！』可是，菊乃這女人意外的頑強，沒那麼簡單就聽從我們的要求。說什麼那是老爺要送孩子的，不能還給妳們。於是我又拿起竹掃帚，毒打了她一頓。竹子也汲來好幾桶水澆在她身上。菊乃痛苦得在霜上打滾，拚命叫喊，還是不答應交出東西。這時，抱著嬰兒站在緣廊上的梅子開口道：『姊姊，用不著動粗，應該有更簡單的方法讓那女人點頭吧。』說著說著，扒開嬰兒的衣服，在露出的屁股貼上烤得炙熱的火筷子。這樣一來，嬰兒便像著火似地放聲大哭。」

聽到這裡，金田一耕助突然一陣反胃，彷彿有股莫名的厭惡感堆積在胸口上。而橘署長、古館律師和吉井刑警的額頭上，都冒出了黏糊的汗水。連那個猿藏也露出了懼怕的表情。然而，唯有珠世的神情毫無改變。她那端莊美麗的臉龐還是沒有絲毫動搖。

松子夫人說到這裡，嘴角泛起了微笑。

「可以說幾乎每次都是如此，梅子啊，是我們三人中的智多星。她總是最心狠手辣。在梅子強而有力的這一擊下，果然連那頑強的菊乃也不得不認輸。她發狂似地哭著，最後還是交還了小斧、古琴和菊花三項家寶。這些家寶藏在壁櫥的頂棚後方。拿回家寶後，我心滿意足地準備回家，竹子卻還這麼說道：『我說菊乃小姐，眞看不出來妳這女人還挺大膽的。在紡織工廠工作時，妳就有個要好的男友，還互相有了約定，之後關係也一直持續著，這我可是清楚得很。還有，這孩子其實也是那男人的。妳竟然還不知羞恥地說這是我父親的孩子。來來，簽上一張聲明書吧，聲明這不是犬神佐兵衛的孩子，而是妳那男友的。』這時，菊乃當然死命否認與辯解。可是，因爲梅子又在嬰兒的屁股貼上烤熱的火筷子，菊乃只好邊哭邊寫。接著，我對菊乃說：『如果想報案就儘管去。我們大概會被逮捕，然後到監獄服刑吧。可是，絕不可能會被判處死刑或無期徒刑，所以，等我們出獄後會再來找妳算帳。』竹子也說：『菊乃小姐，以後最好不要再出現在我父親面前，或是寫信什麼的比較好喔。我們僱用了很多偵探，再怎麼祕密進行都會馬上曝光。讓我們發現，可是會再來的。』最後，梅子還邊笑邊如此說：『今晚發生的事，如果再來個兩、三次，這孩子肯定必死無疑吧，呵呵呵……』我當時認爲，都把話說得這麼清楚了，這女人應該不會再回到父親身邊了。但當我們安心地要打道回府時，原本抱著嬰兒，泣不成聲的菊乃突然抬起頭，脫口說出了以下的話……」

松子夫人稍稍歇息，她以銳利的眼光環視眾人後，突然用激動的口吻道：

「她說：『啊啊，妳們這些女人實在太狠毒。這樣還能逍遙法外的話，老天爺也太沒長眼了。好，就算老天爺見死不救，我也不會放過妳們。遲早我一定會報仇。小斧、古琴、菊花……呵呵呵，它的同音義是聽聞喜事嗎？不，不，我絕不會讓妳們只聽聞喜事。很快地，這小斧、古琴、菊花便會報應在妳們身上。給我好好記住，小斧是妳，古琴是妳，還有菊花就是妳了。』……這時的菊乃披頭散髮，嘴角還流著血，模樣相當恐怖。說了這些話後，還發瘋似地邊咬牙切齒邊依序指著我們。不過，我倒忘了誰是小斧，誰是古琴，而誰又是菊花了……」

松子夫人說到這裡，就閉上了嘴巴不再言語。

她身旁那個戴面具的佐清，此時像瘧疾患者般，身體不停顫動著……

珠世的身世

松子夫人的話說完了，然而一時之間，沒有任何人開口。或許是聽完夫人講的這段淒慘故事後，由於那令人不快的餘味而心生動搖，大家都一副坐立不安的模樣，以不自然的表情互相看著彼此。不久，橘署長把身體往前一靠，問道：

「嗯，原來如此。這麼說，您的意思是，這件命案的凶手就是那個叫菊乃的婦人了？」

「不，我可不記得我這麼說過。」

松子夫人仍然以頑強的口吻回答：

「只是因爲你提到，這件命案似乎和小斧、古琴、菊花有關，若眞是如此，應該沒有比這更值得參考的事了，所以才告訴各位。我不知道是否眞值得參考，不過，這應該屬於各位的職責吧。」

她很壞心眼地說。橘署長轉向古館律師，問道：

「古館先生，目前爲止還是沒有菊乃母子的消息嗎……？」

「嗯，這部分啊……其實即使今天夫人沒打電話找我，我原本也打算要過來一趟。」

「哦，是不是有什麼線索了？」

「可以算是有，不過也不算有……如果光這一點線索，是派不上什麼用場的……」

古館律師從提包中拿出一些資料。

「原本，青沼菊乃這個婦人，從小就跟孤兒沒什麼兩樣，幾乎沒有任何可以依靠的親戚。也因爲這樣，我們的調查工作很辛苦。不過，關於這部分，倒發現了相當有趣的事實。其實，菊乃是珠世小姐的祖母晴世夫人——換句話說，就是佐兵衛老先生畢生恩人大貳先生的太太——表妹的女兒啊。」

在場所有人都不由得彼此互望。

「這麼一來，便不難理解，何以佐兵衛老先生會那麼深深寵愛菊乃夫人了。讀過《犬神佐兵衛傳》自然會明白，佐兵衛老先生對晴世夫人，如同對自己的母親或姊姊一樣敬慕，簡直像崇拜神明。而菊乃還是晴世夫人所有親戚中，唯一健在的人。佐兵衛老先生對她寵愛有加，還要讓她所生的孩子繼承戶主權，當中或許有著報恩的意味吧。」

松子夫人和竹子、梅子三人，互相看著彼此那充滿壞心眼的表情。松子夫人的嘴角，還浮現冷冷的微笑，恐怕是意味著：「哼！怎麼可能讓你們得逞！」

「好，那麼這部分先談到這裡，接下來要向各位報告菊乃夫人後來的消息。菊乃夫人那晚受到三位的恐嚇後，似乎相當恐懼，便抱著孩子靜馬——這名字好像是佐兵衛老先生取的——隱身匿跡離開伊那，投靠住在富山市的遠親。她像是下定決心，不再回到佐兵衛老先生身邊，甚至沒有寄信。她在遠親那裡和靜馬一起生活了一段時間後，於靜馬三歲那年，將他寄養在親戚家，自己嫁到別處。至於嫁到什麼地方，這部分還沒有查明。因爲，這已經是二十幾年前的事，而且那名親戚全家都在富山市遭遇空襲時罹難了。更糟的是，那親戚沒有半個其他親屬，結果菊乃夫人的消息就這麼斷絕了。唉，這些人的命運好像都不太好啊。」

古館律師嘆了口氣，說道：

「那麼，靜馬的部分，以前住在他家附近的人還記得他。靜馬後來入了那名親戚的戶籍，所以現在已不姓青沼，而是姓津田。雖然津田家相當貧窮，不過夫婦倆都是熱心的人，而且也沒有孩子，便領養了靜馬，把他當親生般看待。而且，菊乃夫人離開佐兵衛老先生時，除了小斧、古琴和菊花外，似乎還帶了相當多現金，她將其中一部分當作養育費留給這對夫婦。所以，靜馬也受了教育，直到中學畢業。接著，他好像到某地工作，可是在二十一歲那年被軍隊徵召了。其後，據說又歷經了兩三次退伍和再度入伍。在昭和十九年的春或夏時，又受到徵召，前往金澤。再來就下落不明了。目前爲止，針對靜馬已經查明的部分只到這裡，其他全是些不著邊際的線索。」

「那麼……」

直到這時，金田一耕助才首次開口。

「他是被從金澤派遣到哪裡呢？單是這點，應該可以查到吧？」

「不，這部分也還不清楚。」

古館律師表情黯淡地回答：

「這是由於戰爭剛結束時，全國一片混亂，你也知道。一些相關資料被弄得亂七八糟，所以根本不知道哪個部隊被派遣到哪裡了。其他部隊慢慢地出現一些復員回來的人，就算還未復員，也大多可以掌握到消息。可是，只有靜馬所屬的部隊，連一個復員士兵都沒有。所以有人猜測，會不會是在運輸的路途上，船被炮彈擊中，士兵全部葬身海底。因爲，當時海上航運的狀態其實還是相當危險。」

金田一耕助聽了這段說明，便陷入難言的慘澹情緒。唉，如果這些都是事實，那靜馬這名青年也眞是太生不逢時、太不幸了。對自己的身世無法主張自身存在和權利的他，在人生的最後階段，竟然也無法查明是在何處、何時過世。他彷彿在黑暗中出生，然後又消失於黑暗——靜馬的一生，就像場虛幻的夢啊！此時的金田一耕助，油然起了惻隱之情。

「另外，今後我們也還會繼續調查下去，菊乃夫人的部分或許還很難說，但靜馬的部分，我想幾乎已經絕望了。不過，我當然會祈禱不要有這樣的事。」

古館律師說完後，將資料收進了提包。

此時，整個內廳裡寂靜無聲。沒有任何人開口說話。每個人都若有所思，茫然地凝視著自己的前方。

打破這個沉默的是橘署長。他很不自然地清了下喉嚨。

「好。」

他轉頭面向犬神家一族這邊。

「從剛才的這段話中，我們理解到小斧、古琴、菊花和這幾起殺人命案間的關係，接著把話題轉回昨晚的命案吧。我想在座的各位都聽說了，佐智先生被勒死在豐畑村的空屋裡，案發時間大約是昨晚的八點到九點間。那麼，我想冒昧地請教……」

他一面環視著在座的所有人，一面說道：

「各位在這個時刻的行動……松子夫人，從您開始吧！」

松子夫人一臉不悅，瞪署長一下，然而很快回頭看向佐清，隨後以沉著的聲音說：

「佐清，昨晚老師幾點回去啊？大概是十點多吧。」

佐清默默地點了個頭。松子夫人將目光轉向署長。

「你都聽到了吧。昨天傍晚宮川香琴老師就到家裡來了，也和我們一起用餐，之後指導我彈古琴到十點左右。因爲一直都可以聽見古琴聲，她們應該也都知道。」

說著說著，她朝竹子和梅子的方向努了努下巴。

「晚餐大概是幾點吃的？」

「七點左右。吃完飯稍微休息一下，便取出古琴。這也可以問老師，自然會明白。」

「在這段時間裡，完全都沒有離開座位嗎……？」

松子夫人的嘴角泛起苦笑。

「那可是很長的時間，所以有兩三次離開座位去上廁所什麼的……對了，我到過主屋一次，去拿古琴線。不知道你曉不曉得，目前是因爲這些人逗遛在這棟宅第，我才住進這棟離房，事實上，平常我都待在主屋……不過，那只不過是五分鐘或十分左右的時間吧。」

「古琴線？」

署長稍微皺了下眉頭，不過他很快鎮靜了下來。

「那麼，佐清先生呢？」

「他就在我們旁邊，一起聽了古琴的練習，也幫我們泡了茶……好像離開了座位兩三次，不過絕不可能到得了豐畑村……」

松子夫人再度露出苦笑。

「我講的這些話，你們可以問一下香琴老師，自然就會瞭解。她的眼睛雖然不大方便，可並非完全看不見，而且她的感覺相當敏銳。」

結果，松子夫人和佐清的不在場證明完全成立。儘管松子夫人確實是個頑強的人，不過是不可能會說一些只要向宮川香琴確認就立刻露出馬腳的謊話。

接著，當橘署長正要轉向竹子時，梅子突然從旁插嘴說話：

「不可能的，如果是竹子姊姊和姊夫，我們夫妻可以保證。因爲從傍晚起就一直不見佐智的人影，我們夫妻倆非常擔心，便跑去姊姊的房間商量。姊姊和姊夫，還有小夜子也都非常擔心，我們一起打電話到料理店、酒館等地方詢問。因爲那孩子最近變得有些自暴自棄，偶爾會去這些地方玩玩……」

梅子狠狠瞪著珠世，說道：

「嗯，對，從八點到十一點左右，我們都一直慌忙地做著這些事。也可以問問女傭們，自然會知道。而且，署長，殺害佐智和佐武的凶手必定是同一個人吧，姊姊和姊夫怎麼可能殺害親生兒子佐武呢？」

梅子的尖銳聲音漸漸變得歇斯底里，不久就突然哇的哭了出來。

最後是珠世和猿藏。當署長把目標轉向他們時，猿藏憤怒地齜牙咧嘴說道：

「剛才說過，小姐被迫聞了麻醉藥，根本睡得不省人事。我擔心會有哪個壞蛋再來騷擾小姐，所以從傍晚到隔天早上，一直在隔壁房間看守著，整晚都沒睡。」

「你現在所講的話，有沒有人可以作證啊？」

「我怎麼會知道！我只有在吃飯時告訴大家，因爲小姐身體不舒服，我打算整晚守護她，如此而已。」

「吃飯時間是幾點？」

「這個家的傭人晚飯時間是每晚七點半左右。」

「猿藏，我聽說你有些古琴線啊？」

猿藏的眼光瞬間銳利了起來，不過他也只是默默地、彷彿很憤怒地點了頭。

「好，那待會兒拿給我看一下吧。」

結果，猿藏和珠世的不在場證明最脆弱。不過，如果猿藏眞想殺害佐智，在他前往接珠世時就有機會。還是，猿藏先回到這個家才突然萌生殺意，再次前往佐智那裡？

金田一耕助這時想起先前古館律師針對猿藏提過的話。

「金田一先生，你不是曾懷疑那個猿藏會不會就是靜馬。其實不是，我後來調查過猿藏的身世，他是豐畑村人，因爲父母親在他五歲時過世了，珠世小姐的母親祝子夫人覺得很可憐，便領養了他。接生猿藏的產婆還健在，也證明了這項事實。除了她，豐畑村還有好幾個證人，所以單就這部分，我想應該錯不了。」

然而，不論猿藏是否爲靜馬，他的行爲舉止中，確實有許多值得懷疑的地方，這是無法否認的。但若認爲這一切不過是巧合，那就沒有再繼續追究下去的餘地了……

這時，松子夫人從旁用尖銳的語調插嘴：

「署長啊，不是說在豐畑村的空屋裡，留下了一些像復員士兵的足跡嗎？佐武被殺的那晚，那個在下那須柏屋過夜，感覺像復員士兵的人，還在這一帶徘徊啊。爲什麼不趕快把那傢伙抓起來呢？那傢伙到底是何方神聖啊？」

面對松子夫人這些銳利的問題，署長也有點招架不住。

「嗯……啊，我們很積極地派人搜索，但那傢伙的動作眞是相當敏捷。還有，嗯，對了，您說那傢伙的身分嗎？針對這個部分，我們在佐武的案子發生後，馬上照會了博多復員支援局，他們的回覆已在兩三天前寄達。根據其內容，十一月十二日，也就是佐武先生被殺害的三天前，有艘載著從緬甸回來的復員士兵的船，進了博多港口，而船上的確有一名叫山田三平的人。而且，那人也申告了他的落腳處是東京都麴町區三番町二十一番地，換句話說，就是貴府在東京的宅第。之後，那傢伙在博多過了一夜，於十三日離開前往東京。所以，十五日那天在下那須柏屋投宿了一晚的應該是那個人沒錯。不過，松子夫人、佐清先生，其實這也請教過好幾次了，你們對此人，有沒有聯想到什麼線索啊？」

戴著面具的佐清一語不發地輕輕搖頭。而松子夫人也只是一副詫異的模樣，目不轉睛地看著橘署長。過了一會兒，她的臉上露出了苦笑。

「如果眞能夠聯想到什麼，應該會對案情有幫助吧……對了，在豐畑村的案發現場，除了腳印外沒有留下任何其他可以作爲證據的東西了嗎？」

「嗯，的確，是有各種各樣的……」

當署長開始回答時，金田一耕助卻突然從旁插嘴。

「嗯，其實針對這個部分，我倒是發現了一個不太尋常的地方。」

「所謂『不太尋常的地方』是指？」

「在座的各位大概也都聽說了吧，佐智先生是在上半身赤裸的狀態下，被人捆綁在椅子上。可是，我發現他的胸口和手腕上都有一整面的擦傷。這些擦傷，換句話說，就是試圖掙開草繩的痕跡。身上會形成那些擦傷，草繩應該綁得很鬆才是，但我們發現佐智時，草繩綁得相當緊，深深陷入了佐智先生的皮肉。」

松子夫人定定地看著金田一耕助，然而很快便以冷靜的聲音說道：

「然後呢……這代表什麼意思？」

「嗯，不，其實也沒有什麼意思。只是這樣而已。不過，我覺得這件事實在很怪。另外，還有一個，署長，請你把那件……」

在金田一耕助的催促下，署長從提包裡拿出了一件男用襯衫。

「梅子夫人，這件是佐智先生的襯衫吧？」

梅子眼睛盈滿淚水，無言地點了頭。

佐智的襯衫有個很大的特色，襯衫上的五顆鈕釦，都在菊花形狀的臺座上鑲嵌鑽石。然而，最上面的那顆鈕釦卻不見了。

「您知不知道這是什麼時候不見的？」

梅子搖頭回答：

「我不知道。但不管在什麼時候不見，都應該是佐智出門後才發生的吧。那個孩子非常注重打扮，不可能會穿掉了鈕釦的襯衫出門。在案發現場沒發現嗎？」

「沒有，怎麼也找不到。起初我們認爲，說不定是當他要對珠世小姐……做那件事時，掉落在摩托艇上，所以也在艇上做了搜索，但就是找不到。會不會是那時掉入湖裡啊？如果是這樣，可成不了什麼證據。」

署長說著說著，把那件襯衫推向金田一耕助，啊啊，這時，大山神官突然像陣風似地闖了進來。同時，他還揭露了一項駭人的祕密……

唉，不過話說回來，爲何大山神官會是如此言行不愼的人呢？或許，他對自己的重大發現感到非常興奮起勁，而且還相當沾沾自喜吧。儘管如此，他爲何能將他人那麼重大的祕密，那般洋洋自得地到處散播呢？

大山神官看到在座人後，突然將包袱啪嗒地丟在榻榻米上，得意地說出以下的話：

「查出來了。我查出來了。各位，我查得已故佐兵衛老先生遺書的祕密了……佐兵衛老先生會給予珠世小姐那麼有利的地位，並不是因為珠世小姐是恩人的孫女。其實，珠世小姐就是佐兵衛老先生的親孫女。珠世小姐的母親祝子夫人，事實上是大貳先生的妻子晴世夫人和佐兵衛老先生間所生的小孩啊。而且，大貳先生也知道這件事，還原諒了他們。」

起初，在座眾人彷彿無法理解這些話的意思，只是愣愣地看著異常激動的大山神官那張脹紅的臉，然而當他們頓悟其中的驚人意義時，內心都產生了激烈的動搖。

珠世整張臉變得慘白，眼神彷彿立刻就要昏厥。戴著面具的佐清，肩膀簌簌顫抖著。連松子、竹子和梅子三人，似乎也是第一次聽到這件事，眼眸裡都充滿殺氣的光芒，同時狠狠地瞪著珠世的側臉。

金田一耕助這時突然拚命抓搔起鳥窩頭。

奇異的謎語

十二月過了一半左右，那須湖會從湖濱開始結凍。一般大概在過年後的一月中旬起，湖面上就可以溜冰了。然而，若那一年天氣較嚴寒，可能在過年前便能滑冰，這種情形每五、六年會有一次。

這一年似乎也屬於如此狀況，進入十二月中旬，每天早晚都可以明顯看出，那須旅館後方的廣大湖濱上，結冰層愈來愈厚。然而，十二月十三日的清晨，終於在那結凍的冰上出現犬神家最後一名犧牲者的奇異屍體。言及這件命案前，先從頭再對這幾起命案做個回顧吧。

那段時間，隨著如此蕭瑟的湖畔景觀，金田一耕助那憂鬱的心情，也日益沉重。

回想一下，自從他接受若林豐一郎的邀請來到那須市後，也快過了兩個月。同時，儘管這兩個月裡，已有三名男性接連慘遭殺害，案情卻依然真相不明，猶如置身五里霧中。

兇手近在自己的身旁，可說是近在眼前——儘管感覺如此深刻，然而，就像眼裡沾附著塵埃無法清楚看出那人的眞面目，讓他焦躁不已——由於這樣的焦躁日漸深重，金田一耕助近來完全失去了平日的沉著冷靜，開始產生心如刀絞的痛苦感受。

耕助認爲，倘若從頭回顧這幾起命案，說不定能從中發現到蛛絲馬跡。於是他便頻頻重讀自己所寫的日記，試著將一些重要事項摘錄下來，然而，從中所能得知的，不過是社會上一般人也都已知的事實罷了。而搖曳、隱藏在那些煙幕背後的神祕影子，還差那麼一點，仍然無法掌握。金田一耕助近來常邊抓搔著頭上的鳥巢，邊感嘆自己的無能。

那麼，接下來將金田一耕助當時摘錄的那些重要事項公布在下面吧。之所以這麼做，是因爲雖然金田一耕助本身還未能完全看透，然而在他列舉出的事項中，其實暗藏著足以說明犬神家那幾起駭人命案眞相的祕密。

一、十月十八日——接受若林豐一郎的邀請，金田一耕助前來那須市。同日，珠世的小船發生沉沒的意外事故，若林豐一郎遭到毒殺。

二、十一月一日——戴著面具的佐清復員回到犬神家，佐兵衛老先生的遺書公布在犬神家一族面前。

三、十一月十五日——佐武與佐智對面具人的眞實身分抱持懷疑，前往那須神社索取佐清獻納的掌印。（此舉是透過珠世的從旁指點。）

四、同日晚上——松子夫人與佐清拒絕蓋掌印，於十點前後談判破裂。

五、同日晚上十一點左右——珠世約佐武到瞭望臺，交給他一個懷表，其上沾附有戴面具的佐清的指紋。（目前這個懷表不知去向，可能已經沒入湖底。）

六、同日晚上——佐武遭殺害。估計案發時刻大約在十一點到十二點左右。

七、同日晚上八點左右——一名自稱爲山田三平，形似復員士兵的男子，遮掩自己的臉，投宿下那須的柏屋。十點左右，該名男子離開前往某地，約於十二點返回。回到旅館時，樣子十分狼狽、慌張。

八、十一月十六日清晨——在菊花偶人的戲劇場景中發現佐武的人頭，警方判定瞭望臺爲該凶案的案發現場。

九、同日——松子夫人與戴著面具的佐清主動提案，佐清蓋下了掌印。經過比對研究，判定此掌印與由那須神社取回的相同。據此，確定戴面具的佐清確實爲佐清本人無誤。（疑問：此時，珠世先後兩度欲言又止。她到底想說什麼？）

十、同日——於湖心發現佐武的無頭屍體。

十一、同日——沾滿血跡，似乎是載運佐武屍體的小船在下那須湖畔被發現。

十二、同日清晨五點左右——自稱山田三平，形似復員士兵的男子離開柏屋。據說有數名目擊證人看到了該名男子。

十三、同日晚上——佐武的守靈夜，於十點左右結束。

十四、同日晚上——形似復員士兵的男子遮掩住臉，潛入珠世的房間，試圖搜尋某項物品。（疑問：他在找尋什麼東西？同時，是否達到了目的？）

十五、同日晚上十點半左右——珠世發現了形似復員士兵的男子而發出慘叫。由於這聲慘叫，犬神家陷入一場混亂。

十六、同日晚上大約同時刻——小夜子目擊形似復員士兵的男子與猿藏發生搏鬥。（因此，判定形似復員士兵的男子並非猿藏。）

十七、同日同時刻——聽到珠世的慘叫聲而衝出房間的佐清，在瞭望臺下方遭不明人士一記上鉤拳，昏倒在地。（面具因而脫落，使他那醜怪的面容顯露在眾人面前。）

十八、十一月二十五日——佐智試圖侵犯珠世，迫使珠世嗅聞麻醉藥後，利用摩托艇將她帶到豐畑村的空屋裡。（不過，此乃根據珠世所言。）

十九、同日四點左右——有人打電話給猿藏，通知他珠世在豐畑村的空屋裡。猿藏立即划著小船趕往豐畑村，發現珠世昏睡在床上，胸口上有張署名「神祕人物」的紙條。據說佐智則半身赤裸地被捆綁在一旁的椅子上，嘴裡還被塞了東西無法說話。猿藏丟下佐智，利用摩托艇將珠世帶回。這是發生在四點半到五點半間的事。（不過，此乃根據猿藏所言。）

二十、同日晚上八點到九點間，佐智遭勒斃。在這段時間，犬神家一族全都有不在場證明。換言之，他們之中的任何人，都沒有在此時離開犬神家的跡象。

二一、十一月二十六日——聽了珠世與猿藏的話後，爲了營救佐智而趕到豐畑村的一行人，發現上半身赤裸地被捆綁在椅子上的佐智已遭勒斃。佐智的脖子上纏繞著古琴線，還陷入了皮肉。（疑問：儘管在佐智的皮膚上，有著一整面因草繩摩擦而形成的傷痕，然而爲何繩索綑綁得那麼緊？而佐智襯衫上鑲嵌有鑽石的其中一顆鈕釦，又到哪兒去了？）

二二、同日——小夜子發瘋。

二三、同日——趕到豐畑村的一行人，在空屋中發現形似復員士兵的男子曾潛伏在此的種種跡象。

二四、同日——關於小斧、古琴、菊花三件家寶，松子夫人透露了青沼菊乃這名婦人的詛咒。

二五、同日——有關珠世身世的一項驚人祕密被發表出來。

事實上，金田一耕助摘錄的重要事項，比以上列舉的還要詳盡，然而若要全部寫出，則會過於繁瑣。同時，有某些項目，如果光是簡短寫出大意，也恐有詞不達意之嫌。因此，以下將慢慢重新說明。在此只擷取耕助摘錄中重要部分。

金田一耕助不斷重複讀著這些摘錄，而每當讀到最後的第二十五項，有關珠世身世的這一行時，他總會不禁陷入黯然的情緒。

在案情全部明朗且所有祕密都被公開後，再回想起這部分時，才會發現原來大山神官那席不謹慎的揭露，其實正是犬神家這一連串殺人命案的最高潮。

大山神官言及在那須神社的土牆倉庫中發現那個祕密衣箱的時間，應該是在佐武遭殺害之後。據他所言，那衣箱上有著與犬神佐兵衛老先生的恩人，也就是野野宮大貳連署的封條。而在衣箱裡，則發現了年輕時代的佐兵衛和野野宮大貳互通的情書。

至今金田一耕助仍記得，談到發現衣箱這件事時，大山神官得意說出的話大致如下：

「金田一先生，我想徹底調查衣箱的內容。說不定，我可以從那衣箱中發現至今還不爲人所知，有關佐兵衛老先生的珍貴文獻。雖然這麼說，不過這可不是因爲受到卑鄙好奇心的驅使，而想挖掘他人的隱私喔。佐兵衛老先生是我們那須市民的恩人。我只是想要探究這位偉大人物的眞實面貌，然後爲他立傳而已。」

仔細想想，實在沒有比一個人的執著還要可怕的東西了。大山神官最後達成了他的宿願。當他仔細整理並細心調查那些藏在衣箱中的種種文書時，終於發現了佐兵衛老先生的祕密。同時，哦哦，這些祕密的內容還相當驚人！

金田一耕助也通讀了大山神官整理出來的文書。那些文書可說是年輕時代的佐兵衛老先生，以及野野宮大貳和他的妻子晴世，三人間展開的不可思議且異常無比的性生活實錄。同時也是這三名男女愛慾與心靈苦鬥的悲慘紀錄史。

我不忍心將這些紀錄原原本本地發表出來，因此，只盡量簡單地報告事實。這是由於其內容實在過於違背人倫，而且還呈現極爲異常的愛慾模樣。

珠世的祖父野野宮大貳和年輕時代的佐兵衛老先生間，曾有過同性愛的事實，的確可以透過這些文書獲得證明。然而，他們之間的關係實際上只延續了兩、三年。

這或許意味，隨著佐兵衛老先生的日漸年長，大貳本身便克制了那般關係。然而原因還不止如此。從各種文書的字裡行間可以隱約察覺，雖然不至於說野野宮大貳是個性無能者，但他的身體似乎不太健康。

而且，更奇怪的是，接觸年輕時的佐兵衛能略微興起愛欲的大貳，對自己的妻子晴世卻似乎完全提不起性趣。換句話說，大貳雖然對男性能微微感受到性慾，面對女性則似乎是個完全性無能者。因此，據說佐兵衛老先生受到大貳的寵愛時，大貳四十二歲，晴世則是二十二歲，他們已結婚三年，然而晴世當時還是處女之身。

那麼，先前提過，大貳和佐兵衛老先生間的同性愛關係只延續了兩三年，然而，之後佐兵衛仍以小老弟的身分經常出入大貳家。這段時間，佐兵衛和恩人的妻子發生了新關係。

到底是什麼情境促使這兩人發生衝動呢？關於這部分，衣箱中的文書沒有提到，然而，這個新關係卻是嚴重改變佐兵衛老先生的個性，及造成他一生悲哀性生活的最大原因。

當時佐兵衛二十歲，晴世則比他年長了五歲。由於雙方都是頭一遭的異性體驗，兩者間燃起的愛慾之火非常強烈。然而，另一方面，他們也受到極為沉重的良心苛責。不論佐兵衛還是晴世，都不是犯下如此過錯，還能若無其事的厚顏無恥之人。正因為這樣，兩人在歷經相當的心靈煎熬與苦惱後，曾企圖服毒自殺。

不知是福還是禍，大貳很快就得知他們的這個計畫，結果他們未能如願。同時，兩人之間的祕密大貳也全盤知曉了，只不過，當時大貳表現出來的態度卻相當反常。

他不僅原諒兩人犯的過錯，反而還慫恿他們繼續這種違反人倫的關係。這種態度恐怕是源自於大貳對婚後始終冷落妻子，讓她一直保持處女之身的事，而產生的贖罪心理吧。但他還是顧慮到了體面問題，對和妻子正式離婚，再公然將她讓給佐兵衛的事感到相當猶豫。晴世也基於相同的理由，不希望被如此對待。這麼一來，這三人悖於常理的關係便從此展開。

名義上，晴世是大貳的妻子，事實上卻是佐兵衛的妻子和情人。大貳對於這對情侶的幽會，不僅盡量給予方便，也千方百計地極力防止這項祕密洩露。這兩人總是在神社的房間裡幽會。這種情況下，大貳會避開，但不會離開家門。他像是忠實的看門狗，爲避免自己妻子和情人幽會的事實外洩，總會在別的房間擔負警戒的工作。

於是，祕密完全被封鎖了起來，他們三人間奇異又不自然的關係，延續了很長一段時間。然後，很快地祝子誕生，而大貳也毫不猶豫地讓她以親生女兒的身分入了戶籍。

如此，表面上三人間沒有發生任何風波，不自然卻平穩的愛慾生活歲月就這樣慢慢流逝。然而，平穩的僅止於表面，眞不知縈繞在他們內心的苦悶是何等沉重。尤其晴世所受到的良心苛責，絕對非比尋常。

當時，像《查泰萊夫人的情人》之類描述婚外情的小說尚未問世。只因丈夫是名性無能者，妻子就可以自由地結交別的情人，這般的寬大精神並不存在於任何日本人的思想內。即使丈夫對妻子無動於衷，妻子也必須不吭一聲地忍耐，這是一般的常識和道德。特別是成長於傳統家庭的晴世，此種意識相當強烈，也因此，在面對與佐兵衛的關係時，她所受到的良心苛責更爲強烈。然而，她卻無法斬斷與比自己年輕俊美的情人間的愛情羈絆。她受苦於後悔與煩惱，身心卻也在和佐兵衛的幽會中日漸糜爛。而就因知悉晴世這般苦悶與悲切的懊惱，佐兵衛老先生對她的愛也愈來愈深。事實上是自己的妻子，也爲自己生了孩子，卻不能名正言順入籍的女子——佐兵衛老先生傾注在這個不幸女人身上的憐憫與疼愛之情，在他事業有成，甚至還成爲一流企業家的過程中，也就愈來愈深厚了吧。他之所以一生都沒有迎娶正室，其實便源於此。他可說一生都爲晴世盡了情分。

同時擁有三名側室，還讓她們生活在同一個屋簷下，老先生會過著如此荒唐的生活，應該是爲了防止自己的愛情轉移到晴世以外的女人身上吧。

當佐兵衛老先生的身分地位愈高，和晴世的幽會也愈困難了。因此，爲了尋求衝動時的發洩管道，他慢慢地需要其他女性。這種情況下，如果只擁有一名小老婆，遲早有一天愛情會移轉到那女人身上。老先生深怕如此狀況發生，於是藉由同時擁有三名小老婆，清楚凝視她們之間那種醜陋的嫉妒與糾葛，他便得以長久輕蔑這三個女人。據松子夫人所述，老先生對這三名側室，只將她們儲備爲性愛工具，根本毫無愛情可言。然而事實上，應該說是老先生唯恐愛情的發生吧。

佐兵衛對他三個女兒無法產生親情，也是基於同樣的理由。老先生有祝子這個女兒。她才是老先生眞正的長女，而且還是這輩子唯一深愛的女人所生下。老先生該會多麼愛祝子啊！然而，老先生卻無法公開稱呼她是自己的女兒。儘管犬神家逐漸富裕興旺，祝子卻一生都必須做爲貧窮神官的女兒，永遠留在那須神社。對如此不公平的現實，老先生暗中產生的憤怒逐漸漸凝結，使他一生都不得不對松、竹、梅三姊妹扮演冷酷的父親。

然後，這般怨恨、憤怒和憐憫牢實地凝固起來時，便形成了那封遺書。一輩子都必須湮沒於世的晴世，還有，雖是犬神佐兵衛的長女，卻又必須作爲貧窮神官妻子而終其一生的祝子——對這對母女的憐憫之情凝凍後，老先生才會給予珠世那般破例的恩典吧。

當理解老先生心中的悲哀，金田一耕助不知不覺也起了惻隱之心。然而，他又想到這封遺書正是引發連續慘劇的原因，不禁長嘆：唉，難道老先生沒有其他方法了嗎？

於是，日子一天天徒然流逝著，佐智遭到殺害快過二十天了。接著，在剛才也提過的十二月十三日黎明時分，又發生了一件極爲異常的殺人命案。

那天晚上，金田一耕助由於陷入了極度的迷惘與困惑，直到深夜都還輾轉難眠，隔天早晨便睡過了頭。早晨大約七點左右，枕邊的電話突然鈴聲大作，使他吃了一驚立刻醒來。

他拿起話筒，隨後被接到了外線，電話那頭傳來了橘署長的聲音。

「金田一先生嗎？是金田一先生吧。」

電話另一端的署長聲音發抖著，原因似乎並非是今晨的寒氣。

「金田一先生，請馬上過來。唉，終於也被殺掉了啊，犬神家的第三人……」

「咦？你說被殺掉了，是誰啊……？」

金田一耕助不禁握緊了話筒。話筒彷彿結凍般地冰冷。

「反正，請立刻來一趟吧。啊不不，在出發前，請先從面對湖水的窗戶看一下犬神家宅第後方。這麼一來，你自然會明白到底發生了什麼事。總之，我在這裡等，請盡快趕來。唉，混帳東西！……眞是令人不舒服的案子！」

金田一耕助掛上話筒，立即像蝗蟲般從睡鋪中一躍而起，隨後打開面對湖水的一扇防雨窗。從冰上吹襲而來的寒風，如針般冰冷地刺著只穿著睡衣的耕助皮膚。

耕助一連打了兩三次噴嚏，不過他還是從提包中拿出雙筒望遠鏡，急忙朝犬神家宅第後方對焦。然後，他彷彿一時忘了寒冷，動也不動地呆立在那兒了。

那是先前佐武慘遭殺害的瞭望臺稍微下方處。結凍的湖濱上，矗立著相當奇妙的東西。那其實是個人。然而，若就稍後才解開的奇怪謎語意義來說，稱那是個「倒立人」或許更爲正確。因爲，那人整個上半身插入冰裡，完全顚倒聳立。同時，那雙穿著法蘭絨質料睡褲的腳，便以倒八字的形態朝天空大大地敞開著。

這是一幅恐怖到令人不住咬牙切齒，同時，卻也滑稽到難以言喻的景觀。

面對這具倒立的駭人屍體，不論是站在那小船室前的空地上，還是立足在瞭望臺上的犬神家人們，全都面帶結凍般的表情僵立著。

金田一耕助很快地轉動雙筒望遠鏡環視這些人的臉，當他發現其中缺少了一名男性時，不由得屏住呼吸，閉上了雙眼。

缺少的是，那個戴面具的佐清。

沾血的鈕釦

犬神家最後的這件命案，消息透過通訊社傳到了全國的報社。當晚，每家晚報都不約而同地大幅報導了這個案子。

以犬神佐兵衛老先生那封奇怪遺書爲開端接連引起的慘劇，如今不僅是地方案件，而已成爲全國大眾的注目焦點。

因此，光是犬神家出現第三名被害者（如果從若林豐一郎算起，事實上是第四個被害者了），就足以成爲轟動整個社會的大新聞。然而，令讀者更爲驚訝的是，凶手還利用屍體描繪出一個奇異的謎語。

解開這個謎語的人，當然是金田一耕助。

「署長，到、到、到、到底，那、那、那、那具屍體是怎麼搞的。爲、爲、爲什麼會倒立在那種地方呢？」

不久便趕到犬神家瞭望臺的金田一耕助，由於情緒過於激動，幾乎無法好好地說話。這是因爲在他趕來的途中，腦海裡浮現了既奇異又滑稽至極的靈感，使他幾乎快要發狂了。

「金田一先生，這種問題問我也沒用啊。我完全搞不清狀況。凶手爲什麼要讓佐清先生倒立在那裡？……混帳東西！啊啊，眞是的，我總覺得這實在既噁心又恐怖。」

橘署長面帶不悅，像在發洩什麼地說道。然後，還怨恨地看著那具挺立冰中，不祥的倒立屍體。圍繞在屍體周邊的刑警們，正爲了挖掘作業而忙碌。這是件看起來簡單，其實相當困難的工作。由於結冰層還不夠厚，人若隨便踏上，有可能因其裂開而跌入湖中。另一方面，划動小船也不容易。刑警們一面鑿開冰塊，一面緩緩划向屍體。

或許會下雪。籠罩在湖面上的天空形成了冰凍似地鉛灰色。

「這、這麼說，那具屍體的確是佐清先生了？」

金田一耕助顫動著下巴低聲說道。他會發抖，絕不是因爲那天清晨的寒冷氣溫。而是由於心中存著某個奇異的想法，使他的身心都不住地顫抖。

「嗯，單就這一點應該沒錯。根據松子夫人的話，那件睡褲確實屬於佐清老弟，而且，再怎麼說，到處都不見佐清老弟的蹤影啊。」

「松子夫人呢……？」

金田一耕助環顧周圍，卻看不到夫人的身影。

「唉，那個人實在不簡單。雖然看到佐清老弟慘死的模樣，卻沒有像她那些妹妹一樣哭喊。只是簡單地說了句：『一定是那傢伙，他終於完成最後階段的復仇了。』便回房不再出來了。看那副樣子，我想她的怨恨也許更爲深重啊。」

金田一耕助此時發現珠世站在瞭望臺的邊緣。她高高豎起外套領子，定定地看著下方那具不祥的倒立屍體。她究竟在想些什麼？然而，那張端麗的臉上，還是如同暗藏祕密的人面獅身像，沒有任何表情。

「署長，署長，話說回來，到底是誰第一個發現屍體的？」

「是猿藏啊——又是他。」

署長仍然用一種彷彿在發洩什麼的語調說道。

「猿藏……？」

金田一耕助邊望著珠世邊嘆了口氣。然而，不知珠世是否聽到了這兩人的對話，她還是如雕像般靜止在那裡。

「署長，那麼，佐清先生的死因呢？該不會是活生生地被倒插在這個地方吧。」

「這點還不清楚，如果不先挖出佐清老弟的屍體……但搞不好是被小斧打破頭了……」

金田一耕助屏住呼吸。

「說得也是，被殺的是佐清先生，這次就輪到小斧了啊。話說回來，署長，怎麼到處都看不到血跡啊，這不是很不可思議嗎？」

如同金田一耕助所說，結凍成微白色的湖面上，到處都不見血跡。

「是啊，這點我也覺得相當不可思議……而且，倘若凶手使用小斧，應該是他從某個地方帶來的吧。因爲，這個家裡已沒有任何小斧或是類似的凶器。自從先前松子夫人的告白後，我便吩咐他們把那類工具全部處理掉了。」

這時，刑警們好不容易將小船划到了屍體旁。接著，兩名刑警站立在小船中，一起抓住了倒立屍體的雙腳。

「喂！你們小心點啊。不要隨便讓屍體受到損傷。」

署長從瞭望臺上向他們喊話。

「沒問題。我們會小心。」

第三個刑警著手敲碎屍體周圍的冰塊。之前也提過，屍體大概是從肚臍一帶開始，整個上半身沒在冰裡。

冰塊很快被敲開了，若推搖屍體，就會開始左右晃動起來。

「喂，可以了吧。你們留心點啊。」

「嘿咻！」

兩名刑警各抓住一隻腳，拔牛蒡般地將屍體抽舉上來，然而這瞬間，站在瞭望臺上的眾人都不由得驚訝地張開嘴巴、屏住呼吸，握緊了拳頭。

那個佐清的面具不見了，冰裡倒拉起來的是有著破裂石榴般歪七扭八的肉塊，那是張醜怪無比的臉。

金田一耕助曾一度——對了，就是佐清剛復員回來不久，他的確在公布遺書的場合，看到佐清將面具往上捲到鼻子附近。然而，如此正視那張恐怖的容顏卻是頭一遭。而且，由於那張醜怪的臉整晚都浸泡在冰塊中，已經呈現紫色，其恐怖、駭人的程度更加誇張。同時，不尋常的是，屍體頭部上到處都找不到橘署長預期的那類傷痕。

金田一耕助看了那張駭人的容顏一會就轉開臉。這時，珠世的表情引起他的注意。

連身為男性的耕助，都不會想看那張臉第二次，珠世卻眨也不眨地凝視著。啊啊，此時珠世腦海中徘徊的到底是怎樣的心思呢？

當刑警們將結凍的屍體用小船運回時，楠田法醫正好慌慌張張地趕到了瞭望臺。由於接二連三發生了這些怪異案件，他的模樣十足厭煩，看到署長也沒好好打聲招呼。

「楠田醫師，辛苦了，又要麻煩您。詳細部分應該要等驗屍後才會知道，不過，我想先了解死因以及死後經過的時間……」

楠田醫師默默地點了頭，正當他要走下瞭望臺時，珠世突然開口：

「對不起，請等等，楠田醫師……」

才走下樓梯一步的楠田醫師吃了一驚停住，回頭看著珠世。

「咦？小姐，有什麼事嗎？」

「是的，嗯……」

珠世來回看著楠田醫師和橘署長，一時還有點猶豫，然而很快地便下定決心似地說道：

「如果要勘驗那具屍體，在那之前希望能請您取一下右手掌印……也就是右手指紋。」

當金田一耕助聽到時，感受到彷彿遭人用沉重棍棒從頭頂狠狠打了一記的強烈衝擊。

「妳、妳、妳說什麼？珠世小姐！」

他往前踏出一步，不由得喘了一大口氣。

「這麼說，妳對這具屍體有疑問嗎？」

珠世沒有回答。她將視線轉向湖面，然後便一言不發地站在那裡。珠世在個性上雖然會說出想說的話，卻不輕易聽從他人的意見而強迫自己開口。或許是她那孤獨的境遇造就了這種強韌的個性吧。

「可是，珠世小姐……」

金田一耕助像被對方壓制住了般，很猶豫地一次又一次舔了嘴唇。

「佐清先生的掌印不是之前取過了嗎？而且也和那個獻納掌印完全一致……」

金田一耕助只說到這裡便突然閉緊了嘴巴。這是由於他發現珠世的眼中，略微浮現嘲笑的神色。然而，珠世果然隨即壓抑那般神情，以沉穩的聲音說：

「是的，可是……有言道：『凡事都應再三小心爲是』……而且，取掌印也不是什麼麻煩的工作吧。」

橘署長也皺起眉頭，目不轉睛地看著珠世，不久就朝楠田醫師點了個頭。

「楠田醫師，那麼，待會兒我派刑警過去，在驗屍前請您安排取一下指紋吧。」

楠田醫師默默點頭，立刻走下樓梯。而珠世也在向署長和金田一耕助以目致意後，快步下樓。金田一耕助和橘署長隨後也下樓。然而，當時耕助的步伐就像喝醉了般。這是因爲他的腦海中，正颳著一陣可怕的旋風。

啊啊，珠世爲何會如此執著於佐清的指紋呢？那個指紋確實取過一次了。而且，不是毫無疑問了嗎？但是……但是……如今珠世的臉上卻充滿自信……她內心到底暗藏著什麼樣的想法呢？自己該不會看漏了什麼重要的細節？

金田一耕助突然停下腳步。這時，佐清的掌印和獻納掌印被比較、研究的事閃掠過他的腦海。

藤崎鑑識員公布兩個掌印相同的那一剎那，珠世不是兩度欲言又止嗎？啊啊，她一定知道些什麼，發現到我忽略的某個細節。只不過，那會是什麼？

金田一耕助在瞭望臺的下方和橘署長分別。橘署長跟著楠田醫師走進小船室，金田一耕助則滿臉沉思，獨自往主屋的方向緩慢前行。

竹子和梅子夫婦集合在主屋的一個房間裡正密談著一些事。然而，當他們發現金田一耕助經過玻璃門外時，竹子便邊向他喊話，邊打開緣廊上的玻璃門。

「啊，請等一下。」

「金田一先生，我們有事想跟你談……」

「哦。」

金田一耕助走近緣廊。

「這個……之前你提過的那個鈕釦……」

竹子將包在柔軟面紙裡的東西，小心地在金田一耕助的面前打開。這一瞬間，金田一耕助瞪大了雙眼。

那不是佐智的襯衫上掉落不見的鈕釦嗎？

「夫人，這到底是在哪裡發現的？」

「這就不清楚了。今天早上我才發現小夜子身上帶著這個東西，可是，你也知道那孩子目前是那種狀態。究竟是在哪兒找到的啊……？」

「小夜子小姐還沒恢復正常嗎？」

竹子表情凝重地點了個頭。

「雖然已經不像之前那樣激動、發狂，但還是一直語無倫次……」

「金田一先生……」

這時，梅子從房裡向他發話。

「那天……佐智屍體被發現的那天，我記得小夜子也和你們一起到豐畑村的空屋了吧。會不會是那時撿到的啊？」

然而，耕助立即否定了此種猜測。

「沒這回事。絕對沒這回事。小夜子看到佐智的屍體後便昏倒了，不可能有那個時間。這部分，梅子夫人的先生一定也知道……」

梅子的丈夫幸吉表情黯淡地點了頭。

「這麼說就奇怪了。」

竹子的眼神顯得有點猶豫。

「那天，各位將小夜子帶回後，她一步也沒離開過家……這到底是在哪裡撿到啊？」

「請讓我看一下。」

金田一耕助從竹子手中接過後便凝視著鈕釦。先前提過，那是個在菊花狀的黃金臺座上鑲嵌著鑽石的鈕釦，然而耕助此時發現臺座上附著黑色小污點。這個污點，似乎是血跡。

「梅子夫人，這確實是佐智先生的襯衫鈕釦，沒錯吧？」

梅子一言不發地點了頭。

「可是，或許這種鈕釦，其實還有其他多的……」

「不，沒那回事。那種鈕釦只有五個，沒有多餘的。」

「那麼，這就是那天從佐智襯衫上脫落的嘍。竹子夫人，您覺得如何，可否讓我暫時保管呢？因爲我想拜託署長幫我調查一件事。」

「請。」

金田一耕助小心翼翼將鈕釦包進紙裡時，橘署長快步走了過來。

「啊，金田一先生，原來你在這裡啊。」

署長毫無顧忌地往他身旁走近。

「這次的案子還眞有點奇怪。我們一直認爲，如果這次又發生凶殺案，理所當然會使用小斧，卻被凶手擺了一道。佐清老弟和佐智老弟一樣，也是被一種類似細繩的東西勒死。只不過，凶手似乎是在殺人後，將屍體倒過來，從瞭望臺扔下……」

金田一耕助一臉無趣地聽著署長說話，然而，當署長講完後，他便倦懶地搖搖頭道：

「無所謂，署長，這樣也行。這樣還是用到了小斧。」

橘署長皺起眉頭。

「可是，金田一先生，哪兒也看不到小斧的痕跡啊……」

於是，金田一耕助從懷中拿出記事簿和鋼筆。

「署長，那具屍體是佐清先生吧。因爲那個佐清先生是倒立的……」

說著說著他在記事簿中的一頁大大寫上「Yo Ki Ke Su」（註一）這幾個字，又繼續道：

「而且倒立的佐清——『Su Ke Ki Yo』上半身埋沒在水裡，所以……」

接著他便將「Yo Ki Ke Su」的後半，也就是「Ke Su」用鋼筆塗掉，那麼便剩下「Yo Ki（註二）」這部分了。

署長大吃一驚，把眼睛瞪得大大地，眼珠彷彿快從眼眶飛出。

「金田一先生！」

署長上氣不接下氣，同時還將雙手又握又開的。

「署長，就是這麼回事啊。這是個騙小孩的謎語。只不過，凶手試圖利用被害者的肉體來暗示『小斧』這個東西。」

說到這裡，金田一耕助發出抽筋般的笑聲。那是接近歇斯底里又空虛無奈的笑聲。

「或許會下雪」的預測說中了，從那鉛灰色的天空開始零零落落飄下白色的物體。

註一——「佐清」的日文唸法是「Su Ke Ki Yo」，因此，倒立的佐清就可說是變成「Yo Ki Ke Su」了。

註二——「小斧」的日文發音。

8 CHAPTER — 第八章

命運坎坷的母子

時間是晚上九點半。

整個那須湖畔一帶籠罩在從早上就下個不停的雪中，看起來鼓鼓囊囊地宛如穿了厚衣服。不論湖面還是湖畔的城鎮，甚至其背後的群山群峰，都覆蓋在下得令人眼花撩亂的鵝毛大雪裡，呈現一種溼淋淋的景觀。

沒有風。

只有那柔軟的雪花輕快地從暗空中不斷飄落，令人深刻感受到雪夜的寂靜。彷彿將那些寂靜都集聚在此，犬神家的客廳裡，金田一耕助、橘署長以及古館律師三人面對著壁爐，一言不發地坐著。已經有好長一段時間，沒有任何人開口說話。大家都只是默然地凝視著壁爐內的熊熊烈火。偶爾會從那英國式的壁爐中傳來煤炭燒裂的聲響。

這三人在等待明確的驗屍結果。同時，也等待著正在比對重新從佐清屍體取來的掌印和獻納掌印的藤崎鑑識課員報告。

金田一耕助癱坐在大安樂椅中，從剛才就一直靜靜地閉著眼睛。如今，他的腦海裡有個思考的漩渦，正開始要凝結形成具體的模樣。目前爲止，這個具體模樣的凝結與成形之所以受到妨礙，應該歸因於他的思考中有很大的盲點。直到今日，他終於注意到那盲點的存在。而且，提醒了他這點的其實是珠世。金田一耕助微微顫抖，睜開眼睛，如夢初醒地環視周遭。雪似乎愈下愈大了，窗外不斷有柔軟冰雪橫斜飄落。

這時，玄關外傳來車轍壓碾積雪和停車的輕微聲音，不久，嘈雜的電鈴聲也轟鳴作響。

三人吃驚地互看彼此，橘署長從椅子上半起身，然而在那之前，屋內早已傳來輕輕的拖鞋聲，有人快步走到玄關了。起初，從玄關傳來宛如爭論般的三言兩語，過了一會兒，拖鞋聲便逐漸接近這裡，接著客廳的門被打開了。出現在門前的是個女傭。

「署長，有客人說想見您……」

女傭臉上浮現詫異的表情。

「有客人找我？是什麼樣的人？」

「是一位女士。名字叫青沼菊乃……」

這一瞬間，三個人都立刻從椅子上彈跳了起來。

「妳是說……青沼菊乃女士？」

署長大大地嚥了一口口水。

「快請，快請，請讓她馬上進來。」

女傭離開後沒多久，一位體型嬌小的婦人便出現在門前。這位婦人披著黑色調大衣，還戴著舊式的紅黑色禦寒頭巾。她似乎是坐出租三輪車前來，大衣和頭巾都沒有被雪濡溼。

婦人輕輕向在座三人默默行了一禮後，轉身脫下大衣、取下頭巾交給女傭，又轉回身重新低頭行禮。這一剎那，三人彷彿被絆了一腳快跌倒，呼吸突然急促，緊緊握住拳頭。

「您……您是青沼菊乃女士嗎？」

「是的。」

靜靜回答後抬起頭來的，不就是那名古琴老師宮川香琴女士嗎？

原本如吞下一根棍棒而呆立原地的金田一耕助，這時突然拚命抓搔起頭上的鳥巢。而古館律師也取出手帕猛擦兩手掌心。

宮川香琴——不，現在這名自稱青沼菊乃的婦人，正一面眨著那雙視力不佳的眼，一面環視在座眾人的臉。

「我今天在東京從弟子那裡聽到了晚報刊載的消息……因爲得知佐清先生的不幸消息，我想不該再掩飾眞正身分，所以匆忙趕了過來。」

三人聽了這些話，不由得彼此對望。沒錯，如果在東京看了晚報頭版後便立刻搭上火車，的確有可能在這個時間前趕到上那須。但是，青沼菊乃莫非意圖透過此番說明，委婉暗示她有不在場證明？……橘署長的眼中，倏地浮現猜疑的神色。

「那眞是太辛苦了……這麼說，您是剛到？」

「是的。」或許是從寒冷的外頭突然進到溫暖房間，臉因此發熱，菊乃拿出手帕靜靜擦著額上的汗。

「您是一個人嗎？」

「不，有一名弟子陪同，不過我請她先去旅館了。我從車站直接前往拜訪警察署，聽說署長您已經到這裡，所以就……」

橘署長有點失望地微微嘆了口氣。若有弟子陪同，那麼菊乃說的大概就不是謊話。

「那眞對不起了。來，請坐請坐。」

署長推了椅子給她。金田一耕助則走到身旁，溫和地牽住她的手。

「眞不好意思。不用了，我可以自己來……哦，是嗎？那就麻煩你了……」

讓金田一耕助牽引她到椅子旁，菊乃有禮地鞠躬後坐下。金田一耕助接著走到門邊，開門探頭看了下四周，才又從裡側緊緊關上門。

「作夢也想不到您就是青沼菊乃女士啊……眞可謂：『燈塔下方一片黑』啊。古館老弟，你也完全沒聯想到嗎？……」

「完全沒想到……因爲有那場戰爭。唉，假使沒發生那些災禍，有更多方法尋找啊……」

菊乃微笑說道：「這也難怪。事實上，我爲了隱瞞從前身分付出各種努力。知道我過去的人，大概只有七年前去世的丈夫和在富山的兩個親戚吧。何況他們都不在人世了……」

「您所說的丈夫是？」金田一耕助問道。

「他的名字叫宮川松風，是教授古琴的老師。寄居富山時，有一次前去拜訪，後來我們的關係才慢慢親密起來。」

「後來結婚了嗎？」

「沒有，嗯，我們……」

菊乃有點吞吞吐吐地說。

「並沒有結婚。因爲當時我丈夫的太太還健在。」

菊乃紅了臉低下頭。此時，金田一耕助不由得移開憐憫的目光。在人生起步時就當小老婆的這名女性，之後也如同向陰之花，未能成爲他人的正妻。想到這名不幸女子的慘澹命運，金田一耕助不禁動了惻隱之情。

菊乃仍有些吞吞吐吐地繼續談道：「只不過，在我受到丈夫疼愛後的第三年，他的妻子就過世了。當時，丈夫表示要讓我正式入籍，可是我謝絕了他的好意。有孩子便另當別論，但若由於移動戶籍使故鄉的人發覺我的所在，或透過某些關係洩漏我那留在富山的兒子消息到這個家……實在很擔心這點，所以……」

菊乃用握在手中的手帕悄悄按住眼角，強忍眼淚。金田一耕助、橘署長及古館律師三人，忍不住移開了同情的視線。

啊啊，原來對這位婦人而言，那場霜凍寒夜裡的回憶，是終生都難以磨滅的恐怖根源。那晚，松竹梅三姊妹的脅迫透骨入髓，即使耽誤自己一生的幸福，也要拚命不讓這些人發現兒子的所在。難怪古館律師找不出蛛絲馬跡。

「因爲這樣，我改姓宮川一事，其實不是正確的作法。但一些弟子們不知情，一直認爲我是丈夫的正妻，結果不知何時起，我就成了宮川香琴……」

「古琴的技藝是透過您丈夫的教導……」

「是的，不過在那之前我便多少熟悉這項樂器了……和丈夫的關係變得親密，其實這就是主因……」

菊乃的臉頰又微微泛紅了。

這時，橘署長在椅子上端正坐姿，不自然地乾咳了下。

「嗯……接著，我想請教有關您那留在富山的兒子的事。名字是叫靜馬吧。您和靜馬先生之後有見過面嗎？」

「有的，偶爾……平均大約三年會見一次面……」

「這麼說，靜馬先生知道您是親生母親了？」

「不，他小時候好像不知道。他入了那個家的戶籍，完全成爲津田家的孩子……他似乎只把我當成親切的阿姨。可是，國中入學前，大概有人告訴他了。他好像稍微明白一點。」

「關於他父親的事呢？」

「不，這個部分應該毫不知情吧。因爲我也沒有對津田先生詳細說明過。當然，津田先生原本就略略曉得……」

「那麼，靜馬先生直到最後，都不清楚親生父親是誰了？」

「嗯，這個嘛……」

菊乃取出了手帕，靜靜地擦拭嘴邊。

「這部分不曉得您是否知情，那孩子有兩三次受軍隊徵召，每次我都會前往富山和他見面。最後在昭和十九年，當他又收到了徵召令時，或許是種預感，總覺得這次眞的要長久分別了，便忍不住透露我就是他親生母親的事。那時，他也問到父親的事，所以我……」

「告訴他了，是吧？」

「是的……」

從菊乃那不太方便的眼裡，此時往臉頰滑落了眞珠般的純淨眼淚。金田一耕助看到此景，胸口一陣揪心，不由得別開黯然的眼神。

橘署長也不自然地清了下喉嚨。

「哦，原來如此。啊，那麼，您當時應該說明了爲什麼會離開靜馬先生的父親，也就是犬神佐兵衛老先生身邊的原因和過程了吧。」

「嗯，這是因爲……沒有解釋這部分的話，那孩子沒辦法信服……」

「您同時也提到有關小斧、古琴、菊花的詛咒了嗎……？」

橘署長認爲自己已盡可能若無其事地問了這句話，然而，菊乃還是突然抬起了頭，驚恐地看著三人，隨即又頹喪地低下頭。

「是的，我……因爲希望能讓那孩子知道，我經歷了多麼悲慘的命運……」

菊乃拿手帕按住眼睛，肩膀不斷顫抖。這時，金田一耕助從旁以穩定口吻插嘴：

「當時靜馬先生的反應如何呢？他應該很憤慨吧。」

「嗯……那孩子的個性原本相當溫和，不過感情卻很強烈……當時他雖然一句話都沒說，可是眼眶裡充滿了淚水，臉色也變得非常蒼白，還不停地顫抖著。」

「然後，他就入伍離開母國，前往不知名的地方了？」

金田一耕助眼神黯淡地從椅子上站起，走近窗邊看著外頭。雪似乎沒有停止跡象，還颳起風，玻璃窗外的白色漩渦發狂飛舞著。金田一耕助茫然盯著這幅景象，凝重地嘆口氣。

仔細想想，靜馬這名青年實在太可憐了。當他第一次知曉親生父親的事時，也正是朝向昏暗命運出發的時刻。緊緊懷抱首次聽聞的父親名字出發的他，眼前等待著的是魚雷還是轟炸機呢？或者他很高明地擺脫了這些武器的襲擊，現今還存活於某處？

這時，金田一耕助突然轉身走回菊乃身旁，將手放在她的肩上，從上方凝視著她說道：

「菊乃女士，有關靜馬先生的事，我還有個問題想請教您。」

「好的。」

「您應該知道佐清先生吧。還有佐清先生所戴的那個面具……」

「是，我都知道。」

「那個面具，是仿照佐清先生原本面貌所製成，那麼……靜馬先生和佐清先生是不是長得很像啊？」

金田一耕助最後這句話，有著在這客廳投下炸彈般的效果。坐在椅子上的菊乃渾身僵硬，而橘署長和古館律師則都緊抓住椅子的扶手，一副快要跳起來的模樣。

在這極不尋常的緊迫氣氛下，壁爐的熊熊烈火中傳來了煤炭燃裂的聲響。

三個掌印

「爲什麼……爲什麼您會知道這件事呢？」

過了相當長的一段時間後，菊乃才終於開了口。她頹喪地癱坐在椅子中，一副鎮靜不下來的模樣擦著額上的汗。她那隻視力不良的眼裡充滿驚恐之色。

「這、這麼說，他們果、果然長得很像了？」

菊乃微微點了頭，隨後以冷靜平淡的口吻說道：

「當我頭次見到佐清先生時，眞的是大吃一驚。當然，他那張臉並不是眞的，而是用橡膠製成的一張面具。可是各位也清楚，我的視力非常不好，一開始並不知道那是張面具，只覺得他眞的很像靜馬，才會嚇一大跳。不不，不止相像而已，簡直是一模一樣啊……我起初還以爲靜馬回到了這個家，還坐在那裡呢。可是，仔細觀察後，才慢慢發現原來他不是靜馬。從眉毛的部分到眼神……還有鼻翼一帶和靜馬不同。不過，有道是：『血濃於水』，一點兒也不錯。佐清先生是前代老爺的孫子，而靜馬則是前代老爺的遺孤，兩人年紀雖然一樣，輩分上卻是叔姪的關係，他們一定都和前代老爺長得很像吧。」

菊乃平靜地說完這些話後，用手帕按住了滿眶的淚水。她也許是想到那身爲犬神佐兵衛的獨子，卻必須過著湮沒於世的生活，後來甚至下落不明的孩子，而感到心痛吧。

此時，橘署長突然轉頭看著金田一耕助。

「金田一先生，你爲什麼會知道這件事呢？」

「沒有、沒有。」

金田一耕助躲避署長的視線，別過臉說道：

「我並不知道啊。如同菊乃夫人剛才所講，他們是叔姪且還同齡，我便猜想或許兩人有些地方會長得很像。只不過，實在想不到竟然會一模一樣。」

金田一耕助站在菊乃身後，輕輕抓搔著鳥窩頭。然而他的眼裡卻閃過不尋常的光。

橘署長以懷疑的視線，緊緊盯著耕助的側臉，但很快就斷了念似地轉身向菊乃問道：

「菊乃女士，難道您不知道靜馬先生的下落嗎？」

「不，我不知道。」

菊乃立刻肯定地回答：

「如果能夠知道……」

說著說著便用手帕遮住眼，抽抽搭搭地哭了起來。

「可是，靜馬先生應該知道您的住址吧？」

「是的。」

「那麼，他若平安無事，應該會和貴府連絡吧。」

「嗯，就因爲這樣，我一直等待著。每天每天，我都在等他來信。」

橘署長以充滿憐憫卻多少隱含著懷疑的目光，凝視著這名抽泣的老婦人，然而不久後，他輕輕把手放在她的肩上。

「菊乃女士，您是何時開始出入這棟宅第的啊？還有，您是否有什麼特別的目的？」

菊乃拭去眼水後，靜靜抬起頭。

「署長，我就是爲了說明這件事，今晚才來拜訪。我會到這棟宅第，絕不是因爲有什麼卑鄙的陰謀，完全只是命運的巧合。不曉得您是否知情，大約到前年爲止，原本在這帶巡迴教授古琴的是個名叫古谷蕉雨的老師。蕉雨先生前年因中風病倒，才由我代爲教導古琴。起初，蕉雨先生來請託這件事時，我嚇得全身發抖，拒絕他的要求。從那須到伊那這一帶，是我這輩子都不想再踏進的地方。尤其我聽說這裡的松子夫人也是其中一名弟子時，眞的全身不停顫抖……可是，由於一些不得已的理由，還是必須由我承擔這個任務。當時，我也曾經考量，事情已過三十年，不管是名字、境遇還是面貌都像這樣完全改觀了……」

菊乃很落寞地按著她的臉頰。

「或許松子女士不會發現。除了這麼想外，我對這個家也有一點好奇心，雖然覺得自己的行動確實有些大膽，最後還是決定造訪。是的，此外絕沒有其他卑鄙的陰謀——」

「那麼，松子夫人沒有發現您的眞實身分？」

「好像沒有。因爲我的臉如同所見，變得像怪物一樣……」

的確，想要從現在的宮川香琴追尋她往昔的面容，或許是不可能了。當時集佐兵衛老先生寵愛於一身的菊乃，應該相當美麗吧。然而，如今的香琴老師，卻是一隻眼凸出，另一隻眼塌陷，而且額上還有一道很大的傷痕，怎麼也看不出從前會是那樣的美人。再者，以前紡織工廠的女工，竟然成爲從東京前來巡迴教導古琴的名師，恐怕連松子夫人也料想不到吧。三十年的歲月，大大地改變了每個人的命運。

「既然您從前年起來到這個家，那麼當時佐兵衛老先生還健在吧。您和他見面了嗎？」

「沒有，一次也沒有。因爲從那時起，前代老爺就臥病不起了……而且，我的臉也已變成這副德性……不過我曾想，若能偷偷一窺他的模樣就好了……」

菊乃嘆了口氣。

「但多虧到這個家教導古琴，讓我能在他過世時參加葬禮，同時，得以在靈前祭拜……」

說到這裡，菊乃又以手帕掩住眼睛，抽泣起來。

仔細想想，佐兵衛老先生和菊乃也太沒緣分了。儘管彼此那麼互相愛戀，卻硬被三名悍馬般的女兒拆散。老先生臨終之際，菊乃就近在咫尺，卻無法正式見面，也無法相認。一想到那雖能在老先生的靈前行祭拜之禮，卻只能暗中淚溼衣袖的菊乃心情，一股惻隱之情便不禁湧上金田一耕助心頭。

橘署長也不自然地故意咳了聲。

「啊啊，嗯……原來是這樣，我懂了。那麼接下來，最後要請教您有關這一連串案子的問題。您是不是從一開始就知道這些案子和小斧、古琴、菊花有關？」

菊乃略微顫抖了下。

「不，沒那回事。佐武先生剛遇害時，我根本毫不知情。可是，當第二件命案發生在佐智先生身上時——當時我正在陪松子夫人練習彈琴，而刑警先生在那個時候來了……」

「啊，對對。」

這時，金田一耕助突然從旁插嘴。

「吉井刑警來這裡報告豐畑村發生的命案時，您正陪松子夫人練習彈琴。其實，有關當時的事，有個問題想請教……」

「是的。」

「這其實是從吉井刑警那裡聽來的。當刑警先生告知這一連串案子和小斧、古琴、菊花有關時，據說松子夫人突然不禁使勁彈琴。同時，就在那個當頭琴線斷裂了，是吧？」

「是的。」

菊乃詫異地瞪大那視力不良的眼睛。

「這件事有什麼問題嗎……？」

「不，這件事本身沒什麼問題。我想請教的其實是有關後來發生的事……或許是在琴線斷裂時受了傷，松子夫人的右食指內側流出了鮮血。於是吉井刑警問道：『哎呀，您受傷了？』這您還記得嗎？」

「是，我記得很清楚。」

「當時，據說松子夫人回道：『啊，剛才琴線斷裂的時候……』而其實問題就出在這之後。我聽說，聽到松子夫人這句話時，您相當訝異地皺了眉頭，還反問：『在琴線斷裂的時候？』是不是這樣？您還記得嗎？」

菊乃稍稍歪著頭，說道：

「嗯……我沒把握是否講過那句話，或許講過了吧。」

「可是，聽到您那句話時，松子夫人的臉上瞬間浮現難以言喻的險惡表情。據說一股帶著殺氣的憎恨，就快從松子夫人眼裡噴出，當時您沒注意到嗎？」

「哎呀！」

菊乃屛住了呼吸。

「這……這我倒是沒注意到。您也知道，我的視力非常不好。」

「嗯，其實沒注意到，說不定反而是好事。因爲，聽說那眞的是相當恐怖的表情。換句話說，因爲那實在過於恐怖，吉井刑警才會覺得不可思議，以致後來都還留下深刻的印象。那麼，問題出在當松子夫人說：『剛才，琴線斷裂的時候……』時，爲什麼您會露出詫異的表情還反問呢？另外，聽到您的疑問時，松子夫人又爲什麼會浮現那麼可怕的神情？關於這兩點，您是不是能提供什麼線索？」

菊乃一時瞪大視力不良的雙眼，動也不動地陷入沉思。不久，她微微顫抖，回道：

「關於松子夫人爲什麼會有那種反應，我也不太能理解。不過，對於我反問了夫人的部分，我倒是聯想到一件事。我不記得是否眞的問了那麼句話，但當時我的確相當訝異，可能就因如此，才不知不覺脫口而出了吧。」

「您覺得訝異？這指的是？」

「按照夫人的講法，她的手指是因琴線斷裂受傷，但那應該是謊話。當時，或許確實被琴線抽打到，使原本受傷部位的薄皮破裂出血，可是夫人的手指並非在那時受傷的。」

「那麼是何時呢？」

「是在前一天晚上。如您所知，前晚我也陪同夫人一起練彈……」

「前一天晚上……？」

橘署長吃驚地回頭看了看金田一耕助。然而，金田一耕助卻沒有特別驚訝的樣子。

「如果是前晚，不就是佐智被殺那晚嗎？」

「是的。」

「松子夫人為什麼受傷呢？菊乃女士，針對當時發生的事，能否請您再詳細一點說明？」

「好的。嗯……」

菊乃似乎有點不安，邊搓揉著手帕邊說道：

「當時我也覺得很不可思議。據說夫人自己提過，我陪同練彈時，她離開了座位兩三次；我在接受訊問時，也做了同樣的證詞。是的，每次大概都只是五分鐘或十分鐘左右的短時間……但在她不曉得第幾次離開座位時，這部分我記得不是很清楚，夫人很快又回到位子上繼續彈琴，那時，我突然感到有點奇怪。各位都知道，我的視力極差。雖然並非完全看不見，可是細微部分確實看不清。不過，我還有耳朵。或許各位會覺得我在誇口，但由於經過長年的鍛鍊，我的確能分辨出古琴音色的不同。當時我便從音色的差異立刻發現到夫人的手指受了傷，而且是食指。同時，她還爲了掩飾受傷，忍痛繼續彈琴。」

聽著這番話，金田一耕助似乎愈來愈興奮了。起先，他只是緩緩搔著鳥窩頭，然而愈抓愈猛烈，最後便拚命用五指抓著頭，問道：

「然、然、然後松子夫人，對、對、對於受傷的事，卻什麼也沒說，是、是吧？」

「是的，她完全不提這件事。」

「那麼，您、您有沒有問她呢……？」

「沒有，我什麼也沒問。我想既然她有意掩飾，那就不提比較好。所以故意裝不知道。」

「哦，原、原來如此啊。」

金田一耕助使勁嚥下口水，讓自己稍微鎮靜下來後，說道：

「所以，當隔天松子夫人說她是剛剛才受傷時，您便不由得反問了，是不是這樣？」

「是的……」

「可是，您的反問爲什麼會讓松子夫人的表情變得那麼可怕呢？……」

菊乃更加用力地搓揉手帕。

「嗯……這我就不明白了。不過，或許是因爲察覺到，其實我早知道她手指受傷的事，覺得很不愉快吧。」

「哦，是這樣子啊。換句話說，松子夫人不希望前晚受傷的事被任何人知道嘍？嗯，謝謝您了。」

這時，金田一耕助抓搔鳥窩頭的動作才完全停止。他回頭看著橘署長說：

「署長，接下來請繼續發問吧……還有什麼問題的話。」

橘署長驚訝地瞪大雙眼。

「金田一先生，方才那些話是什麼意思？難道你是指松子夫人和佐智老弟的命案有關嗎？但佐智老弟可是在豐畑村被殺的啊。而且松子夫人一直待在這個家裡，從來沒有離開座位十分鐘以上……」

「哎呀，嗯，署長，這個部分我們待會兒再好好研究吧。現在重要的是，你還有沒有其他問題……」

署長一副不滿意的模樣，目不轉睛地看著金田一耕助的側臉，然而不久似乎就放棄了，再度轉向菊乃。

「那麼，菊乃女士，最後再請教您一個問題。對這一連串的命案，您有什麼樣的看法？凶手肯定知道這三個被害人和您之間的關係，您認爲他會是誰呢？若您不是凶手……」

菊乃吃驚顫抖。然後，猛烈吸口氣，凝視著署長，然而很快就緩緩低下頭。

「是的，因爲怕警方會這麼想，今晚我才專程前來拜訪。假如我繼續隱瞞眞實身分，一旦曝光，必定會被懷疑吧……考慮到這點，所以主動告白自己的身分。我既不是凶手，也完全不知道凶手究竟是誰。」

菊乃斬釘截鐵地回答。

之後，菊乃又被問了兩三個不太重要的問題。這時，由於大批警察蜂擁而來，她就先回有弟子等待的旅館了。

大批的警察蜂擁而來，不用說，當然是因爲帶來了驗屍報告和掌印鑑定書。

「署長……」

金田一耕助先前見過的藤崎鑑識課員，不知爲何情緒激動到脹紅了臉。當他正要向署長報告時——

「啊，請等一下。」

金田一耕助制止了他，隨後按了電鈴呼叫女傭。女傭來了後——

「請轉告珠世小姐，麻煩她來這裡一趟……」

過沒多久，珠世到了。她安靜地向在場眾人默默行禮後，在角落的椅子坐下。她還是如同往常，像那暗藏祕密的人面獅身像般美麗。

「好，那麼按照順序來聽各位的報告吧。首先，驗屍結果如何？」

「是。」

一名刑警前進一步。

「由我來做簡要報告。死因是勒斃，凶器是細繩類的東西，死亡時刻在昨晚的十點到十一點間。不過，被倒著浸泡在湖裡的時間，大約在這個時間的一個小時後。」

「謝謝。啊，吉井先生，你是來報告沾附在鈕釦上的血跡吧。怎麼樣，檢驗結果？」

「是，的確是人的血液。血型是O型。」

「哦，是嗎？謝謝你了。」

到了這時，金田一耕助才首次轉向藤崎鑑識課員，問道：

「藤崎先生，來，接下來請報告吧。終於輪到你了。結果呢……？」

從剛才開始就一直急得發慌的藤崎鑑識課員，用他那因情緒過度激動而發著抖的手指，從摺疊式公事包中取出了一卷卷軸和兩張紙。

「署長，實在奇怪啊。您也知道，之前曾取過犬神佐清先生的掌印。這是當時的掌印，寫著十一月十六日。這和從古館律師那裡借來的卷軸掌印完全一致。可是，今天從那具屍體取下的這個……這個掌印，卻和那兩個完全不一樣啊。」

宛如一陣風吹掠過蘆葦穗實，此時在場所有人突然發出了沙沙的吵嚷聲。署長從椅子上彈跳起來，古館律師屏住了呼吸，還瞪大了眼睛。

「怎麼可能！這怎麼可能呢！難道昨晚被殺的人，並不是佐清老弟？」

「沒錯。若從這個掌印判斷……」

「可是，可是，之前取那個掌印時……」

此時，金田一耕助低聲地插話。

「署長，當時那的確是佐清本人。其實對我而言，這一直是最大的盲點。世上哪有比指紋更強而有力的身分證明呢？只不過，我作夢也想不到，竟然會有人巧妙地利用那張面具，將本人和冒牌貨調包啊！」

說完，金田一耕助走近珠世。

「但，珠世小姐，其實妳早就知道這件事了吧。」

珠世默默地回望金田一耕助的眼睛，臉頰一下子便微微泛紅。隨後，她站起來向在場的人默默行了個禮，靜靜地離開客廳。

雪中的雪之峰

時間是十二月十四日。

這天，正是案情撲朔迷離的犬神家連續殺人命案，首次出現破案曙光的日子。在這個值得紀念的日子，金田一耕助早上剛起床就覺得精神極好。

他腦裡那不斷干擾正確思考的盲點暗雲完全散開後，思路可說是一瀉千里。昨天他花了整日的時間，在腦中組合堆疊推理積木，將形成案情謎團的複雜架構建構完成。接下來的工作，只剩找出眞正的佐清了。而且，警方這次肯定會成功吧。因爲，警方已明白要找尋的對象就是佐清，同時手中還握有他的照片。

金田一耕助很久沒有睡得那麼熟了。他八點左右才睜開眼睛，悠閒地泡了溫泉、用完早餐，在享受飯後的那根菸時，來了通電話。

打電話的是橘署長。

「金田一先生，是金田一先生吧。」

由於情緒亢奮的關係，署長的嗓門顯得有點尖銳。金田一耕助突然皺起眉頭，一定又發生什麼事了吧。只不過，應該不會再出事才對啊。

「嗯，是的，我是金田一。署長，發、發生什麼事了嗎？」

「金田一先生，佐清那傢伙出現了啊。昨晚他到犬神家裡來了。」

「你、你、你說什麼！佐清出現在犬神家……？那，那他做了什麼事嗎？」

「嗯，是啊，不過幸好沒讓他得逞。金田一先生，你可不可以馬上過來署裡一趟？我們要去追捕佐清。」

「知道了。」

金田一耕助請旅館的人叫了部出租三輪車，在外褂披上和式大衣後便急急忙忙衝出旅館。

雪在夜裡就停了，今天是個晴朗、耀眼的好天氣。雖然不論是湖面的結凍冰層還是湖畔的城鎮，甚至是其背後的群山群峰，都籠罩在那如純白毛毯的雪中，然而由於下的是鵝毛大雪，融解速度較快，道路兩旁不時傳來融雪沿著屋簷滴落的聲音。

在警察署前下了出租三輪車，金田一耕助發現那裡已停著三輛汽車，其後還裝有滑雪裝備。有好幾名穿戴得煞有介事的警察正忙上忙下。

金田一耕助立刻衝進署長室，看到署長和古館律師都穿著滑雪衣、戴上滑雪帽站在那裡交談著。

署長看到了金田一耕助後，便皺起了眉頭，說道：

「金田一先生，你那個樣子……你沒有帶西式服裝嗎？」

「署長，到底準備要做什麼呢？該不會是要把偵辦工作甩在一邊，乘興去滑雪吧？」

「開什麼玩笑啊。這是因爲我接到報告，說是佐清逃向雪之峰了。所以，我們打算現在去追捕他。」

「佐清逃向雪之峰……」

金田一耕助吃驚地直盯著前方。

「署長，佐清那傢伙不會是想要自殺吧？」

「這個可能性相當大。所以，我們有必要儘早將他逮捕到案，可是……你穿成那副德性，恐怕有困難吧。」

金田一耕助自顧自地笑了下。

「署長，你可別瞧不起人啊。我可是出身東北，滑雪比走路還習慣呢。只要撩起和服下襬也能滑雪。不過，沒有裝備的話……」

「裝備已經準備妥當了。好，那我們一起出發吧。」

這時，一名警察慌張地跑了進來，對著署長低聲耳語。署長使勁地點了個頭。

「好，那我們立刻出發！」

前面的兩輛汽車載有好幾名穿著制服的警察和便衣刑警，他們像結得滿枝的果實攀擠在車上。而最後的這輛車，則坐著橘署長、金田一耕助和古館律師，此外還有一名警官擔任駕駛。汽車隨即在融雪中的泥濘道路上咆哮前進。

「杉山老弟，汽車大概可以上到哪兒啊？」

署長向駕駛座的警官問道。

「這樣的雪不算什麼大問題。應該可以開到山峰的八成高度吧。不過，車子可能會打滑得相當厲害吧。」

「開得到八成高度便輕鬆了。我可沒想過這把年紀還得滑雪。我本來就不擅長爬山。」

的確，也難怪他會有個「狐狸」的綽號，一年到頭都在喝酒的橘署長，頂著一個肥肥大大的肚子，恐怕不擅長在雪中登山吧。

「署長，話說回來，到底發生什麼事？佐清幹了什麼壞事？」

「對了，這個還沒跟金田一先生說。是這樣，昨晚佐清到犬神家企圖殺害珠世呢。」

「殺害珠世……？」

金田一耕助不由得瞪大了雙眼。

「哦，是嗎？」

根據署長所言，事情經過如下——

昨晚珠世受到金田一耕助的招請來到客廳，據說佐清大概就是趁她不在時潛入房間，然後悄悄躲在寢室的壁櫥裡。

珠世十一點左右回到房間後，立刻熄燈就寢。然而，或許是情緒亢奮的緣故，一直無法入睡，前後超過一個小時就在床上翻來覆去，難以成眠。不久，她便注意起壁櫥內的動靜。雖然很微弱，但裡頭似乎有東西在蠢動，還聽得到微微呼吸聲。

珠世是名性格膽大的女子。她打開燈穿上拖鞋後，馬上走到壁櫥前面，打開了門。那一剎那，裡面跳出一名男子，撲向珠世、將她壓倒在床上後，兩手按在她的喉嚨上。這名男子用圍巾掩蓋住臉。聽到這些聲響，猿藏立刻從走廊衝進隔壁房間。

雖然寢室的門從內側上了鎖，然而對巨人猿藏來講，根本不成阻礙，門很快被撞開了。

猿藏衝入時，珠世正被歹徒掐住喉嚨，就快昏倒了。猿藏隨即撲向那名歹徒，而歹徒也立刻放開珠世迎戰。

當時，若是堂堂正正對打，歹徒絕不是猿藏對手，然而在交鋒兩三回合後，歹徒的圍巾突然嘩啦一聲掉落。猿藏看到對方的臉便愣住不動了。差點昏厥的珠世則發出慘叫。

原來這名歹徒就是佐清。

佐清根本不把呆愣原地的猿藏當一回事，立即從寢室衝到外頭。這時，寅之助和幸吉也趕了過來。他們也在看到佐清的臉後，茫然僵立在那裡。趁著空檔，佐清便在雪中向外頭飛奔逃走了。

「接到這個報告時，大概是一點左右吧。我們立刻畫了警戒線，忙亂地展開各項部署工作。我在這場大雪中，毫不客氣地前往了犬神家，那可憐的珠世，喉嚨留下了淒慘的青紫斑痕，還歇斯底里哭泣著。」

「珠世在哭？」

金田一耕助吃驚地反問。

「當然會哭，她可是差點就被殺了。即使她的個性再好勝，終究也是個女人啊。」

「那松子夫人呢？」

「啊，松子夫人吶？唉，我總覺得那女人實在很難伺候。她一副女巫般的表情，只有眼神銳利得很，但就是一句話也不說。想讓她開口，還眞沒那麼容易。」

「不過，佐清爲何冒那麼大的風險殺珠世？還有，直到出現爲止，他到底躲在哪裡啊？」

「這個，沒逮到佐清是不會明白的。」

由於快看到破案的曙光了，橘署長一副稱心愉快的模樣。然而，金田一耕助卻在結束對話後，默默地陷入了沉思。

汽車已經開到雪之峰的登山路前。通過名爲「狹間新田」這個峽谷中的村落後，比這裡更高的地方就沒有任何住家了。看來似乎已有很多滑雪客登山經過這一帶，積雪被踩得很平，車子比原先預料的容易行進。

「署長，這種狀況開到八成高度應該不成問題。」

「嗯，那太好了。」

當車隊來到「崑之海」附近時，發現一名穿著滑雪裝備的便衣刑警在路旁等他們。

「署長，大概就是這條路了。現在大夥兒正逼近著呢。」

「很好！」

汽車邊使積雪發出咯吱咯吱的聲響，邊雀躍地前進。那彷佛擦拭過的萬里晴空中，麗日照耀著覆蓋群山群谷的雪，反射的亮光甚至刺痛了眼睛。偶爾路旁的樹梢上，會撲通一聲掉落大雪塊。車隊很快地來到位於八成高度，一個名爲「地藏坂」的斜坡。從這裡開始，汽車便無法再上去了。

眾人下車後，各自套上了滑雪板。

「金田一先生，你沒問題嗎？」

「沒問題是沒問題，只不過，你會看到相當古怪的景象。」

沒錯。當時金田一耕助的那副模樣，實在值得一看。他脫下和式大衣、外褂及和服裙子後，撩起下襬，在針織的和式細筒短褲外穿上襪子和滑雪鞋。

「金田一先生，你那個樣子……啊哈哈哈……」

「別笑啊。樣子或許不好看，但你可以好好見識一下我的本領。」

難怪他會如此誇口，他的技術果然在這一行人中是最好的。他把雪杖扛在雙肩上，隨即噠、噠、噠地迅速爬了上去。橘署長那個肥肚子則成了很大的負擔，他邊喘著大氣邊吃力地跟上前。

不久，一行人便通過了九成高度的區域，來到了山頂上一處名為「沼之平」的附近。這時，他們遇到從上方滑下的一名便衣刑警。

「署長，請趕快過來。剛才發現歹徒了，大夥兒現下正在追捕。那個混帳傢伙，身上竟然還帶著手槍。」

「好！」

一行人加快腳步往上爬時，上方突然「碰！碰！碰！」地傳來手槍對擊的聲音。

「啊，已經開火了。」

金田一耕助兔子般一蹦一蹦地爬上陡坡，終於到達「沼之平」的斜坡頂端時，他一時竟忘了當時的緊張狀況，忘情地衝口大叫：

「啊，太漂亮了！」

隨後不禁就愣在那兒不動了。

豁然開展在他面前的是一整片緩和起伏的雪世界，而那覆蓋在雪中的巍峨八岳山脈連峰，彷彿近在眼前。此外，還有那碧藍色的天空，及彷彿呈現出淡紫色光彩的雪褶皺……

然而，金田一耕助的陶醉並沒有維持很長的時間。因爲斜坡下方再次傳來了手槍射擊的「碰！碰！碰！」聲響。

一看，有段距離的下方，三名便衣刑警正遠遠地包圍著狀似復員士兵模樣的男子，他們一步一步地逼近。那些和耕助一同爬上來的人見狀，便如燕子般一齊滑了下去。金田一耕助稍後也撩起下襬跟進。

復員士兵貌的男子被便衣刑警從四面八方包圍，形同囊中之鼠，無處可逃。他丟下雪杖，只套著滑雪板，叉腿威風地站在那裡。他的眼睛充血發紅，嘴角流著血，表情兇惡。

那男子又射擊了一、兩發，而警方也隨即應戰，拚命地開槍射擊。金田一耕助邊朝那方向滑下，邊大喊：「不可以殺他。他不是凶手啊。」

或許是聽到了這句話，復員士兵貌的男子吃驚地往金田一耕助的方向仰望。這一瞬間，那宛如負傷山豬的狂暴眼神，在那名男子的眼中燃起。

男子將那握著槍的手反轉，把槍口抵在自己的太陽穴上。

「啊，不要殺他！」

金田一耕助喊叫的刹那，不知是誰擊出一發子彈，穿過男子的手掌，槍從手中掉落，同時他也在雪地上跪下。下一瞬間，男子的雙手便被數名撲上前的便衣刑警銬上手銬。

橘署長和古館律師走近男子身旁。

「古館律師，怎麼樣？你對這個人有印象嗎？」

古館律師屏住呼吸，目不轉睛地看著他的臉，然而很快就眼神黯然地別過臉。

「沒錯。這個人正是犬神佐清先生。」

橘署長高興地摩擦雙手，隨後又馬上回頭看著金田一耕助，皺眉說道：

「金田一先生，你剛才說了很奇怪的話喔。『他不是凶手』，那是什麼意思啊？」

金田一耕助此時突然拚命抓搔起鳥窩頭。然後，還一副相當高興的模樣，說道：

「署、署、署長，沒、沒、沒有什、什、什麼意思啊。反、反、反正這個人不是凶手。只、只、只不過，他應該會硬是主張自己就是凶手吧。」

從剛才起一直凶狠瞪視著金田一耕助的佐清，就在那時，絕望地揮動那雙被銬住的手，撲通一聲橫倒在雪地上。

我的告白

時間是十二月十五日。

由於從昨日起接連的晴朗天氣，使原本覆蓋整個那須湖畔的積雪，相當程度地融解了。然而，彷彿是漂浮在空氣中的細菌，現今居住於那須市及其周邊的人們之間，仍舊瀰漫著冰冷的戰慄與緊張氣氛。

因爲每個人都知道，那椿震撼整個那須湖畔一帶的犬神家連續殺人命案，最大的嫌疑犯昨天已在雪中的雪之峰被逮捕了。這名嫌疑犯不是別人，就是那個犬神佐清。而且，佐清及這一連串命案的關係者，將從今日此時此刻起，於犬神家的內廳展開直接對質。

同時，他們還知道由十月十八日若林豐一郎命案開端的這一連串殺人命案，偵辦工作終於接近最後階段了。只不過，至今還沒有人知道犬神佐清究竟是否爲眞凶。但是，這個部分很有可能也將透過今日的對質而眞相大白。

因此，那須湖畔的居民，每個人都緊張地持續屏息關注犬神家的動向。

現下，那打通了兩個房間，足足有十二張榻榻米寬的犬神家內廳裡，正並列著一張張異常緊張的面孔。

松子夫人還是不改平日那頑強的表情，拉近了菸具盤，從容的用長菸管抽著菸。儘管體型稍嫌纖細，卻有著彈簧般強韌體質的這個女人，此時此刻到底在思考些什麼呢？

她絕不可能尚未聽聞，昨日眞正的佐清已在雪之峰遭到逮捕的消息。這麼說來……哦，在眞正的佐清被逮捕前，她也應該早就知道，根據那個掌印判斷，其實倒立在湖面上的那個人，並不是佐清本人。

儘管如此，她的態度和表情卻沒有顯露出任何動搖。她根本不在乎妹妹們和其他人投射而來的那種充滿猜疑與憎恨的視線。同時，還沉著到能如頑童般抽著朱羅宇菸管（註）。她那搓揉著菸絲的指尖，也絲毫看不出顫抖的跡象。

和松子間隔稍許距離的地方，竹子和丈夫寅之助，以及梅子和丈夫幸吉這些人都聚坐在一起。與松子那般鎭靜的舉止相反，他們都因猜疑、恐懼以及不安而驚駭地顫抖著。竹子那豐盈的雙下巴，或許是因爲極度的緊張，正不停發抖。

離這群人有些許距離處，珠世獨自一人被孤立似地坐在那裡。

她依然是那麼地美。就美麗這一點來看，和平日並沒有什麼兩樣，然而，今日的珠世與以往不盡相同。她那茫然恍惚瞪大的雙眼中，濃厚地存在著令人心酸的悲傷神色。原本無論被說了什麼，被以何種眼光看待，都端然地裝成一本正經的珠世，今日卻從一開始就顯得有點慌亂。那始終支撐著她的強烈自我的根，彷彿由於某個偶然的緣故而斷裂了。她的身上甚至偶爾會突然出現激烈的顫抖。

與珠世稍微間隔一段距離，坐著古琴老師宮川香琴。她似乎還不明白自己爲何會被請到這裡來。面對著可怕的松竹梅三姊妹，她是一副膽戰心驚的模樣。

稍離香琴女士處，坐著金田一耕助和古館律師。古館律師完全失去了平日的沉著與冷靜，頻頻假裝咳嗽，用手擦著額頭，還不停地晃動著腳。而金田一耕助果然也相當亢奮，從剛才就一面環視著在座眾人的表情，一面不停抓搔著鳥窩頭。

時間是下午兩點整。

由於從遠處傳來了電鈴聲，使得所有人都突然緊張了起來。不久，便聽到一群人的腳步聲正從緣廊彼端慢慢接近。首先出現在眾人眼前的是橘署長，接著則是被刑警左右押住雙臂的犬神佐清。他的腳步蹣跚，被銬住的右手上還纏上了白色的繃帶，慘不忍睹。

佐清走到內廳的紙拉門外時，忽然十分驚恐地停下了腳步。接著，他恐懼地環視在座所有人，但當視線移到松子夫人身上時，他卻突然別開了臉。

註—一般菸管由雁首（即菸管鍋）、羅宇（即竹菸管桿）和吸嘴等三個部分構成。朱羅宇菸管指的是羅宇部分漆成朱紅色的菸管，多爲女用。

就在那個當頭，他的視線恰好正面對上珠世的眼眸。一時，兩人宛如活人畫般，動也不動地互看著彼此。然而，當佐清的喉嚨中發出了有如啜泣般的聲音，隨後還把臉轉向別處時，珠世也彷彿解開了咒語的束縛，頹喪地低下頭。

這時，金田一耕助最爲關注的，當然是松子夫人。她果然也在看到佐清的瞬間，臉頰突然泛紅，持著菸管的手也顫抖了起來，但還是很快地就回到平日那種頑強的表情，沉穩、鎮靜地開始搓揉菸絲。

她那般強烈的意志，連金田一耕助也驚嘆不已。

「來，把佐清押到這裡……」

橘署長一聲令下，一名刑警推了被戴上手銬的佐清一把。他腳步踉蹌地進入客廳，依照橘署長的指示在金田一耕助的前面坐下。兩名刑警在背後待命，一旦有狀況發生就能立刻撲上前。而橘署長也在金田一耕助的旁邊落坐。

「那麼……？」

片刻的沉默後，金田一耕助轉頭看著署長問道：

「不知道有沒有偵訊出什麼新的事實？」

橘署長繃著臉，緊閉嘴唇，接著從口袋中拿出一個皺巴巴的茶色信封。

「請讀看看吧。」

金田一耕助接過手一看，發現信封的正面上有：

「我的告白」

翻到背後一看，則有：

「犬神佐清」

用粗鋼筆所寫的潦草字跡。

信封中有張粗糙的信紙，字跡和信封上相同，內容爲：

> 於犬神家發生的連續殺人命案，全部是我犬神佐清所犯下。除了我以外的任何人，皆與本案無關。本人在自決前，特此告白。
>
> 犬神佐清

金田一耕助讀了這封告白書後，並沒有出現任何特別感興趣的表情。他默默地將信紙塞回信封還給署長，說道：

「這是佐清先生身上所帶的吧？」

「是的，從內袋……」

「可是，如果佐清先生打算自殺，爲什麼沒能趕緊動手呢？爲何還抵抗警方呢？」

橘署長皺起眉頭。

「金田一先生，這話是什麼意思？照這麼說，莫非你是指佐清根本沒打算要自殺？可是，你昨天也在場，應該曉得那時若不是因爲某個同仁發出子彈，剛好命中了佐清老弟的手掌，他早就自殺身亡了啊。」

「不不，署長，我的意思不是那樣。佐清老弟確實打算自殺。但是，他想盡可能死得更壯烈，更戲劇化。他想盡量吸引世人的關心和注意。這是因爲愈能如願做到這點，那封自白書的效果便會愈大。」

署長還是一臉無法領會，然而金田一耕助卻不怎麼在意，繼續說道：

「啊，剛剛我所講的話中，有個地方錯了。『爲什麼佐清要抵抗警方呢？』這種講法其實不太對。事實上，佐清沒有抵抗，而只是裝得像在抵抗而已。當時他的槍口，絕對沒有瞄準警方，而都只是雪。署長，你沒發現這點嗎？」

「聽你這麼一說……嗯，其實當時我也覺得有些不可思議……」

「啊，這麼說，你也發現到了。」

金田一耕助高興地抓搔著鳥窩頭說：

「署長，請好好記住這件事。因爲，要對佐清定罪時，這將會成爲一項反證。」

橘署長還是一副不能理解似地緊鎖眉頭。然而，金田一耕助卻依舊毫不在乎地繼續道：

「對了，署長，佐清先生是否已經針對這封告白書的內容，做了具體性的說明？譬如是以什麼樣的手法殺死被害人……」

「嗯，這個……」

署長一副極度不悅的表情。

「這傢伙根本不坦白招供啊。他只一味地主張全部案子都是自己所犯，與其他人無關。除此之外，他絕對不多說一句話。」

「哦，原來如此。嗯，其實跟我想的差不多。可是，佐清先生……」

金田一耕助用親切的笑容望著佐清。然而，佐清卻從剛才就默默不語地低著頭。

的確，眼前這個人的臉，和之前一直自稱爲佐清的男子戴的那張橡膠面具一模一樣。只是，不同處在於那張面具缺乏生氣和表情，而眼前這個佐清的臉上有著活生生的血色，還充滿著令人心酸的神情。那是張還留有在南洋曬黑過殘影的精悍面貌，但也顯得瘦削與憔悴。

不過，儀容方面並沒有那麼邋遢難看。他既沒有留鬍子，最近似乎剛理過頭髮，脖頸子到後腦杓的部分理得相當乾淨。只是，頭髮當然是散亂的……

金田一耕助好像很高興地看著佐清那理短的頭，再度喚了他一次：

「佐清先生……」

「你不可能是所有命案的凶手啊。以若林豐一郎先生的案子來講，若林先生是在十月十八日被殺害，而你卻在十一月十二日才使用『山田三平』這個名字，從緬甸復員回到博多。還有，你應該從署長那裡聽說了吧？佐武先生被殺那晚，也就是十一月十五日那晚，一名自稱『山田三平』，狀似復員士兵的男子，在下那須一間叫『柏屋』的旅館過了一夜。而且，那名男子離開旅館後，還留下一條沾滿血跡，染印有『支援復員　博多友愛會』等字樣的布手巾。於是警方照會博多的相關單位得到的回覆是，十一月十二日入港，載運著復員士兵的船上，的確有一名自稱山田三平的人。而且，山田三平申告的落腳處為『東京都麴町區三番町二十一番地』這個住址。這和在柏屋登記的地址相同，其實也是貴府在東京的別墅地址。換句話說，你確實改名換姓復員回來了，可是，卻一時想不出什麼適當的地點，才申告了貴府在東京的別墅為住處。只不過，由於當時你才剛復員，不知道區的名稱已經變更，所以還是像以前一樣寫上了『麴町區』。」

佐清依然保持沉默。倒是其他人比他更熱心地傾聽金田一耕助的話。

「那麼，山田三平這個人在博多過了一夜後，便在隔天的十三日離開前往東京。所以，按理他於十五日晚上出現在下那須的柏屋，也不是件不可能的事。因此，理所當然地十五日晚上出現在柏屋的山田三平，和十二日復員回到博多的山田三平是同一個人；換言之，這兩人其實都是你。佐清先生，你知道我想講的是什麼嗎？簡單地說，十一月十二日才復員回到博多的你，怎麼可能會是十月十八日發生的若林豐一郎命案凶手呢？」

在座所有人都緊張地屏息凝視著佐清。佐清到了這時，才首次惶恐地抬起頭。

「那個……那個……」

佐清的嘴唇顫抖著。

「我並不知道若林命案的事。我所說的，只是在這個家被殺害的那三個人的事而已。若林命案和這些命案根本就毫不相干。」

此時，金田一耕助突然又開始拚命抓搔鳥窩頭了。看到耕助這個舉動，還不曉得他有這種習慣的佐清嚇了一大跳，驚訝到目瞪口呆。

「署、署、署長，聽到佐清先生剛才講的那句話了嗎？佐清這句話等於默認十一月十二日復員回到博多的山田三平，及十一月十五日出現在柏屋的山田三平，都是他自己了。」

彷彿是在表達「糟了！」這般訊息的凶狠目光，瞬間在佐清的眼中燃燒起來。然而，他似乎立刻死了心，頹喪地低下頭。

金田一耕助微笑說道：

「哎呀，佐清先生，一開始我可沒打算要套你的話。只不過想確認一下這件事而已。這麼一來，倒是可以省下很多工夫。對了，佐清先生，其實若林命案，是否和在犬神家發生的那些凶殺案有關，還沒有得到明確證實。不過，以常識來判斷，這些肯定都是同一個凶手犯下的案子。不過，這點擺一邊吧。最後，我們把話題轉到冒牌佐清被殺的案件吧。那個人是在十二日晚上十點到十一點之間遇害，不過屍體一個小時後，才被倒著浸入湖裡。那麼，佐清先生，我想請教在那個時刻，你本人在這裡嗎？也就是說，你本人在那須市了嗎？」

佐清悶不吭聲。他看起來似乎是打算，不管再發生什麼事，都絕不開口說話。金田一耕助微笑著按了電鈴。聽到電鈴聲後，一名女傭走了進來。

「啊，麻煩帶那些等在那裡的人過來吧。」

女傭離開沒多久，隨即領進了兩名男子。其中一人穿著黑色豎領西服，另一人則穿著卡其色的復員士兵服，兩個都是年紀還不大的青年。橘署長詫異地皺起眉頭。

「署長，我來介紹一下。這位是在上那須車站服務的上田啓吉先生；十三日晚上，新宿發車的下行列車於九點五分到達上那須車站時，就是他在車站出口處收回乘客的車票。另一位是小口龍太先生；他是出租三輪車的司機，同一時間，他也在車站前等待客人。好，那麼，上田先生還有小口先生，你們對這個人有印象嗎？」

當金田一耕助指著佐清時，兩人立刻點了頭。

「這個人……」

上田啓吉看起來似乎事先想好要講的話了。

「就是十三日晚上，在九點五分到達上那須的下行列車，下站的其中一位客人。因爲那晚下著大雪，而且總覺得這個人的舉止有點可疑，所以我記得很清楚。從他手中回收的車票，是新宿車站賣出的車票。」

出租三輪車的司機小口龍太也補充道：

「這個人我也有印象。十三日晚上，九點五分那班下行列車抵達時，我在車站前等待要乘坐的客人，可是從那班車下來的客人只有幾個……所以我就問這個人要不要坐三輪車，但這個人一句話也不回，別開臉，很快在雪中走掉。嗯，這肯定錯不了。因爲那晚下著大雪。」

「哦，是嗎？謝謝你們。那麼，或許日後警方還會再傳喚你們，今天先到這邊……」

兩個人離開後，金田一耕助轉頭看著署長，說道：

「今早，我帶著佐清先生的照片到上那須車站試著探聽了下。會這麼做，其實是佐清先生那個髮型的緣故。我很在意。那應該是理髮後才過了三四天而已。可是，佐清先生絕不可能在本地理髮。因爲在理髮廳不能遮臉。而且，就算理髮師不認識佐清，也沒辦法保證認識他的客人不會進到店來。因此，若佐清先生理了髮，一定是在其他地方。這麼一來，我便想知道他究竟是何時到達這裡，所以才到車站打聽。我想，佐清當時遮掩住臉的話，就沒辦法打探了，但也覺得他應該不會這麼做。如我們現在所見，佐清穿著復員士兵服。現下在那須一帶，一提到掩住臉狀似復員士兵的男子，可是每個人拚命尋找的對象啊。所以，佐清就是想避人耳目，也無法遮住臉，也才會被上田先生和小口先生看到，還留下了印象。」

說到這裡，金田一耕助轉頭看著宮川香琴。

「對了，宮川老師，您應該也是坐那班在十三日晚上，九點五分到達上那須車站的列車來到本地吧。」

「是，沒錯。」

香琴女士的聲音小到幾乎快聽不見了。

「還有，您是在東京看了晚報得知佐清命案的消息，才大吃一驚連忙趕來吧。」

「是的。」

金田一耕助微笑轉回頭看著署長。

「署長，這樣懂了嗎？宮川老師是在看了晚報，知道佐清命案，才急急忙忙從東京過來喔。這麼說，乘坐同一班列車從東京而來的佐清先生，說不定也在東京讀了晚報。至少有那麼一個可能性。換句話說，搞不好佐清先生是從晚報中獲知冒牌貨被殺，才驚訝地趕來。」

「但，那又是爲了什麼……？」

「他是爲了前來假裝殺害珠世。」

「假裝……你說假裝？」

珠世很快地抬起頭。她原本蒼白無比的臉上，突然有了血色，而那注視著金田一耕助的眼眸裡，正散發著不尋常的熱度與光芒。

金田一耕助以安慰的口吻對她說道：

「是啊，那是假裝的。佐清先生根本沒有絲毫殺意。他只不過想增加那封告白書的效果，作勢殺妳給大家看啊。」

忽然，彷彿有種很大的感動包圍了珠世的全身。她一面激烈地顫抖著，一面瞪大那快裂開的眼珠，緊緊地凝視著金田一耕助。很快地，她的眼睛逐漸便漸溼潤，淚如泉湧地奪眶而出，不久就抽抽噎噎地哭了起來。

靜馬與佐清

看到此景，連金田一耕助也大吃一驚，一時只能目瞪口呆地望著珠世那激烈的反應。

至今，金田一耕助始終認爲珠世是一名堅強的女子。事實上，她也的確如此。同時，也就是這樣，他總覺得珠世少了點女人味，相當可惜。然而，現下眼前所見，卻是珠世那惹人憐愛的模樣。正在啜泣的她，全身傾訴著悲傷和孤獨。金田一耕助彷彿首次碰觸到這名女子的靈魂。

金田一耕助清著喉嚨，說道：「珠世小姐，對妳而言，前幾天發生的那件事……就是差點被佐清殺害的那件事，是那麼大的打擊嗎？」

「我……我……」

珠世雙手掩面，不停地嗚咽著。

「我實在無法想像，佐清會是這一連串命案的凶手。所以……所以……佐清想殺我，說不定是在懷疑我……我是這麼想的。這點我實在無法忍受，實在太令我難過了。我不管被誰懷疑都無所謂、都不在乎，但就是不希望被佐清懷疑。這樣的話，就眞的太悲哀了……」

珠世的肩膀顫抖著，再次大哭了起來。

金田一耕助轉過頭看著佐清。

「佐清先生，剛才的話都聽到了嗎？你爲了袒護某人，卻做出如同扼殺珠世小姐靈魂的事。凡事都應三思而後行啊。珠世小姐，請不要再哭了。像妳這樣聰明的女子，爲什麼看不出前幾天的那個襲擊行動，其實不過是演戲而已呢？想想，佐清先生手裡可是拿著手槍，如果眞想殺妳，只要簡單地開一槍就行了。而且，倘若在殺了妳後還打算遠走高飛，便另當別論，但他已有了自殺的心理準備。佐清先生可不是在行凶失敗、被警方逼得走投無路的情況下，才想要自殺。我這麼說，是因爲佐清先生的口袋裡，早已放著那封遺書。他一定從東京出發時便一直帶在身上。實在無法想像，行動失敗而逃亡雪中的佐清先生，會在受到警方追捕時，還心有餘力地買那些信紙和信封。是的，佐清先生從東京出發時，早有自殺的心理準備。有這種覺悟的人，不可能會怕槍聲。所以，佐清先生若眞的打算殺妳，十三日晚上應該就能一槍斃了妳的命，同時也能自殺成功。從這點也可以知道，那晚的襲擊只是單純的演戲，難道不是嗎？」

「我懂了。」

珠世低聲回答。她已經停止哭泣。而且，那注視著金田一耕助的眼眸裡，還充滿著難以言喻的溫柔和深深感謝。

「多虧有你，讓我從地獄般的痛苦中得救。眞不知該怎麼感謝才好……」

這是從珠世口中聽到的第一句溫柔的話語。金田一耕助覺得非常難爲情。

「嗯，妳、妳、妳這麼說，就、就、就太客氣了。」

他不停地抓搔著鳥窩頭，然而不久後便吞了口口水，說道：

「那麼……可以得知，佐清先生是十三日晚上從東京來到本地，而對珠世小姐的襲擊也不過單純是在演戲。只不過，光是確認以上這些事實，還無法斷定他和十二日晚上發生的假佐清命案毫無關係。這是因爲，若在十二日晚上殺了假佐清後，坐上當晚的末班車或隔天清晨的早班車回東京，還是有辦法在十三日晚上的九點五分再次回到本地。但那也不過是有那樣的可能性而已。仔細想想，這是非常不合理的。怎麼說呢？要那麼做，還不如十二日晚上順便襲擊珠世小姐再自殺。更何況，問題應該在佐清先生的那個髮型。」

金田一耕助微笑看著佐清的頭。

「那怎麼看都是理過髮沒多久。所以，只要把佐清先生的照片發放給全東京的理髮廳，提醒他們注意，一定可以查出是在哪裡理髮。如果光查出那家理髮廳還不夠，只要追查佐清先生之後的行蹤，大概就能得知十二日晚上，他到底在何處吧。這麼一來，我想便足以構成有關假佐清命案的不在場證明了。佐清先生，你覺得怎麼樣？這個方法行不通嗎？」

佐清低垂著頭，肩膀還不停地顫動。額頭上則冒出溼黏的汗水。從這個反應來看，金田一耕助剛才所說的話，的確命中了他的要害。

橘署長把身體往前一靠。

「那麼，怎麼說呢？你的意思是指，十三日晚上佐清先生之所以來到本地，是爲了袒護某人，然後主動承擔凶手的罪名？」

「沒錯沒錯。假佐清被殺對他而言，也是一件意外的事，所以從十三日的晚報得知這個消息時，一定受到了相當大的衝擊吧。而且，之前佐武和佐智命案時，都故布疑陣讓警方認爲凶手是從外面來或是在外頭，可是這次卻沒有這樣的安排。因此，照這樣下去，眞凶一定會被逮捕。於是，佐清先生這才下定決心，打算殺身成仁，袒護眞正的凶手。」

「是誰？這麼說，那個凶手到底是……？」

橘署長的聲音，聽起來彷彿喉嚨裡卡著魚骨，然而，金田一耕助的回答卻輕描淡寫。

「話都說到這裡了，我想應該不用再特別指出……凶手啊，就是坐在那裡的松子夫人。」

這一瞬間，整個客廳突然安靜了下來，同時充斥著刺骨般的沉默。沒有人感到特別震驚。在金田一耕助講這番話的途中，大家都明白了。所以，當耕助說出凶手的名字時，大家便一齊將目光朝向松子夫人。然而，這些目光中只充滿強烈的憎惡與怨恨，並不帶有驚訝。

儘管被包圍在此般憎恨的視線中，松子夫人依然悠然自得、從容不迫。靜靜搓揉著菸絲的松子夫人，嘴角上甚至還隱約可見深沉的冷笑。

金田一耕助傾身向前。

「松子夫人，您會說出眞相吧。不，我想您一定會告訴我們。因爲您所做的一切，全都是爲了佐清先生。如果讓佐清先生承擔了凶手的罪名，那麼至今付出的所有苦心，全都會化爲泡影。」

然而，松子夫人根本不理會金田一耕助，甚至連看也不看他一眼。她只是目不轉睛地凝視著兒子，說道：

「佐清，歡迎你回來。早知你是那樣平安無事回來，媽媽就不會做出那些蠢事了。而且，也沒必要去做，不是嗎？因爲珠世一定會選擇你嘛。」

這些話語，還有語調中無限的溫柔，簡直無法想像是出自那個松子夫人口中。珠世聽到這句話時，臉頰頓時泛紅，而佐清則依然低垂著頭，雙肩不停顫抖。

「佐清。」

松子夫人接著說道：

「不過，你到底是什麼時候回來的啊？對了，如果根據剛才金田一耕助先生所說，你是十一月十二日抵達博多，是不是？這樣的話，爲什麼不從那裡打一通電報之類的給媽媽呢？爲什麼不馬上直接回來呢？那麼，我這個做媽媽的就不至於會去殺人了……」

「我……我……」

佐清用呻吟般的聲音想開口，然而身體很快激烈顫抖，隨後突然閉上了嘴。不過，下一秒，他便昂然抬頭。

「不，媽媽，您什麼也不知道。全都是我幹的，是我殺死那三個人的啊。」

「閉嘴！佐清！」

松子夫人的舌頭如同鞭子般抽響。然而，她迅速轉換成柔和的口氣：

「佐清，你那種態度只會讓媽媽更痛苦。或許你認爲是在爲媽媽著想，事實上卻讓媽媽更難受。倘若能理解這點，就誠實地說出一切吧。你到底做了什麼？砍下佐武的頭，還有將佐智的屍體載運到豐畑村，全都是你做的嗎？媽媽並不希望你做那些事啊。」

這時，金田一耕助突然拚命地抓搔起鳥窩頭。

「啊，這、這、這麼說，你們並不是一般所謂的共犯。佐清先生是在松子夫人不知情的情況下偷偷善後，是不是？」

此時，松子夫人才第一次轉向金田一耕助。

「金田一先生，我可不是犯這種案子時還會找人幫忙的那種女人。更不要說是找兒子來幫忙了……再怎麼說，早知佐清像這樣平安無事回來，根本沒必要殺人啊，不是嗎？」

「我懂了。這和我想的差不多，不過，其中必須考慮到相當多巧合與偶然……」

「沒錯，的確是偶然。很可怕的偶然。而且，那種可怕的偶然還連續發生好幾次。」

佐清用呻吟般的聲音說道。金田一耕助以充滿憐憫的眼神凝視著他的側臉。

「啊啊，佐清先生，你也承認這點了。是呀，你應該這麼做才對。就像你母親所說的那樣，誠實地說出一切。你會告訴我們吧？或者，要讓我替你說呢？」

佐清又吃驚地重新望著金田一耕助，然而見到對方那自信眼神時，便立即頹喪低下頭。

「請你說吧。我實在無法……」

「松子夫人，可以嗎？」

「請便。」

松子夫人仍然從容不迫地抽著菸，沉穩回答。

「是嗎？好吧，那就由我代替兩位。夫人，還有佐清先生，如果有說錯的地方，請不要客氣，儘管加以指正。」

金田一耕助休息了片刻後說道：

「好，像剛才提到的那樣，十一月十二日這天，佐清先生使用山田三平這個假名復員回來。至於爲什麼會使用那樣的假名，我也不太明白。我想，這點佐清先生遲早也會給我們一個解釋……那麼，復員歸來的佐清，第一件事做了什麼呢？由於我也曾有復員回國的經驗，推測應該是讀報紙吧。每個復員回來的人，都渴望盡快知道有關本國的資訊，爲了滿足這種需求，每個收容所內都備有報紙合訂本。我想佐清先生在博多登陸後，頭件事應該也是找報紙合訂本來看。究竟佐清先生從報紙上，得知了什麼樣的消息呢……？」

金田一耕助環視在座所有人，繼續道：

「我想大家也都知道，佐兵衛老先生的遺書是在十一月一日這天，於假佐清面前被宣讀出來。同時，這個消息也成爲全國性的新聞，連二日被做了大幅的報導。佐清先生在博多看到這則報導時，應該受到相當大的打擊。因爲，他知道有個人冒充自己的名字，而且還進到自己家裡。」

「佐清！」

這時松子夫人從旁尖聲高喊。

「若是那樣，你爲什麼不馬上打電報過來？爲什麼不告訴我們那傢伙是冒牌貨？如果你這麼做……這麼做，就不會演變到這種地步了。」

佐清一副有話要講的樣子，然而立刻害怕地低下頭。於是金田一耕助代他說明：

「是的，松子夫人，您說得一點也沒錯。他那麼做的話，便不會造成今天這樣的局面了。可是，佐清先生有自身的想法。當時佐清先生恐怕聯想到那個冒牌貨是誰了吧。而佐清先生無法怨恨那個冒牌貨，甚至還深感同情也說不定。所以他不想正面告發那個人，想暗中解決，只不過就結果來看，那是個錯誤的抉擇。」

「那個冒牌貨到底是誰啊？」

橘署長提出問題。金田一耕助一時有點猶豫。因爲那是他不忍提起的名字。然而，現實卻不容許他不說。金田一耕助有點吞吞吐吐地道：

「這一點，沒有請教佐清先生的話，我也不敢肯定，不過，假如能容許我做些小說性質的想像……那……那應該是靜馬先生吧。」

「啊啊，果然……」

突然喊出這一聲的是宮川香琴女士。她如游泳般將手伸往前方，將身體大幅往前一靠。

「這麼說，那個人果然就是靜馬。唉，前晚你問我靜馬和佐清是否長得很像時，我便猜想該不會是那樣。這麼說，之前他牽著我的手，是因爲知道我是他的母親了吧？」

這時，盈眶的淚水一下從香琴女士那雙視力不良的眼裡流落。

「這實在太殘酷了。神明實在是太殘酷了呀。假扮成他人復員回來，那孩子的確不對。可是，連和我這翹首等待的母親相認的機會也沒有，就遭人殺害，神明未免太殘酷了啊。」

難怪香琴女士會如此悲嘆。仔細想想，這對母子實在太不幸了。雖然不知靜馬究竟是以何種心態假扮他人，卻因而無法和眼前母親相認，還在暗地裡遇害。這件案子若沒能查出眞相，他就必須永遠以佐清的身分被埋葬，而香琴女士一定也會持續焦急地等待著那永遠不會歸來的兒子。

佐清表情黯然地嘆口氣。竹子和梅子則恐懼地縮著肩膀。然而，只有松子夫人仍舊悠然玩弄著手上那根長菸管。

「佐清先生……………」

金田一耕助等香琴女士的悲嘆稍微緩和後，轉頭看著佐清。

「你在緬甸時，是和靜馬在一起吧？」

「不。」

佐清低聲答道：

「沒在一起。我們隸屬不同的部隊。可是，由於兩人長得實在太像了，在兩個部隊都很有名。有天，靜馬主動來找我。靜馬早就聽過我的名字。而當他報上名、說明身世後，我也回想起來了。母親和阿姨們當然從沒提過那件事，不過我曾從祖父那裡聽說。身在前線會使人忘記前仇舊怨。靜馬也拋開舊恨，握緊我的手。後來有段時間，我們互有往來，彼此快樂地談著往事。不久，戰況愈來愈激烈，我們便分隔兩地了。之後，靜馬聽說我所屬的部隊全滅，認爲我一定也已戰死；而他也因爲戰爭臉部受了那樣的傷，獨自離開原屬的部隊。就在那時，他才下定決心冒充我。由於緬甸戰線實在相當混亂，沒有人懷疑的情況下，哪怕是這樣猶如小說情節的事也行得通。」

佐清說到這裡，又深深地嘆了口氣。

9 CHAPTER — 第九章

可怕的偶然

「原來如此，我懂了。所以你不忍心揭發靜馬先生，想要盡可能暗中解決事情，於是便回到那須市來，還遮住臉，暫時先住到柏屋這家客棧了，是吧？」

「可是，金田一先生，爲什麼佐清先生有覆面的必要呢？」

橘署長插了句話。

「署長，那還用說嗎？犬神家可是已有一名戴面具的佐清了啊。如果他被鎮上的人看到，不就變成有兩個佐清先生存在嗎？這麼一來，他的苦心不全都泡湯了？」

「啊，有道理。」

「可是，當時佐清先生遮掩臉回到本地的事，後來卻發揮了某項作用。當然，他並不是一開始便有那種打算。那麼，暫且先住進柏屋的佐清先生，在十點左右離開客棧，偷偷進入這個家。接著，他還悄悄地把戴面具的佐清——靜馬先生——約了出來。佐清先生，當時你們是在哪裡談話啊？」

佐清的表情相當不安，邊慌亂地環視著周遭，邊呻吟般的說道：

「在小船室……」

「小、小船室！」

金田一耕助瞪大眼睛，還一副高興的樣子抓搔著鳥窩頭。

「這、這麼說，就是案發現場下方嘍。佐清先生，你原先打算怎麼對付靜馬先生呢？」

「我……我……」

佐清的話聲中充滿深深的悲嘆，宛如正詛咒世間、憎恨世人。

「我大大錯估了形勢。我看的那份報紙，根本沒有提到假佐清的臉受了傷，還戴著面具。所以我原先認爲可以很簡單地調換。當然，我準備送靜馬先生……一筆相當可觀的財產。可是，實際見面後發現……出乎意料，靜馬先生是那副模樣，根本沒辦法在神不知鬼不覺的情況下替換。於是，我們協商究竟該如何善後，就在那時……」

「是不是佐武先生到小船室上方的瞭望臺，而沒多久後，珠世小姐也來了？」

佐清眼神黯然地點了頭。

在場眾人都突然緊張了起來。因爲終於要談及命案的核心了。

「佐武和珠世大概只交談了五分鐘左右。很快地，我們聽到像是互相推擠的咚咚腳步聲，嚇了一跳的同時，還發現猿藏已經趕了過來。他急急忙忙地上了瞭望臺。不久，便聽到有人摔跤在地及快速走下樓梯的腳步聲。我們從小船室的窗戶往外偷看，發現原來那是懷抱著珠世的猿藏。猿藏帶著珠世快步逃向主屋，突然，小船室的背光處出現了一個人影。那個人……那個人……」

「就是松子夫人，是吧？」

佐清用雙手緊緊捂住了臉。

所有人都緊張地屏息望著松子，然而她還是保持著那副頑強的表情，從容不迫地玩弄著長菸管。這時竹子的眼中，則散發出了可怕的憎恨視線。

此時，金田一耕助大聲說道：

「佐清先生，請振作一點。這是最重要的關鍵啊。是不是松子夫人上了瞭望臺？」

佐清有氣無力地點了頭。

「那時，佐武似乎也正想走下樓梯，途中聽到了談話聲，接著兩人又一起上到瞭望臺。而後，沒多久就傳來了低沉的呻吟，還有『撲通』東西倒下的聲音，之後有人連滾帶爬地下樓。那是我的母親。我們一時目瞪口呆地互看對方。因爲再等了很長一段時間，佐武還是沒有走下來的跡象，也聽不到任何聲音，於是我和靜馬悄悄地走上樓梯，結果……」

說到這裡，佐清再度用雙手抱住了頭。啊啊，也難怪佐清會感受到那種如同焚身般的苦悶、煩躁與懊惱。因爲他親眼看到母親行凶。身爲人子，還有比這個更大的打擊嗎？在場所有人都握緊了手，掌中還冒出淋漓的汗水。

理所當然，金田一耕助也不忍心讓佐清繼續說明當時的狀況了。

「那麼，接下來，你便和靜馬先生利用面具和圍巾，演出了一場人身調換的大魔術。這個點子應該是靜馬先生想出來的吧？」

佐清無精打采地點頭。

「自從發生那件命案後，我們的主客立場完全逆轉。原本是我在譴責靜馬，而他則顯得驚惶不安，可是後來便顛倒了。雖然靜馬本身不壞，但對我的母親和阿姨們有著很深的怨恨。他逼迫我放棄自己的地位。他說：『把佐清的地位永遠地讓出，而且我還要和珠世結婚，繼承犬神家的遺產。如果有什麼異議，我就要檢舉你母親是個殺人犯……』」

啊啊，這是何等可怕的進退兩難困境啊。假使硬要主張自己的正當地位，他必定會檢舉母親。而要保護母親，便必須將自己的地位、身分、財產，甚至情人都讓出，還得一輩子像無名氏般，過著湮沒於世的生活。世上還有其他置身在此種可怕絕境裡的人嗎？

「結果你答應了嗎？」

佐清有氣無力地點了個頭。

「我答應了。當時那種氣氛下，我實在別無選擇。然後，靜馬突然想起前晚進行掌印比對的事。那晚，由於母親強硬拒絕，結果沒有蓋掌印，但既然發生了這樣的命案，明天一定會被迫蓋下掌印吧。到時，冒牌貨的事就會曝光。靜馬也因此而陷入騎虎難下的境況。這時，他又想出利用橡膠面具的點子。他要我利用那張面具扮演一天佐清的角色。」

啊啊，這是何等光怪陸離的事啊。據說讓冒牌佐清戴上橡膠面具是松子夫人的主意。當時，她大概作夢也想不到，這張面具竟然還能如此派上用場。

佐清啜泣似地吸進一口氣。

「不管對方說什麼，我都只能唯命是從。我彷彿喝了劣質酒而醺醉，只能任他擺布。接著，靜馬下了瞭望臺，不知從哪裡拿來了一把日本刀。我大吃一驚，問他想做什麼，他回答：『這全都是爲了要救你母親。做案手法愈殘酷，警方愈不會懷疑凶手是女人……』。」

佐清果然不忍心再說明後續了，而事實上金田一耕助也沒有試圖要他說下去。宮川香琴想像著兒子犯下的恐怖罪行，瘦弱的肩膀不停顫動。

佐清深深地嘆氣。

「可是，後來我才發現，他不單是爲了救我的母親，同時也是想實現自己母親的詛咒啊。那麼，砍下佐武的頭後，我們立刻換穿衣服，我還戴上了那噁心的橡膠面具。那時，靜馬問我從哪裡來，我便將柏屋及因爲害怕醜聞曝光而沒有讓任何人看到臉的事告訴了他。靜馬聽了拍手哈哈大笑，說著：『太好了，你就留在這兒當我的替身一天，我呢，現在就前往柏屋當你的替身吧……』」

金田一耕助轉頭看著橘署長。

「署長，這樣懂了嗎？佐清先生用圍巾掩住臉的行爲，在這裡派上用場了。十一月十五日到十六日，這個家和柏屋客棧可說上演了雙重替身，還有雙重的兩人飾演同一角色的戲。因爲遮住臉只露出眼睛，所以靜馬那變形走樣的可怕容貌，便不用擔心被任何人發現。」

這是多麼詭異的事啊。這一切都出於偶然。全是接連偶然累積的結果。只不過，若要讓這些偶然像上了織布機，極有技巧地織出美麗的線，可是需要相當不尋常的頭腦。靜馬具有此般才智。在這樣的情況下，他們演出了一場爲隱蔽罪行的怪奇僞裝戲碼。

「靜馬換了衣服，用圍巾遮住臉後，走下樓梯，從小船室划出小船。我則由瞭望臺邊緣，把佐武的無頭屍體和日本刀丟到下方的小船。小船立刻朝著湖心划去。隨後我依照靜馬的命令，將菊花偶人換上佐武的頭顱，接著偷偷回到了靜馬告訴我的那個房間。」

佐清臉上的疲勞神色愈來愈明顯了。他的眼神恍惚、毫無精神可言，上半身搖搖晃晃，話聲也變得低沉無力。

於是，金田一耕助代他接下去說道：

「以上是十五日晚上發生的事。隔天十六日就進行了掌印比對。事實上，當時的掌印比對，對我而言，可說形成了致命的盲點啊。怎麼說呢？因爲，沒有比人的掌印或指紋更確實的身分證明了。我作夢也想不到，竟然會上演那麼一場大膽的魔術。結果，這讓我一直深信那面貌變形走樣的人，就是眞的佐清。而這也成了推理過程中的一大阻礙。不過，珠世小姐，其實當時妳早已看穿此事了。」

珠世吃驚地看著金田一耕助。

「當掌印的比對結束，證實戴面具的佐清確實是佐清本人無誤時，妳有兩次都欲言又止，不是嗎？當時，妳到底想要說什麼呢？」

「啊啊，那個……」

珠世的臉色頓時有些發青。

「其實我……早就知道了。不，說『早就知道』不太正確。應該講是我感受得到比較正確。我全身都感覺得到，用那張噁心的面具掩住變形容貌的並不是佐清本人……那或許可以說是女人的一種直覺吧？」

「或者說，戀愛中人的一種直覺？」

金田一耕助如此插嘴。

「哎呀！」

珠世的臉頰頓時染上紅暈，然而不久又大方地挺直了身體。

「或許是吧。不，一定是這樣。總之，由於我確信那個人一定不是佐清，但掌印卻一致，這讓我相當驚訝。一時不禁懷疑，眼前這個人真的是那面貌變形的人嗎？所以……」

「所以？」

「所以，當時我想說：請脫下面具……脫下面具讓我看看你的臉……」

此時，金田一耕助的嘴裡發出了尖銳的呻吟聲。

「唉，當時妳如果說出來……至少後來的那些命案或許就不會發生了……」

「對不起。」

珠世憂鬱地低下頭。這時金田一耕助有點慌忙地說：

「不不，我並沒有責備妳的意思啊。我是在責備自己的無能。好，那麼，當晚，佐清先生和靜馬先生互相調換了吧？」

佐清一語不發，痛苦地點了頭。

「後來你和靜馬先生在瞭望臺的下方見面，快速地互換衣服，同時還應靜馬先生的要求，讓他吃一記上鉤拳才逃走。當時，靜馬會脫下面具，故意露出那張醜陋的臉，就是爲了讓眾人親眼確認：這可沒有使用替身的把戲喔，看，我的確就是那容貌變形的人。」

佐清再次有氣無力地點頭，然而，珠世插了一句話。

「可是，金田一先生，那晚偷偷進到我房間的到底是誰呢？」

「當然是靜馬先生。靜馬先生比約定的時間早到這個家。那時因爲佐武先生的守靈夜尚未結束，所有人都集合在這個大廳，於是他便偷偷地進入妳房間了。」

「爲了什麼目的呢……？」

「這一點啊，因爲靜馬先生已死，我們也只能發揮想像力。我想，恐怕靜馬先生是想把懷表——沾附有指紋的那個懷表拿回去吧。」

「啊！」

珠世捂住嘴巴。她終於也能理解了。

「靜馬先生作夢也沒想到，本地會留有佐清先生的掌印。可是，由於十五日晚上有過到底蓋不蓋掌印的糾紛，才第一次察覺到妳的計策。他心想，搞不好那其實是用來取指紋的，於是讓佐清先生代爲蓋下掌印。他認爲只要像那樣蓋過一次掌印，大概就不會再有人說要取指紋了吧。但如果妳拿出懷表和從那須神社取回的掌印比對，一切計畫都會泡湯。所以，他才去找那個懷表。不過，這件事其實也證明了靜馬先生十六日那天不在這個家中。因爲，待在家裡的人，十六日早上都聽過了妳的說明，知道懷表已經交給佐武先生，且在當晚下落不明。話說回來，那懷表究竟……」

「如果是那個懷表的話，在這裡。」

松子以冷酷的聲音如此說道。她打開菸具盤的小抽屜，從堆得滿滿的菸絲中，取出一個金殼懷表，推向金田一耕助。看到那個在榻榻米上，邊迴轉邊滑向前的金色物體時，在座所有人都不由得毛骨悚然起來。啊，那懷表，不就是最有力的罪證嗎？手中握有懷表的人，就是佐武命案的凶手。

松子夫人露出苦笑。

「我可不知道什麼指不指紋的事喔。可是，我從背後刺殺佐武後，他踉踉蹌蹌地往前倒下，接著胸口便滑落了那個懷表。我拿在手上一看，發現那是珠世要求佐清……假佐清修理，卻被拒絕的懷表。我雖然不清楚爲什麼它會在佐武身上，只覺得事有蹊蹺，便帶回來藏在這裡。」

這又是一個偶然。松子夫人並非了解那懷表眞正的價值，才將它藏起。所有存在的事實，其實大概也都是那麼回事吧。就這樣，解開了關於此案的多數謎團，然而，事實上裡頭還留有許多疑點尚未說明清楚……

悲哀的流浪者

「嗯，松子夫人，謝謝了。只要找到這個懷表，就完美無缺了。」

金田一耕助很不自然地邊清著卡在喉嚨上的痰，邊轉頭看著佐清。

「佐清先生，從你到目前爲止所做的說明，大致可以釐清第一件命案的過程和內容，接下來，是不是能把話題轉到第二件命案呢？只是，看來你好像非常疲累，所以由我提問，再請你做簡單的回答。這樣好嗎？」

佐清無精打采地點了頭。

「那麼，我不知道你在十一月十六日離開這裡後都是藏身在何處，不過，發生第二件命案的十一月二十五日那天，你是在豐畑村的空屋裡。當佐智先生把珠世小姐帶進來，要行卑鄙無恥的行徑時，你便突然出現。經過一番搏鬥後，你將佐智先生捆綁在椅子上。接著，你還打了電話給猿藏，是不是這樣？」

佐清眼神無力地點頭。

「是的。我認爲只要這麼做，猿藏來救珠世時，也會順便解開捆綁住佐智的繩索。」

「原來如此。但猿藏根本連看也不想看佐智先生，只把珠世小姐接了回去，所以佐智先生過了許久，費盡九牛二虎之力，好不容易靠自己解開了繩索，當時大概是七點或八點左右。佐智先生解開繩索後，穿上原先脫掉的內衣、襯衫以及外套跑到了屋外，卻發現摩托艇已經被猿藏駛回去，只好划著先前猿藏划來的小船回到家裡……」

「你、你、你說什麼？照這麼講，那晚佐智先生曾回到這個家？」

橘署長吃驚地問道。

「是啊，署長，當時你也看到了吧。佐智先生全身都有因繩索形成的擦傷，之所以會如此，一定是捆得很鬆；可是當我們發現屍體時，繩索卻綁得相當緊，根本動彈不得，甚至陷入了皮肉。還有佐智先生的襯衫鈕釦，那是小夜子小姐撿到、帶在身上的，但她從那天後，根本沒有離開這個家一步，所以這顆鈕釦肯定是在這個家裡撿到的。我便推測，那晚佐智先生一定曾回來過，而且就是在這個家裡被殺。」

署長又「嗯……」的發出了低吟。

「然後，佐清先生才又把他的屍體載運到豐畑村的空屋嗎？」

「我想應該是這樣吧。佐清先生，這部分我想直接從你口中得到答案。你是爲了什麼又回到這個家呢？」

佐清的肩膀再度激烈地顫抖。接著，他以無神的目光茫然凝視著榻榻米，低聲談起：

「那是個可怕的偶然。一切都是可恨的命運作弄啊。離開豐畑村空屋的我，已經無法再回到那裡了。我絕沒有讓佐智看到臉，但一名蒙面、看起來像復員士兵的男子曾待在那裡的事，警方一定會馬上知道吧。這麼一來，警方的追緝肯定將更加緊迫盯人。直到那時爲止，不知道爲什麼，我總覺得不太願意離開這個湖畔，便在附近到處躲藏。可是，事情一旦到了這種地步，沒有辦法再這樣下去，我想乾脆到東京去吧。這需要相當大筆的錢，爲了商量這件事，我偷偷進到家，吹口哨約靜馬出來。其實，之前曾有一次像這樣和靜馬見面而拿到了錢，所以那晚靜馬也很快地出現。我們還是和往常一樣在那個小船室碰面，我告訴他那天發生的種種，還有想到東京的事，靜馬聽了相當高興。因爲很早以前他就一直拚命想把我從那須一帶趕出去。可是，當我們在談這件事時，發現有人回到了水門外邊。而且那人似乎不打開水門，而是翻越圍牆，直接爬進這棟宅第裡。我們都吃了一驚，於是從小船室的窗戶偷偷望出去，發現原來那是佐智。」

佐清說到這裡時，稍微休息了下。

「我眞的嚇了一大跳。因爲我一直認爲，佐智讓猿藏解開繩索，早回到家了。當時的佐智一副相當疲憊又慌亂的樣子，經過小船室前，東倒西歪地走向主屋。我們不經意地看著他的背影，可是就在那時，突然有兩隻手從黑暗中伸出，還把一條類似繩索的東西纏在佐智的脖子上……」

佐清說到此處突然停了下來，全身激烈地顫抖，還用右手包紮的繃帶擦拭額上的汗水。一時間，大廳裡猛然充斥著刺骨般的沉默。而梅子和幸吉的眼中，此時彷彿燃起了一把漆黑的憎恨之火。

「搏鬥在很短的時間內結束了。佐智渾身無力地倒在泥土地上。這時，勒死佐智的人，才從暗處走出。那個人起初還蹲在佐智旁，不久，當她站起來環視四周時，我……我……」

「你看清那是誰了，是不是？」

佐清有氣無力地點了頭，同時再度激烈顫抖。啊啊，怎會有如此可怕的偶然啊。佐清竟然不止一次，連續兩次都目擊到母親的恐怖罪行。世上還存在像他面臨這般殘酷命運的人嗎？

「當時我……」

如此開始說道的是松子夫人。她完全無視於在座所有人的嚴厲視線，用毫無抑揚頓挫，已背誦下來似的語調說著。

「原本正在練習彈古琴，但因爲有點事便進到了佐清的房間。不曉得各位是否知道，其實從佐清房間的圓窗，剛好可以看到湖的一部分。那時圓窗剛好開著，我不經意地往外頭一看，發現有人划著小船往這邊來。不久，小船划到小船室的背光處看不見了，那時我猜想那人或許是佐智吧。因爲，我知道梅子從傍晚就一直吵嚷著看不到佐智的蹤影……於是便悄悄溜出離房，躲在暗處等待，果然走過來的是佐智。我將一條原用來繫緊腰帶的細圓帶從後面……佐智當時好像相當虛弱，幾乎是在毫無抵抗的情況下……」

此時，松子夫人露出了可怕的微笑。而梅子則像歇斯底里發作似地大哭起來。然而，金田一耕助卻完全無視於這種狀況，問道：

「那時，妳的右手食指因佐智先生的襯衫鈕釦而受了傷，同時，那個鈕釦也因此脫落了，是吧……？」

「應該是這樣吧。不過，當時我倒是沒發現這點。回到了離房後才注意到手指的傷。幸好血很快止住，我一直忍痛彈琴，但好像被香琴女士看穿了。」

松子夫人又露出了駭人的微笑。那大概就是一般謂爲殺人魔王的微笑吧。

金田一耕助又回頭看著佐清。

「佐清先生，那麼，請再說下去吧。」

起先，佐清以怒氣沖沖的眼神，瞬也不瞬地瞪視金田一耕助，然而不久他似乎也看開了，於是又無奈地繼續說著那段可恨的經歷。

「當母親消失蹤影後，我們立刻趕到現場，一起將佐智扛進小船室，接著我們試著進行人工呼吸，想辦法讓他復活，卻失敗了。靜馬說：『我如果離開太久會被懷疑。』便暫時先回主屋，之後我還是繼續拚命地進行急救。半小時後，靜馬再度回來。他問情況如何，我說還是不行，於是他提議：『既然如此，不能把屍體丟在這裡。你將屍體運到豐畑村，按照原來的樣子，脫下他的衣服再綁回椅子上，這麼做警方便會以爲人是在那裡被殺的。』說完，他給了我逃亡到東京的資金，以及一些零碎的琴線，還教我那些琴線的用途。」

佐清的話語內容相當紊亂，聲音也小到幾乎快聽不見。儘管如此，他還是使盡全身力氣，呻吟般地說道：

「唉，當時，我除了那麼做還能怎麼樣呢？我只能聽從靜馬的命令而已啊。靜馬打開水門後，發現佐智划回的那艘小船就在旁邊。我們一起把佐智的屍體扛到那艘小船上，接著我便往豐畑村的方向划出小船。靜馬後來則關閉了水門。到達豐畑村的空屋後，我依照靜馬的指示處理完屍體，便沿著陸地前往上那須，立刻出發前往東京。然後，直至前天看到晚報爲止，我就在人生無望的情況下，懷抱著充滿絕望的悲痛，毫無目標地在東京四處流浪。」

說到這裡，佐清眼中那盈眶的眼淚突然落下。

靜馬的進退兩難

或許是太陽逐漸西斜的緣故，剛才可以持續聽到的融雪聲突然停止了，從那打通兩個房間的十二張榻榻米大廳的各個角落，刺骨的冷冽慢慢地逼近。然而，當時金田一耕助縮起肩膀，並非是那種肉體上的因素，而是由於在心理上感受到了徹骨寒意。松子夫人那魔鬼般的殘酷行徑自是不言而喻，然而更令他心寒的，其實是佐清那既殘酷又悲慘的境遇與命運。金田一耕助想到這裡，不由得感到冰凍透骨的恐怖情緒。

「松子夫人，接下來輪到您了。您會告訴我們眞相吧？」

松子用禿鷹般的眼神看著金田一耕助，然而她很快就露出一抹冷笑。

「好好，我會說的。因爲只要說得愈清楚明白，可愛兒子的罪便會愈輕啊，不是嗎？」

「那麼請說吧，從若林先生的命案開始……」

「若林……？」

松子夫人一時吃驚地瞪大了眼睛，但又馬上「呵、呵、呵」地輕輕笑道。

「啊，對對，有那麼件事啊。因爲是我出門在外時發生的案子，便忘得一乾二淨了。是，沒錯，命令若林另抄一份遺書的人就是我。當然，若林起初頑強地拒絕了，可是在我半恐嚇半哄騙下，加上若林以前受過我的照顧，他拒絕不了便終於接受了要求。那麼，當我看過若林抄寫的遺書內容時，到底有多憤怒，各位可以想見。只不過因爲是恩人的後裔，就給予她那麼有利的地位。我對珠世的憤怒和憎恨，即使將她撕成碎片也無法消弭。所以我下定決心，絕不能讓珠世活下去……我是個一旦有了決心，就會變得剛強的女人。於是我便把蝮蛇丟進寢室、用銼刀在汽車的剎車器上磨出空隙，也在小船底下挖洞，動了各式各樣的手腳。但全都因猿藏而失敗了……」

此時，松子夫人點了菸，接著說道：

「可是，動這些手腳時，出了麻煩。若林注意起我的態度。那傢伙一直很喜歡珠世。由於珠世接連好幾次遇上危險，他便開始懷疑我。當時我想這可不行，雖然不知道將來事情會發展到什麼狀況，但被人知道我事先偷看過遺書就糟了。因爲這麼考慮過，在接佐清前，我給了他下毒的香菸。不過，我倒沒料到，毒香菸會在那麼千鈞一髮的時刻發揮效用。」

松子夫人可怕地冷笑起來。

「咦？你說那毒藥怎麼弄到手的啊？這就別問了吧，我不想說。這可是會給別人添麻煩的……好，那麼，我便在這樣的情況下出發，可是半路上又突然改變了想法。因爲，若仔細閱讀、推敲那封遺書的內容，確實珠世一死，犬神家的所有事業都會歸佐清所有。可是，財產會被分成五等分，佐清只能繼承其中的五分之一，但青沼菊乃的那個小兔崽子，竟然能繼承加倍的財產！」

松子夫人即使局面至此，怒氣似乎也尚未消解，她嘎吱嘎吱地咬牙切齒說道：

「而且，再詳讀那封遺書，還會發現青沼菊乃的那個小兔崽子只有在兩種情況下才能繼承遺產，一是珠世死亡，另一則是珠世對三人都不中意而喪失繼承權。那時，我第一次驚訝於先父的設想周到。先父非常清楚我們的個性。他深怕我們會加害珠世，所以才在遺書中另外談到青沼菊乃的部分。因爲，先父徹底了解我們有多麼痛恨菊乃母子。爲了不讓那恨之入骨的菊乃小兔崽子也拿到遺產，我們必須讓珠世活下去。他實在想得太周全了，不是嗎？」

這個部分，其實金田一耕助也察覺到了。同時，正因爲如此，每當珠世接二連三地遇到各種危險，卻總能平安無事度過時，金田一耕助都會猜想，這一切說不定都只是她欺騙眾人的戲碼罷了。而籠絡若林得以偷看遺書內容的會不會就是珠世？這樣的懷疑縈繞在他腦海中久久不散。

松子夫人接著說：

「那麼，既然要讓珠世存活，就非得讓她和佐清結婚不可。而且，這件事我很有自信。其實珠世從以前便對佐清有好感。不，她對佐清的那份感情還不僅止好感，在我看來相當明顯。所以，我滿懷信心前往博多，可是，當我一眼看到佐清的臉時，那份自信就被殘酷粉碎了。啊啊，看到佐清臉的當下，我感受到的驚訝、絕望……唉，各位可以自行想像。」

松子夫人呼出一口熱氣。此時，金田一耕助傾身向前，問道：

「雖然您還沒講完，請容我打岔一下……夫人當時全然沒察覺到，那面貌變形的人其實是冒牌貨嗎？」

松子惡狠狠地瞪視金田一耕助。

「金田一先生，就算我的個性再怎麼頑強，也不至於會接受一個冒牌貨吧？而且，我更不可能為了冒牌貨，去做那些可怕的事吧？是啊，我一點都沒察覺。不過，倒有好幾次覺得怪怪的。但那孩子解釋，在臉部受了傷時，頭部也受到了很大的撞擊，所以從前的事全都忘光了……我被這些話騙得團團轉……對了，我覺得事情最怪的是要進行掌印比對的時候。當下我雖然勃然大怒，頑固反對這件事，不過內心卻偷偷期待，佐清會不會主動說要蓋掌印。可是，那孩子好像很慶幸我的反對，直到最後都沒有行動。只有那時，連我也感到一種難以形容的恐懼，腦海裡也才突然浮現了疑慮：搞不好這個人眞如佐武和佐智所說，是個冒牌貨？當然，這個念頭很快就打消……可是，隔天佐清卻自己表示要蓋掌印，當時的喜悅眞是無法形容。而且，比對的結果發現掌印完全一致，我實在是高興得不得了。由於過度興奮，還差點昏了過去。甚至對曾懷疑過他的這件事，覺得相當過意不去。因此，直到後來，我都沒想過要懷疑那個孩子。」

松子夫人說到這裡，休息了一會兒。

「那麼，從剛才中斷的部分繼續講吧。因爲他那張臉已變形得相當醜怪，實在無法直接帶他回去。因爲這樣絕對會被珠世嫌惡。所以百般思量後，在東京找人製作了那張橡膠面具。我會要求師傅做出和佐清以前的臉完全相同的面具，便是希望可以藉此勾起珠世的回憶，讓她能對佐清抱持愛意。」

松子夫人嘆了口氣。

「可是，我的用心良苦完全化爲泡影。即使用再怎麼偏袒的眼光來看，也可以明確了解珠世討厭他。聽了珠世的話，才明白原來她察覺到那人是冒牌貨。但當時我又怎麼知道？所以，我反覆思索的結論是，要讓珠世選擇那孩子很難，除非佐武和佐智都離開人世……」

「於是一步步實行了這個計畫？」

松子夫人露出了駭人的笑容。

「是啊，剛剛也提過，我是個一旦下定決心就會變得很剛強的女人。只不過，說在前頭，不管是殺害佐武或佐智時，我可都沒那麼想隱蔽罪行喔。我只求殺了那兩人。之後，被逮捕、被判死刑都無所謂。我只是要幫那孩子除掉那些絆腳石，能做到這點，自己的性命倒沒那麼重要。」

這恐怕是這名稀世殺人魔的眞心話吧。

「儘管如此，當發現有人在您做案後，巧妙地掩蔽犯罪跡象時，您也感到很驚訝吧？」

「我當然很吃驚。可是，另一方面也想著，要搞就隨便你吧。只不過，發現那些手腳似乎和那戴面具的佐清有關時，我倒是很傷腦筋。此外，心裡也有點發毛。我們根本沒提過做案的事，爲什麼他能那麼有技巧地掩飾罪行呢？我對此感到非常不可思議，甚至還覺得那孩子是可怕的怪物。」

金田一耕助回頭看著橘署長。

「署長，這樣能理解嗎？本案裡，眞正的凶手完全沒有運用任何巧計。而是兩個共犯，兩個所謂的事後共犯，在之後施展技巧掩蓋。這就是本案的有趣之處，同時是困難之處。」

橘署長邊點頭，邊把身體往松子夫人的方向靠。

「那麼，松子夫人，最後要請教靜馬先生命案。這個案子才眞正是您獨自犯下的吧？」

松子夫人點頭。

「到底是什麼原因，讓您想殺了那個人呢？是不是終於弄清楚他的眞實身分了？」

松子夫人又點了頭。

「是啊，弄清楚了。只不過，又是怎樣知道的呢？……我先從這部分開始講吧。佐武和佐智既然已死，那我這邊就贏定了。於是，我便費盡口舌說服那孩子向珠世求婚。可是，那孩子竟然怎麼也不肯。」

橘署長皺著眉頭問道：

「爲什麼呢?剛剛佐清不是很清楚地說,靜馬先生打算當佐清先生的替身和珠世小姐結婚嗎?」

「是、是、是啊,署、署、署長,那、那、那時靜馬先生,確實想和珠世小姐結婚。」

此時,金田一耕助開始拚命地抓搔鳥窩頭,說起話來還口吃得相當厲害。

「靜、靜、靜馬先生,至、至、至少在十一月二十六日,也、也、也就是佐智先生的屍體被發現前,他、他、他是有那種打算的。」

金田一耕助說到這裡才發現自己的口吃,猛然吞了一口口水,使自己鎮靜下來。

「可是佐智先生的屍體被發現後,那須神社的大山神官揭露了一項驚人的祕密,也就是那個衣箱裡的祕密。從中明確得知,珠世小姐並不單只是恩人的孫女,而是佐兵衛老先生的親孫女。因此靜馬先生無法和珠世小姐結婚。」

「這怎麼說……?」

橘署長還是一臉無法理解的樣子。金田一耕助微笑說道:

「署長,還不懂嗎?靜馬先生可是佐兵衛的兒子喔,珠世小姐若是老先生的孫女,這兩人不就是叔父和姪女的關係了嗎?」

「啊!」

這時,從署長口中喊出了這麼一聲。

「哦，原來是這樣，所以靜馬先生進退兩難了，是吧？」

署長用一條大手帕使勁地擦著他那粗短的脖子。金田一耕助長長地嘆了口氣。

「是啊，現在仔細回想，當時大山神官揭發那可怕祕密時，眞可說是本案最高潮。靜馬先生由於這一點完全陷入窘境。當然，戶籍上靜馬先生及珠世小姐都與佐兵衛老先生毫無關係，所以在法律上並不構成問題，但如果考量到血統，靜馬先生也沒辦法那麼輕易地說要結婚了吧。這就是他爲難處。依照佐清先生的講法，其實靜馬先生並不是什麼壞人，只不過有很強的復仇心罷了。所以單就這點，他也和我們一般人有同樣的潔癖吧。」

金田一耕助說到這裡，再次深深嘆氣，隨後轉頭看向松子夫人。

「對了，松子夫人，您是什麼時候才知道靜馬先生的眞實身分？」

「十二日晚上的十點半左右。」

松子夫人苦笑道：

「那晚，又是爲了結不結婚的問題和那個人起了爭執。不久，他愈講愈激動，似乎終於受不了，便說出不能結婚的理由。現在回想起來，當時他大概認爲就算坦白，我也會因爲他握有我的祕密，而什麼事也不敢做吧。當時的我到底有多驚訝、多憤怒，各位可以想像一下。我眞的是氣到頭昏眼花了。儘管如此，我還是追問了幾個疑點。他很快地發現我的表情變得相當恐怖，突然起身拔腿就跑。看他那樣，倒令我火大了起來……等我恢復正常意識時，才發現那個人渾身無力地倒在我緊握的細圓帶旁，已經斷了氣。」

這時，香琴發出「啊」的一聲慘叫，突然趴倒在榻榻米上。

「太可怕了，太可怕了，妳是魔鬼！沒有人性！竟然做出那麼……」

香琴顫抖著雙肩，抽抽搭搭地哭了起來。然而，松子夫人卻連睫毛也沒動一下。

「如果是針對殺了那個人的事，我可是一點也不後悔。反正，這遲早會發生。想想，我現在也不過是把三十年前該做的事完成而已。不過，那孩子眞是生不逢時啊……話說回來，處理那具屍體時，我實在傷透了腦筋。署長、金田一先生，人世間的事啊，有時眞的很諷刺，很令人啼笑皆非啊。我下手殺害佐武和佐智時，壓根兒沒想過要掩飾犯罪痕跡。被抓就被抓嘛，當時我根本無所謂。可是，偏偏有人幫我掩蓋了罪行。但犯下這個案子時，我卻希望暫時不要被捕。我心想，一定得活下去才行。可是，卻沒有任何人可以幫忙了……」

「啊，等一下……」金田一耕助打斷了她的話。

「爲什麼這次您不希望被捕呢？」

「那還用說嗎？還不是佐清的關係。掌印的比對既然一致，當時的佐清一定是本人了。而且靜馬其實也提過這個部分。但我實在太火大了，便忘了問佐清之後的下落。除非能獲知他的下落，否則我眞的會死不瞑目。」

「所以讓屍體像特技表演一樣，呈現那種狀態嗎？」

「是啊，不過那個主意，我可是花了一個小時以上，好不容易才想出來。因爲我的腦筋沒那麼好。不過，由於想出了那麼個謎語，多少能使眾人錯覺那具屍體是佐清。那時，我認爲只要眾人相信那個人是佐清，那麼我這個母親就安全了。」

靜馬所描繪的那個小斧、古琴、菊花詛咒，便如此完美地實現了。最後是以靜馬自身的肉體……

「我的計畫成形後，立刻將屍體扛到小船室，擺放在小船裡，接著划出水門。我盡量找水淺的地方，把那傢伙的屍體倒著插入泥巴。不過，話說在前頭，當時冰還沒結得那麼厚，但隨著夜深就變成了那樣的厚冰層，也才會呈現出那種詭異的畫面。」

大團圓

尾聲

松子夫人的話結束了。同時，關於本案的所有謎團也徹底解開。

儘管如此，在場眾人卻一點也沒有因此感到輕鬆。不，反倒由於眞相實在太過陰險、太過淒慘，每個人的心情都彷彿吞下鉛塊般沉重。

在這寂靜無聲的大廳裡，黃昏時分的刺骨冷意愈來愈嚴酷了。天空似乎又陰沉起來。

「佐清。」

突然，松子夫人揚聲喊道。那猶如在深山啼叫的怪鳥般尖銳。佐清吃驚地抬頭。

「你爲什麼要隱姓埋名地回國呢？難道是做了什麼見不得人的事嗎？」

「媽媽！」

佐清激動喊叫，接著環視在場所有人的臉。他的表情有種不尋常的憤怒。

「媽媽，如果是您指的那種意思，那麼我根本沒有所謂見不得人的地方。早知國內的人情已經改變這麼多，我就用不著匿名了。可是，當時我並不這麼認爲。我還一直相信現在的日本人，還是和我們意氣高昂地喊著：『會勝利回來！』時，熱情揮舞著太陽旗來送行的那些人一樣。我在前線犯下很大的過錯。由於自己的指揮錯誤，部隊全被殲滅了。之後我和一名部下在緬甸內地四處流浪。當時，好幾次我都想引咎切腹自殺。哪還有臉回國呢？……我懷著這種心情。不久，僅剩的那名部下也戰死，留下我一人成爲敵軍的俘虜。那時，我靈機一動使用了假名。因爲，我對背負著犬神家名卻成爲一名俘虜感到羞恥。可是……可是……

等我回國後發現……」

佐清的聲音顫抖著。他嚥下一股熱氣，忍住了淚水。

啊啊，原來佐清會匿名隱藏身分回國，背後有著如此動機啊。的確，這或許是有些脫離常軌的古怪行爲。然而，戰前的日本人確實都有著這般榮譽感與責任感。同時，從佐清直到敗戰後還保有那樣的思想來看，就能感受到佐清純眞的一面。只不過，他的那份純眞也造成這一連串令人不忍卒睹的案件無法避免。這也是件千古的憾事……

「佐清，這都是眞的吧。你之所以會匿名，只是爲了那個理由？」

「媽媽，是眞的。除此之外，我根本沒有做什麼見不得人的事。」

佐清激動地回道。松子夫人則笑著說：

「這樣我就安心了。署長……」

「嗯。」

「佐清會被追究刑責吧。」

「嗯，那是……在所難免。」

署長以不太沉穩的聲音說道：

「無論背後有什麼樣的理由，他都必須負起共犯……事後共犯的罪名。而且，他還非法攜帶手槍……」

「那是很重的罪嗎？」

「這個……」

「應該不至於被判死刑吧。」

「那當然……而且，我想法官也會酌情減刑的……」

「珠世。」

「嗯。」

突然被松子夫人這麼一喚，珠世吃驚地肩膀顫抖了下。

「妳會一直等到佐清出獄吧？」

珠世的臉突然變得如蠟般鐵青。然而不久，當她臉上突然又回復血色後，眼眸也溼潤了起來，閃閃發亮。接著，她以充滿決心的聲音，毫不猶豫地說道：

「我會等待。不管是十年，還是二十年……如果佐清希望……」

「珠世，我對不起妳。」

手銬噹啷一聲地銬上，佐清雙手放在膝上，低垂著頭。

這時，金田一耕助向古館律師低聲耳語。

古館律師聽完，使勁地點了個頭，拉過放在背後的大包袱。在場所有人都以詫異的眼神，目不轉睛地凝視著那個包袱。

古館律師打開包袱，裡面出現長度約三十公分的長方形桐木盒子。桐木盒子共三個。古館律師雙手捧著這三個盒子，雙腳摩擦著榻榻米，靜靜地走到珠世面前，恭敬地將盒子擺在前方。

珠世詫異地瞪大了雙眼。她似乎想說些什麼，嘴唇微微發抖。

古館律師一個個打開蓋子，取出裡面的東西，各自放在盒子上。同時，眾人發出如陣風拂過蘆葦而沙沙作響的感動聲，瞬間瀰漫了整個大廳。

哦哦，那不正是如假包換的犬神家三項家寶，金光燦爛的小斧、古琴和菊花嗎？

「珠世小姐。」

古館律師以感動到些微顫抖的聲音說道：

「依據佐兵衛老先生的遺言，這些家寶將授與妳。請再贈予自身選擇的人。」

珠世的臉頰忽然浮現羞赧之色。她猶豫地環視著在場所有人，然而當視線和金田一耕助交會時就靜止了。耕助微笑著點頭。於是，珠世發出了吹笛般的聲響，深深吸了口氣。

接著她用小到幾乎聽不見的聲音說著：

「佐清，請收下……我還是個不懂世故的女子，還請多多指教……」

「珠世，謝、謝謝。」

佐清用那包紮著繃帶的手拭著眼睛。

犬神家那龐大事業和遺產的繼承人，便就此決定。只不過，這名繼承人往後還必須接受幾年在黑暗牢獄中痛苦渡過的命運。

松子夫人一副滿意的神情，凝視著眼前這幅景象，隨後又抓了一撮菸絲塞進長菸管。如果，這時金田一耕助更留意些，應該會發覺現在松子夫人所塡入的菸絲，並不是拿自之前的盒子，而是從菸具盤的抽屜，也就是從剛才取出懷表的那個抽屜中抓出。

「珠世。」

松子夫人靜靜地抽菸，同時向她說話。

「是的。」

「我還有一件事想拜託妳。」

「什麼事呢？」

松子夫人又從抽屜中抓了一撮菸絲塞入菸管。

「沒有別的，是關於小夜子的事。」

「嗯。」

聽到小夜子這個名字，竹子和梅子都吃驚地望著松子。然而，松子依舊悠然地抽著菸，同時還塡充了好幾次的菸絲。

「小夜子很快將要臨盆，孩子的父親是佐智。換句話說，那孩子相當於竹子和梅子的孫子。珠世，妳應該懂我想說什麼吧。」

「嗯，我懂。那麼……」

「我想拜託妳的也不是別的事。等那孩子長大，希望妳將犬神家一半財產分給他。」

竹子和梅子都嚇了一跳彼此互看。珠世立刻斬釘截鐵地回道：

「姨媽，不，媽媽，我知道了。我一定會照您的吩咐做。」

「是嗎？謝謝。佐清，這件事你也要好好記住。古館先生，你就是證人了。還有，如果那孩子是個有才幹的男孩，請也讓他參與犬神家的事業吧。這是我對竹子和梅子唯一能做的一點贖──罪──和補──償……」

「啊！糟了！」

當金田一耕助拚命亂踩著和服下襬衝上前時，松子夫人原先拿在手上的那根菸管已經掉落，同時還渾身無力地往前倒下。

「糟了！糟了！糟了！是這個菸絲啊。這就是殺害若林先生的那個毒藥……唉，沒察覺到，我竟然沒有注意到啊。快！叫醫生來……趕快把醫生叫來……」

然而，當醫生趕到現場時，這名震撼一時的稀世怪女、罕見的殺人魔──犬神松子早已斷氣。嘴角上還滲出些許鮮血……

那是在一個連雪也結凍，寒冷徹骨的那須湖畔黃昏裡。

──完──

原著書名／犬神家の一族・作者／橫溝正史・翻譯／吳得智・責任編輯／詹凱婷・校稿協力／許瀞芸・行銷業務部／徐慧芬、陳紫晴・編輯總監／劉麗眞・總經理／陳逸瑛・榮譽社長／詹宏志・發行人／凃玉雲・出版／獨步文化 城邦文化事業股份有限公司 104台北市中山區民生東路二段 141 號 5 樓 電話／(02) 2500-7696 傳眞／(02) 2500-1967・發行／英屬蓋曼群島商家庭傳媒股份有限公司城邦分公司 台北市中山區民生東路二段 141 號 2 樓・讀者服務專線／(02)2500-7718; 2500-7719・服務時間／週一至週五：09：30-12：00、13：30-17：00・24小時傳眞服務／(02)2500-1990; 2500-1991・讀者服務信箱 E-mail／service@readingclub.com.tw・劃撥帳號／19863813 書虫股份有限公司・香港發行所／城邦（香港）出版集團有限公司 香港灣仔駱克道 193 號東超商業中心 1 樓 電話／(852) 25086231 傳眞／(852) 25789337・馬新發行所／城邦（馬新）出版集團 Cite (M) Sdn. Bhd. 41, Jalan Radin Anum, Bandar Baru Sri Petaling, 57000 Kuala Lumpur, Malaysia. 電話／(603) 90563833 傳眞／(603) 90576622・封面設計／高偉哲・排版／游淑萍・印刷／中原造像股份有限公司・2021 年 9 月初版・2023 年 2 月 7 日初版 2 刷・定價／450 元 ISBN 978-986-5580-84-1 Printed in Taiwan

犬神家一族

日本推理大師經典

INUGAMIKE ICHIZOKU

ISBN 978-986-5580-04-9

國家圖書館出版品預行編目資料

犬神家一族／橫溝正史著；吳得智譯．二版．-- 臺北市：
獨步文化：家庭傳媒城邦分公司發行，2021〔民110〕
面； 公分．(日本推理大師經典；18）
譯自：犬神家の一族

ISBN 978-986-5580-84-1（平裝）
ISBN 978-986-5580-85-8（EPUB）

861.57 110001819

INUGAMIKE NO ICHIZOKU
© Seishi Yokomizo 1972
First published in Japan in 1972 by KADOKAWA CORPORATION, Tokyo.
Complex Chinese translation rights arranged with KADOKAWA CORPORATION, Tokyo
through TOHAN CORPORATION. Tokyo.
Complex Chinese translation copyright © by 2021 Apex Press, a division of Cite Publishing Ltd.

城邦讀書花園
www.cite.com.tw

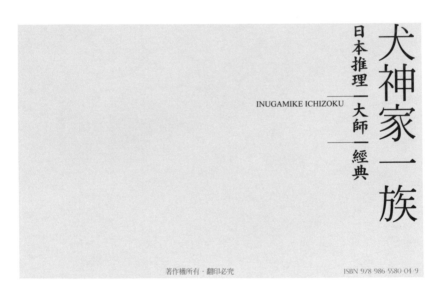